Die Schatten von Wiesbaden

Stephan Reinbacher, geboren 1964, ist in Hamburg aufgewachsen, lebt aber seit dreißig Jahren in Hessen, heute in der Nähe von Wiesbaden. Nach Jura- und Psychologiestudium, Jobs als Autowäscher, Vorleser und Songwriter landete er beim Fernsehen: Seit fünfundzwanzig Jahren arbeitet er als Autor für TV-Magazine, seit zwanzig Jahren auch als Kameramann. Seine Kurzgeschichten wurden mehrfach mit Preisen ausgezeichnet. »Die Schatten von Wiesbaden« ist sein Romandebüt.

Dieses Buch ist ein Roman. Handlungen und Personen sind frei erfunden. Ähnlichkeiten mit lebenden oder toten Personen sind nicht gewollt und rein zufällig.

STEPHAN REINBACHER

Die Schatten von Wiesbaden

KRIMINALROMAN

emons:

Bibliografische Information der Deutschen Nationalbibliothek
Die Deutsche Nationalbibliothek verzeichnet diese Publikation
in der Deutschen Nationalbibliografie; detaillierte bibliografische
Daten sind im Internet über http://dnb.d-nb.de abrufbar.

© Emons Verlag GmbH
Alle Rechte vorbehalten
Umschlagmotiv: Franziska Emons
Umschlaggestaltung: Tobias Doetsch
Gestaltung Innenteil: César Satz & Grafik GmbH, Köln
Druck und Bindung: CPI – Clausen & Bosse, Leck
Printed in Germany 2015
ISBN 978-3-95451-728-2
Originalausgabe

Unser Newsletter informiert Sie
regelmäßig über Neues von emons:
Kostenlos bestellen unter
www.emons-verlag.de

Für Babs

Prolog

Wann kommt er wieder?, fragte sie sich. Wann bin ich dran? »Ich hab doch gar nichts gemacht«, wimmerte sie leise. Doch auch wenn sie lauter geschluchzt hätte, hätte niemand sie hören können in dem elenden dunklen Loch.
Sind da Schritte? Kommt er? Muss ich jetzt sterben?
Am schlimmsten waren die Kälte und die Dunkelheit. Nur ein schmaler gelblicher Streifen Licht fiel durch den Lüftungsschacht. Um die Quelle dieses Lichts sehen zu können, musste sie sich wie eine Schlange winden und ihren Kopf in eine schmerzhafte Position drehen. Sie hatte einen Ring um den Hals, und dieser Ring hing an einer viel zu kurzen Kette, die an einem Haken knapp über dem Boden festgeschlossen war. Sie hatte die Kettenglieder gezählt. Es waren genau vierunddreißig. Anfangs hatte sie noch an der Kette gezerrt. So heftig, dass der Ring ihr fast die Luft zum Atmen nahm. Bis ihr klar wurde, dass Metall und Beton viel stärker waren als ein siebenjähriges Mädchen.

Mara hatte es etwas besser gehabt. Der Haken, an dem ihr Ring befestigt war, hing ein Stück höher. Sie hatte immerhin sitzen können.

Hatte. Als sie noch da gewesen war.

Inzwischen war sie nicht mehr bei ihr. *Er* hatte sie abgeholt. Ganz allein lag Elisa seitdem da. Die kurze Kette und der Haken knapp über dem Boden machten jede andere Haltung unmöglich. Der Beton scheuerte ihren nackten Körper wund.

Soweit Schmerz und Angst nicht alles überlagerten, war es ein Gedanke, der Elisa nicht losließ: Eigentlich hatte Frau Petroll an allem Schuld. Anneliese Petroll, ihre Musiklehrerin. Wäre sie nicht jedes Mal so hysterisch geworden, wenn ein Kind zu spät zur Schule kam, wäre nichts passiert. Dann hätten Mara und sie es gemacht, wie ihre Eltern es ihnen immer wieder gesagt hatten. Sie hätten die Abkürzung durch den Sauerlandpark auf keinen Fall genommen. Schon gar nicht in der Dunkelheit.

An dem Dezembermorgen aber, als es geschehen war, hatten sie vor der Wahl gestanden: außen herum und wieder einmal zu spät – oder durch den Park und vielleicht noch pünktlich. Sie hatten sich für die zweite Möglichkeit entschieden.

Ganz plötzlich war der Mann aufgetaucht. Wie aus dem Nichts. Dunkel gekleidet, groß, kräftig. Er hatte es nicht gemacht wie in den Büchern, die Elisas Eltern vorgelesen hatten: Er hatte sie nicht mit einem Hundefoto, irgendwelchen Süßigkeiten oder anderen Versprechungen gelockt. Er hatte sie einfach gegriffen. So schnell und so hart, dass sie vor Schreck zu schreien vergessen hatten. Ein Tuch auf Mund und Nase, ein stechender Geruch – und aus.

Als sie erwachten, waren sie in dem Verlies. Und jetzt war nur noch Elisa dort. Mara hatte er mitgenommen. Ihre Schreie waren lauter gewesen als jedes menschliche Geräusch, das Elisa zuvor gehört hatte. Seitdem war nur noch Stille. Totenstille.

Wann kommt er wieder?, fragte sich Elisa. Wann bin ich dran?

Zwanzig Jahre später

1

Ihre rechte Hand glitt routiniert über das Grafiktablett, während die linke auf der Tastatur die Programmebenen bestimmte. Elisa runzelte die Stirn und drehte den Kopf zur Seite. Neben ihr saß Irmtraud Wagner vor einem Monitor und starrte auf das Gesicht, das Elisa gerade entstehen ließ.

Elisa liebte diesen Augenblick, in dem die Mischung aus Flächen, Linien und Farben zum Leben erwachte, diesen Moment, in dem plötzlich ein Mensch aus dem Monitor schaute. Auch wenn es bei ihrer Arbeit fast immer böse Menschen waren. Sie ließ Gesichter von Menschen entstehen, hinter deren Stirn sich Abgründe verbargen: Mörder, Totschläger, Vergewaltiger und alle anderen, die Gewalt, Qualen und Leid verbreiteten.

»Ungefähr so? Oder schmaler?«, fragte sie jetzt.

»Das stimmt ganz gut, aber die Hautfarbe ... Die war irgendwie rosiger.« Irmtraud Wagner war aufgeregt. Elisa merkte es, weil die Stimme der Zeugin zitterte. Nichts Ungewöhnliches in dieser Situation. Schließlich hatte die ältere Dame vor wenigen Stunden ein Verbrechen beobachtet und sollte nun versuchen, sich an das Gesicht des Täters zu erinnern. »Wissen Sie, das sah so brutal aus. Ich habe gleich gedacht ...«

»Frau Wagner, was ist zum Beispiel mit den Augen? Wie waren die?«

Elisa sah die Zeugin lächelnd an. Es war wichtig, eine entspannte, vertrauensvolle Atmosphäre zu schaffen. Aber es war auch jedes Mal anstrengend. Und manchmal nervte es sie. Vor allem das Zuhören-Müssen. Freundlich zuhören und nicht drängeln. Irmtraud Wagner wandte den Blick vom Monitor ab und beugte sich zu ihr hinüber.

»Wissen Sie, ich wohne doch so gerne in der Drudenstraße. Ich fühle mich wohl da. Ich mag auch diese alten Häuser so gern, die verzierten Balkone ... Aber dass da so etwas passiert.«

Die Hand der weißhaarigen Dame strich nervös über Elisas Schreibtisch. Ihre runzeligen Finger hinterließen eine dünne Spur auf der blank polierten Oberfläche.

»Ja, das ist ganz furchtbar. Trotzdem, Frau Wagner. Vielleicht können wir ja mit Ihrer Hilfe ... Verstehen Sie: Je besser das Phantombild wird, das ich meinen Kollegen geben kann, desto größer sind die Chancen, den Täter zu fassen. Also – die Augen. Waren sie vielleicht ... so?«

»Er hat den kleinen Jungen einfach gepackt und auf den Rücksitz geworfen. Ich habe das Kennzeichen leider nicht erkannt. Das ging alles so schnell.«

Verdammt, gleich weint sie wieder. Wenn sie sich nicht endlich auf das Gesicht konzentriert, wird das hier alles nichts.

Elisa atmete tief durch und schloss kurz die Augen. »Es tut mir leid, Frau Wagner. Ich muss Sie damit quälen. Rufen Sie sich die Situation noch einmal ganz genau in Erinnerung, ja? So als wäre es ein Film, den Sie gesehen haben. Tun Sie ruhig einmal so, als sei das alles gar nicht wirklich passiert, sondern im Fernsehen gewesen. Meinen Sie, Sie schaffen das?«

»Vielleicht ...« Irmtraud Wagner presste die schmalen Lippen zusammen. Dann griff sie mit beiden Händen nach den zwei Nadeln, die ihre dünnen Haare in einem kleinen Dutt zusammenhielten.

Elisas rechte Hand drückte den Stift etwas fester. Mit der linken strich sie Irmtraud Wagner vorsichtig über den Handrücken. Endlich sprach die Zeugin wieder.

»Die Augen, haben Sie gefragt? Ja, an die erinnere ich mich. Ich glaube ...«

Die Tür ging auf. »Und? Kommt ihr voran? Es ist echt eilig. Sogar der Innenminister ...«

»Mensch, Ludger. Ich kann nicht zaubern.« Ausgerechnet jetzt platzte der Blödmann herein. Elisa hatte große Lust, ihm den Zeichenstift an den Kopf zu werfen. POK Ludger Bechstein. Eilig, eifrig, eitel – und immer knapp daneben. Warum hatte dieser Kerl so gar kein Gefühl dafür, wann er störte? Elisa arbeitete seit fast vier Jahren beim Landeskriminalamt in Wiesbaden, und genauso lange ging Ludger ihr schon auf den Geist. Nicht dass er unfreundlich wäre. Im Gegenteil. Manchmal glaubte sie, dass er sogar etwas mehr an ihr interessiert war, als es sich für einen Kollegen gehörte. Aber sie fand ihn anstrengend. Anstrengend und, was noch schlimmer war, distanzlos.

Auch jetzt beugte er sich viel zu tief über den Monitor, auf dem das Bild des Entführers entstehen sollte. Sie konnte sein Aftershave riechen. Und auch den Kaffee, den er gerade getrunken hatte. Er wandte sich an die Zeugin.

»Sah er wirklich so aus, Frau Wagner? Ist das der Mann?«

»Ludger, das ist mein Job. Okay? Und wir haben noch nicht mal richtig angefangen.«

»Ich muss aber doch wohl sagen können, dass es echt sehr eilig ist. Der Fall ist auf Priorität gesetzt worden. Und der Minister ...«

»Vom Drängeln wird es nicht besser. Und schon gar nicht schneller«, sagte Elisa ärgerlich. Sie stand vom Schreibtisch auf, ging zur Tür und öffnete sie. »Lass uns in Ruhe arbeiten.«

»Ich gehe ja schon.«

Elisa und die Zeugin atmeten hörbar aus, als die Tür von außen geschlossen wurde. Irmtraud Wagner lächelte sogar. »Sie haben es auch nicht leicht.«

»Also weiter. Hatte der Täter einen Bart?«

»Nein, kein Bart.«

»Haare? Blond, dunkel?«

Irmtraud Wagner zögerte einen Moment. »Das weiß ich nicht. Er hatte etwas auf dem Kopf. Ich glaube, eine Baseballkappe – nennt man das so?«

»Schirmmütze?«

»Ja, genau.«

»Und jetzt die Augen ... Sie haben gesagt, an die erinnern Sie sich relativ genau.«

Schritt für Schritt wurde das Gesicht deutlicher.

»Sie sind wirklich erstaunlich gut, ganz erstaunlich ...« An Irmtraud Wagners Tonfall war zu hören, dass Elisas Fähigkeiten sie beeindruckten. »Das ist schon ganz dicht dran. Warten Sie, vielleicht die Augen etwas tiefer ...«

Elisa schaute dem Mann auf dem Monitor ins Gesicht. Was war das für ein Kribbeln, das plötzlich schmerzhaft ihre Wirbelsäule hinaufstieg? Die Innenflächen ihrer Hände wurden feucht.

»Die Augen – etwa so?«

»Ja, das könnte hinkommen. Vielleicht noch etwas größer und ... ja genau.« Irmtraud Wagner sah sie irritiert an. »Ist alles in Ordnung?«

Der Stift rutschte aus Elisas Hand.
»Sie sind ja ganz bleich.«
Elisa griff sich an die Stirn. »Vielleicht ... ich glaube. Ich glaube, ich muss mal zur Toilette. Entschuldigen Sie.«
Sie presste sich die Hand vor den Mund und hätte Irmtraud Wagner fast umgerissen. Wie von Sinnen rannte sie über den Flur. Vor dem Spiegel im Waschraum stützte sie sich ab und blickte in ihr Gesicht. Es war weiß wie die Kacheln ringsherum. Das Spiegelbild verschwamm. Sie sah den Mann vor sich, den sie gerade gezeichnet hatte. Dieses Gesicht. Kalter Schweiß schoss aus allen Poren ihrer Haut. Ihr Herz raste. Was sie fühlte – war Todesangst.

2

Vor dem Gebäude war es kalt, und Elisa hatte vergessen, ihre Jacke zu holen. Sie verschränkte die Arme, knetete mit den Handflächen ihre Oberarme durch. Immerhin hatte sie es noch geschafft, Ludger zu informieren. Sollte der sich doch um die Zeugin kümmern.
»Ich muss mal raus, mir ist irgendwie nicht gut.«
»Nicht gut« war eine glatte Lüge. Das Gefühl war einfach grauenhaft. So schrecklich, dass ihr Verstand wie ausgeschaltet schien. Nur ganz langsam setzten die Gedanken wieder ein.
Konnte das wirklich *Er* sein?
Die Bilder blitzten in ihrem Kopf auf wie vom Gewitter erleuchtete Szenen. Bruchstücke erschienen im Sekundentakt und verschwanden wieder in der Dunkelheit. Angst schnürte ihre Kehle zu.
War es denn möglich, dass nach zwanzig Jahren derselbe Entführer wieder zugeschlagen hatte?
Sie sah das Verlies vor sich, als sei alles erst gestern gewesen: sie und Mara. Nackt, gefesselt, zitternd vor Schrecken, Schmerzen und Kälte. Der dunkel gekleidete Mann. Der hereinkommt wie ein Schatten. Der mal ihr, mal Mara eine Spritze setzt und danach Notizen auf seinem Klemmbrett macht. Der dann damit beginnt, Mara für einige Zeit aus dem Verlies zu holen und nach oben zu bringen. Bis Mara nicht mehr zurückkehrt.
Maras Schreie werde ich nie vergessen. Warum konnte ich ihr nicht helfen? Warum hat er sie genommen? Warum nicht mich? Warum bin ich geflohen, ohne mich um sie zu kümmern?
Tränen rannen über ihr Gesicht. Laufen, beschloss sie. Laufen, weglaufen, alles herauslaufen.
Der Pförtner kannte Elisa. Er machte das Tor auf, verzichtete auf die eigentlich auch beim Verlassen des Geländes vorgeschriebene Kontrolle.
»So, wie Sie rennen, schaffen Sie es noch nach Olympia, Frau Lowe.« Er lachte.
Als sie die Waldstraße erreicht hatte, ließ die Verkrampfung

nach. Ihre Angst wurde zu Wut. Wut über das, was geschehen war. Damals. Immerhin konnte sie wieder freier atmen. Wie immer, wenn die Vergangenheit sie einholte, legte sie all ihren Zorn in ihren Lauf. Sie ignorierte das Hupen, als sie im Slalom durch den fließenden Verkehr auf der Schiersteiner Straße joggte. Ein Autofahrer zeigte den Stinkefinger. Sie drehte sich kurz um und streckte ihm die Zunge raus. Ohne recht zu wissen, warum, bog sie rechts ab, folgte ein paar Meter der Bahnlinie, dann wieder links. Um sie herum wurde es grüner. Der Verkehrslärm war nur noch gedämpft zu hören.

Sie spürte, welches Ziel sie hatte. Nach zehn Minuten war sie da. Sie erreichte den Sauerlandpark. Hier hatte er sie geschnappt. Sie und Mara. Vor zwanzig Jahren. Sie setzte sich auf eine Bank, streckte die Beine aus und schloss die Augen.

Ich will, dass er endlich gefasst wird. Und ich will wissen, was er mit Mara gemacht hat.

Es war, als würde sie die Kälte des Kellers wieder spüren, die Schreie ihrer Freundin wieder hören. »Mara«, flüsterte sie. »Wenn ich doch nur etwas für dich hätte tun können.«

Aber jetzt kann ich etwas tun.

Sie wusste, was ihre Aufgabe war.

Elisa stand auf, schüttelte sich noch einmal, als könnte sie Angst und Schmerz einfach herausschleudern. Sie lief den Weg zurück, den sie gerade genommen hatte. Ihre Beine flogen über den Kiesweg, dann über den Asphalt. Diesmal brauchte sie sogar nur neun Minuten. Und sie war noch nicht einmal außer Atem. Sie würde jetzt sofort beginnen, das beste Phantombild zu zeichnen, das sie je gemacht hatte. Sie würde sich mehr anstrengen als je zuvor. Sie würde jetzt endlich dafür sorgen, dass *Er* geschnappt wurde.

Als sie ihr Büro betrat, war Irmtraud Wagner nicht mehr da. Ludger lächelte sie an.

»Wieder besser? Was war denn?« Aber er wartete gar keine Antwort ab. »Dein Bild ist klasse. Wir haben es schon in die Fahndung gegeben. Die Wagner hat gemeint ...«

»Das hätte ich aber gerne selbst entschieden.« Mit einem Schnauben ließ sie sich auf ihren Schreibtischstuhl fallen.

»Du hast doch gesagt, es ist fast fertig.«

»Ja, fast. Fast ist nicht fertig.«
»Jetzt komm schon. Außerdem bist du einfach abgehauen. Also, ich meine – was war eigentlich los?«
Für einen Moment überlegte sie, ob sie Ludger alles erzählen sollte. Vielleicht täte das sogar gut.
»Was weiß man über den entführten Jungen?«, fragte sie.
Ludger hob abwehrend die Hände. »Du weißt, dass du nur die Zeichnung machen sollst. Nicht wieder ›Detective Lowe, very special Agent‹.«
»Ha, ha.« Die Idee, Ludger einzuweihen, verschwand so schnell aus ihrem Kopf, wie sie gekommen war. »Blödmann.«
Ludger hob eine Augenbraue. »Echt, Elisa. Du weißt schon noch – diese Unfallsache damals.«
Wie hätte sie es vergessen können. Vor zwei Jahren hatte sie geglaubt, einen von ihr gezeichneten Unfallfahrer auf der Straße erkannt zu haben, und war ihm auf eigene Faust hinterhergefahren. Aber für filmreife Verfolgungsjagden sollte man lieber Stuntman gelernt haben. Phantombildzeichnerin jedenfalls war mit Sicherheit nicht die richtige Ausbildung dafür. Das hatte sie schmerzvoll begreifen müssen. Am Ende hatte sie den Mann aus den Augen verloren und beim Versuch, ein Stück abzukürzen, das Fahrwerk ihres neuen Polos ruiniert.
»Also, wer ist nun der Junge? Ein Prominentenkind? Millionärsfamilie? Oder geht es gar nicht um Geld?«
»Ich weiß es selbst nicht.« Ludgers Blick wurde ernst. »Aber die Sache wird sehr wichtig genommen. Wir können ja mal rübergehen ins Präsidium.« Er sah auf die Uhr. »Gleich ist Lagebesprechung.«
Diesmal zog Elisa ihre Jacke über. Sie gingen den schmalen Fußweg entlang an den Tennisplätzen vorbei.
»Wer darf hier eigentlich spielen?«, fragte sie.
»Wir jedenfalls nicht. Ich glaube, die Plätze gehören dem Ingenieurbüro. Oder sie haben sie an das Fitnessstudio nebenan verpachtet. Ist aber egal. Ich bin sowieso eine Vollniete im Tennis.«
Ludger grinste.
Nicht nur im Tennis, dachte Elisa und musste kichern.
»Was ist so komisch?« Ludger blieb stehen.

Elisa presste die Lippen zusammen, um das Kichern zu beenden. »Lass uns schneller gehen. Die Sitzung fängt sicher gleich an.« Am Eingang zum Polizeipräsidium hielten sie kurz ihre Dienstausweise hoch und wollten durch die Automatiktür gehen, aber die blieb verschlossen.

»Elisa Lowe, Ludger Bechstein vom Landeskriminalamt«, pampte Ludger den Mann im Glaskasten an und wedelte noch einmal mit seinem Ausweis.

»Zurzeit nur vorangemeldete Besucher«, schnarrte es durch den Lautsprecher.

»Das kann ja wohl ...« Ludgers Gesicht lief rot an.

Der Pförtner setzte eine selbstgefällige Miene auf. »Ohne Ausnahmen.«

»Schon gut.« Elisa zog ihr Handy aus der Tasche und wählte eine Nummer. Sie hatte kaum aufgelegt, als das Telefon in der Pförtnerloge klingelte. Der arrogante Gesichtsausdruck des Aufpassers wich einem devoten Nicken. Er räusperte sich, und es knackte heftig im Lautsprecher, der seine Stimme in den Vorraum übertrug.

»Bitte entschuldigen Sie, Frau Lowe. Selbstverständlich dürfen Sie ...«

Die Tür ging auf.

»Na endlich«, knurrte Ludger. »Wie hast du das hingekriegt?«

»Kontakte ...« Mehr wollte sie nicht verraten. Nicht ihm. Elisa ging neben Ludger die Treppe hinauf zum Konferenzraum. Ihr Herz klopfte. Sie würde gleich Einzelheiten über die Kindesentführung erfahren. Und was, wenn sie die Details nicht ertrug? Wenn das entsetzliche Bildergewitter in ihrem Kopf wieder losschlug? Wenn sie sich nicht beherrschen könnte und vor all den Kollegen die Fassung verlöre?

3

Als sie den Saal betraten, war der Beamer schon an. Das von Elisa erstellte Phantombild erstrahlte in zwei mal drei Metern Größe vorne an der Leinwand.

»Ich habe gesagt, es ist noch nicht ganz fertig«, flüsterte sie Ludger zu.

»Das Bild ist super. Wenn du bloß nicht immer —«

Im selben Augenblick eröffnete Jürgen Bender die Sitzung.

»Wow, der Chef himself.« Ludger setzte sich kerzengerade auf einen Stuhl. Offenbar bemühte er sich, einen engagierten Eindruck zu machen.

Elisa zog die Stirn kraus. »Ist doch klar, dass Bender das macht – bei so einer Riesensache.«

Der Polizeipräsident lächelte in ihre Richtung. »Das Bild wirkt vielversprechend. Eine gute Basis für unsere Arbeit, glaube ich. Vielen Dank, Frau Lowe. Wollen wir nur hoffen, dass jemand den Mann erkennt.«

Seine Miene wurde wieder ernst. »Als Erstes möchte ich Sie aber alle um äußerste Diskretion bitten. Was wir gar nicht gebrauchen können, ist ein Medienauflauf vor dem Haus der Familie des entführten Jungen. Ich werde deshalb in dieser großen Runde auch keine Details nennen. Bitte verstehen Sie das nicht als Misstrauen gegen jeden Einzelnen von Ihnen, aber —«

»Die Paparazzi wissen doch sowieso schneller Bescheid, als wir gucken können.«

Die Stimme kam aus der letzten Reihe, und sie gehörte einem jungen Beamten mit Schnurrbart und Ohrring. Elisa hatte ihn noch nie gesehen.

»Ich darf doch bitten, bei dem Ernst der Lage auf Zwischenrufe zu verzichten.« Bender richtete sich in seinem Stuhl auf. Die angespannte Stimmung im Saal war überdeutlich.

»Denen geht der Arsch auf Grundeis, wenn du mich fragst«, flüsterte Ludger in Elisas Ohr. »Das müssen ganz hohe Tiere ... die Familie mit dem Jungen, meine ich.«

»Und ich dachte, wir hören jetzt hier alles ganz genau. Ich hatte fast ...« Sie verstummte, als Polizeipräsident Bender zu ihnen hinübersah.

»Ruhe bitte.«

Ludger und Elisa pressten die Lippen zusammen.

»Ich komme jetzt zum Überblick über das Geschehen, soweit es uns bekannt ist.« Bender griff nach seinem Laserpointer. »Ein unbekannter Täter – der dem Mann auf diesem Bild hoffentlich sehr ähnlich sieht – hat heute in den frühen Morgenstunden einen siebenjährigen Jungen in der Drudenstraße abgepasst und verschleppt.«

Das Bild auf der Leinwand wechselte, und ein grinsendes Kindergesicht erschien.

»Wie ich eben sagte, geben wir aufgrund der besonderen Sachlage den Namen des entführten Jungen noch nicht bekannt, ich bleibe zunächst einmal bei ›dem Siebenjährigen‹ – wir werden sehen, wie im weiteren Verlauf der Ermittlungen ... Also, dieser Junge hier wurde heute Morgen höchstwahrscheinlich entführt. Eine Zeugin hat beobachtet, wie er von diesem Mann ...« Wieder wechselte das Bild, zum zweiten Mal erschien Elisas Zeichnung – »... von diesem Mann ins Auto gezerrt wurde. Bei der Familie ist inzwischen bereits ein Brief eingetroffen. Es wird die unerhörte Summe von ...«

Die dunkelblonde Frau neben Bender neigte sich zu ihm und flüsterte ihm etwas ins Ohr.

»Also das geht vielleicht doch zu weit jetzt.« Bender wirkte verärgert. »Wenn wir nicht einmal mehr die Summe ... also gut. Dann eben: Bei der Familie ist inzwischen eine Lösegeldforderung über einen hohen Betrag eingegangen.«

Er begann damit, die Aufgabenverteilung zwischen den Kommissariaten zu erklären.

»Wir können genauso gut gehen«, murrte Ludger. Ausnahmsweise musste Elisa zugeben, dass er recht hatte. Diese Konferenz war ein Witz.

»Wer nichts zu sagen hat, redet am meisten.«

Ludger stimmte ihr zu. Als sie das Gebäude verließen, hatte es zu nieseln begonnen.

»Warum sagen die nicht einmal, wie viel Lösegeld gefordert wird?«, fragte er. »Das ist schon irgendwie bekloppt, oder?«
»Na, das könnte durchaus ein Hinweis sein.« Elisa blieb stehen. Ludger hastete weiter. Der Regen war jetzt heftiger.
»Jetzt mach schon, wir werden ja total nass.«
Wenn er es nicht wissen will, dann eben nicht, dachte sie. Im Laufschritt kehrten sie zurück ins LKA. Schon in der Tür klingelte Ludgers Handy.
»Ja, natürlich«, hörte Elisa ihn sagen. »Ja, komme schon. Ja, gleich ...«
Sie grinste. Immer schön dienstbeflissen, der Herr Kollege. Und den einzigen halbwegs brauchbaren Hinweis in der Konferenz hatte er nicht mitbekommen.

4

Sie hatte das Telefon schon zweimal in die Hand genommen und wieder hingelegt. Warum zum Teufel machte es sie so nervös, Silviu anzurufen?

Ach Quatsch, ich lasse das. Bestimmt weiß er auch nichts.

Silviu Thoma war Kameramann und Fotograf. Elisa hatte ihn vor einem halben Jahr kennengelernt. Er war zusammen mit einem jungen Typen gekommen, der sich als Reporter für ein Regionalmagazin vorgestellt hatte und einen Bericht über ihre Arbeit als Phantombildzeichnerin machen wollte. Das Filmchen war ganz nett geworden, aber das hatte nicht so sehr an dem Reporter gelegen. Sondern sehr viel mehr an Silviu. Seine Bilder waren einfach ...

»Verdammt noch mal.« Elisa sagte den Satz so laut, dass sie über ihre eigene Stimme erschrak.

Als er damals mit den Filmaufnahmen fertig gewesen war, hatte Silviu ihr ein verschmitztes Lächeln geschenkt – und eine Visitenkarte. »Hat viel Spaß gemacht, mit Ihnen zu arbeiten, Elisa. Vielleicht trifft man sich mal wieder. Würde mich echt freuen.«

Jetzt drehte sie die Visitenkarte in der Hand hin und her. Das Ding war schon ganz abgegriffen. Es war nicht das erste Mal, dass sie überlegte, einfach anzurufen. Sie hatte schon oft daran gedacht. Aber nicht gewusst, was sie sagen sollte. »Hallo, wie geht es Ihnen?« war ja wohl ziemlich dämlich und kein Grund für einen Anruf. Doch diesmal hatte sie einen Anlass. Das müsste es leichter machen. Eigentlich. Oder eben auch nicht. Sie schloss die Augen, atmete tief durch.

Du bist doch sonst kein Feigling, Elisa.

Schließlich wählte sie die Nummer. Es klingelte viermal, und sie überlegte schon, wieder aufzulegen, als er sich meldete.

Er sagte nur »Hallo«, aber sie erkannte die Stimme sofort.

»Silviu ... äh ... Herr Thoma?«

»Richtig. Silviu Thoma. Und wer ist da?«

»Elisa Lowe, Landeskriminalamt.«

»LKA?« Das Staunen in seiner Stimme war nicht zu überhören.

»Was hab ich denn jetzt schon wieder ...« Er räusperte sich. »Moment bitte. Lowe? Elisa Lowe? Sie sind doch ...«
»Ja, die Zeichnerin.«
»Das ist nett, dass Sie sich mal melden. Wie geht es Ihnen?«
»Danke. Ich habe einen bestimmten Grund, weswegen ich anrufe. Könnten Sie mir vielleicht helfen?«
»Aber gerne.«
Stille in der Leitung.
Ein kurzes Lachen. Elisa erinnerte sich an das Lachen. Es gefiel ihr.
»Ja und womit?«
»Womit was?«
»Womit ich Ihnen helfen kann, Frau Lowe.«
Frau Lowe – bei den Dreharbeiten hatte er immer Elisa zu ihr gesagt.
»Ich möchte Sie etwas fragen.« Was zum Teufel hatte sie da eigentlich vor? Und warum? Sie könnte auch zurückfragen, wie es ihm ginge, und das war es dann.
»Hallo – sind Sie noch dran?«
Wenn sie es nicht tat, würde es sich anfühlen, als würde man die Treppe vom Drei-Meter-Brett wieder hinuntersteigen. Fast geschafft war eigentlich schlimmer als gar nicht probiert. Sie holte tief Luft.
»Wir haben da einen Entführungsfall. Und ich habe mich gefragt, ob Sie vielleicht wissen ... also, ob Sie vielleicht schon auf dem Weg zu dem Haus der Familie sind. Und ob Sie mir sagen können, wie die Leute heißen.«
Wieder ein Moment der Stille. Dann brach Silviu Thoma in ein derartiges Gelächter aus, dass Elisa den Hörer ein Stück vom Ohr weghalten musste.
»Das ist gut ...« Noch eine Lachsalve. »Das ist echt ... einmalig. Die Bullen fragen bei *mir* nach. Das hatte ich ja noch nie. Entschuldigung, dass ich ...« Die nächste Lachsalve war so heftig, dass er husten musste.
»Was ist daran so komisch? Wissen Sie denn, wer die Leute sind, oder wissen Sie es nicht?«
»Elisa, hören Sie ...« – wenigstens sagte er nicht wieder »Frau Lowe« – »... also, Sie haben keine Ahnung, wie viele Bul... wie

viele Beamte ich heute Morgen schon angerufen habe, um zu erfahren, wo das Entführungsopfer wohnt. Die behaupten allerdings alle, sie wissen es nicht. Obwohl das natürlich gelogen ist. Das heißt, wenn nicht einmal Sie ... Also ehrlich, Elisa, dass jemand wie Sie, also jemand von der Polizei, bei mir, dem Paparazzo, anruft – das ist echt cool.«

Vielleicht war die Idee ja auch einfach nur bescheuert gewesen. Sie könnte sich entschuldigen, ihm einen schönen Tag wünschen und auflegen. Sie könnte das alles einfach vergessen. Aber dann würde sie nicht weiterkommen. Und dass sie weiterkommen wollte, spürte sie überdeutlich. Sie *musste* einfach weiterkommen. Sie *musste* herausfinden, ob *Er* etwas mit der Entführung zu tun hatte. Und da war etwas in Silvius Stimme, das ihr ein gutes Gefühl gab. Deshalb sprach sie weiter:

»Kennen Sie sich vielleicht aus mit der Wiesbadener Oberschicht?«

»Warum?«

»Ich weiß nur so viel: Das müssen *extrem* reiche Leute sein. Der PP hält sogar die Summe der Lösegeldforderung unter der Decke. Das habe ich noch nie erlebt.«

»Oha.« Sie konnte hören, wie Silviu lang gezogen ausatmete. »Sie meinen eine Million oder mehr?«

»So wie das klang, würde ich sagen, zehn Millionen oder mehr.«

»Da kommen nicht mehr sehr viele in Frage. Erst recht nicht mit einem siebenjährigen Sohn.«

»Und wer?«

Silviu zögerte einen Moment. Dann sagte er: »Man müsste einfach mal vorbeifahren. Meist sieht man sehr schnell, wer es ist. Man bekommt so ein Gespür dafür. Wenn man oft Häuser oder Personen gesucht hat ... Das ist fast, als gäbe es eine innere Magnetnadel, die vom richtigen Ort angezogen wird. Wollen Sie ...«, Elisa meinte an seiner Stimme zu hören, wie er ganz leicht schmunzelte, »... wollen Sie vielleicht mitfahren?«

Die Frage kam zu plötzlich, um lange nachzudenken. Sie hatte das Gefühl, gar nicht selbst entschieden zu haben. Sie straffte ihre Schultern, fuhr sich mit der Hand durch die Haare. Dann hörte sie sich selbst sprechen, als sei sie eine ganz andere. Diese andere

schien gar keine Bedenken zu haben, sich auf ein Abenteuer mit ungewissem Ausgang einzulassen. Diese andere vertraute Silviu, obwohl sie ihn kaum kannte, und sagte laut und deutlich:
»Ja, sehr gerne. Ich komme mit.«
»Ich hole Sie in zehn Minuten ab. Bis gleich.«
Mit dem Hörer in der Hand starrte Elisa aus dem Fenster. Was sie da tun wollte, verstieß gegen so ziemlich alle ihre Dienstvorschriften. Und außerdem war es garantiert brandgefährlich. Und das alles war ihr gerade völlig egal.

5

»Warum interessiert dich das eigentlich so?« Silviu lenkte seinen C4 mit der linken Hand. Mit der rechten drückte er so heftig auf dem Bildschirm des Navis herum, dass Elisa fürchtete, die Scheibe könnte brechen.

»Ich nehme an, du fährst jetzt nach Sonnenberg?«, fragte sie, ohne seine Frage zu beantworten. »Weil da die meisten von den Wohlhabenden, den Reichen, also ...« Sie hatten bereits einen vergeblichen Versuch in Dotzheim hinter sich. Aber die Familie, die Silviu im Auge gehabt hatte, war seit einer Woche verreist, wie sie von einem Nachbarn erfahren hatten, und kam deshalb nicht in Frage.

»Ich hab dich was gefragt, Elisa.«

Verdammt, der Kerl war aufmerksamer, als sie gedacht hatte. Und er sagte einfach »du« zu ihr. Aber es klang natürlich und freundlich bei ihm. Nicht so aufgesetzt und künstlich wie das gewaltsame Duzen, das Radiosender und Möbelhäuser immer häufiger durchzusetzen versuchten.

»Weiß nicht. Interessiert mich einfach. Wegen des kleinen Jungen – vielleicht. Muss doch schlimm für ihn sein.«

»Mmh.« Silviu klang nicht so, als wäre er mit dieser Auskunft zufrieden. »Nein, nicht nach Sonnenberg. Meinst du echt, dafür brauche ich das Navi?«

»Aber es ist doch die Richtung.« Sie fuhren am Hauptbahnhof vorbei.

»Mein Lieblingshochhaus.« Silviu zeigte auf das leer stehende R+V-Gebäude auf der linken Seite. »War ich vorgestern drin – zum Drehen. Sehr geiles Ambiente: abgerissene Wandverkleidungen, raushängende Kabel. Riecht allerdings ziemlich übel, weil die Penner immer mal ein anderes Zimmer zur Toilette machen.«

»Darf man denn da rein?«

»Ich glaube nicht.«

»Aber du warst drin.«

»Musste ich ja wohl. Bilder von außen kann jeder.«

Dass Männer immer dazu neigen, mit ihren halb legalen Heldentaten anzugeben. Sogar Silviu.
Elisa zog eine Augenbraue hoch. »Also – wohin fahren wir?«
»Aufs Land.«
Sie sah ihn erstaunt an. Silviu ignorierte die Geschwindigkeitsbeschränkung. Wenige Minuten später sah die Umgebung schon ganz anders aus. Sie wirkte nicht, als wären sie in der Landeshauptstadt, sondern irgendwo in der Provinz.
Rechts von ihnen lag ein Acker, links stand eine Baumreihe. Es nieselte schon wieder. Der Scheibenwischer quietschte.
Auf einmal bekam Elisa Angst. Was, wenn er sie verschleppte? Wenn er die Situation ausnutzen wollte? Sie kannte ihn doch eigentlich gar nicht.
»Kloppenheim?«, fragte sie schließlich, als sie das Ortsschild sah.
»Das ist aber nicht gerade die High-Society-Wohngegend.«
»Nein, ist es nicht. Aber eine Familie lebt da, die muss stinkreich sein. Und einen kleinen Sohn haben die auch. Echtes Understatement, verstehst du? Ich war mal da. Von außen nur ein hübsches Fachwerkhaus. Aber innen: voll der Luxus. Das glaubt man kaum.«
»Was hast du denn da gemacht?«
»Es ging um eine Heizung. So eine brandneue Anlage. Mit Holzpellets. Der Mann hat eine Firma, die so was herstellt. Er wollte sein neuestes Modell im Regionalfernsehen zeigen. War für ihn kostenlose Werbung. Da war er ganz scharf drauf. Und weil sonst noch keiner so eine Heizungsanlage hatte, durften wir in seinem Privathaus drehen. Es war ihm allerdings total wichtig, dass niemand die Adresse erfährt. Und seine Frau hat immerzu gesagt, dass sie das eigentlich gar nicht gut findet, dass wir da sind.«
»Und wieso meinst du, dass gerade die …?«
»Doof ist, dass ich die Anschrift nicht mehr habe. Ist schon ein paar Jahre her.«
»Hallo – ich hab dich was gefragt.«
Silviu lachte. »Du magst das also auch nicht.«
»Was?«
»Wenn man deine Fragen nicht beantwortet.«
»Wieso?«

»Ich will auch, dass man mir antwortet. Und du hast noch immer nicht gesagt, warum du so scharf auf den Fall bist.«

»Ich bin nicht ...« Elisa zögerte. Sie konnte doch unmöglich diesem Mann, den sie kaum kannte, das schrecklichste Ereignis ihres Lebens, ihren persönlichen Alptraum, anvertrauen. Andererseits: Welche vernünftige Erklärung konnte sie dafür geben, dass sie auf eigene Faust in einem Entführungsfall ermitteln wollte?

»Vielleicht sollten wir es einfach lassen«, sagte sie schließlich, Resignation in der Stimme.

Silviu wandte kurz den Blick von der Straße ab. Er lächelte. »Nein, ich muss das ja gar nicht so genau wissen.« Kurze Pause. Dann: »Also – warum gerade diese Familie? Ich kann es dir nicht wirklich sagen. Das ist so ein Gefühl. Und ...« Er unterbrach seinen Satz, riss erschrocken das Lenkrad herum. Wie aus dem Nichts war ein Radfahrer vor ihnen aufgetaucht. »Scheiße, Mann, du kannst doch nicht einfach direkt vor meine Nase fahren.«

Gerade noch rechtzeitig schlitterte der C4 über die Gegenspur an dem Radler vorbei.

Elisa sah in den Spiegel. »Das ist so 'n Opa auf dem Rad. Der fährt, als wäre er nicht richtig bei Sinnen. Nicht zu fassen.« Sie sah den Mann rechts in einen Wirtschaftsweg einbiegen. Sein Fahrrad schwankte bedenklich.

»Das war verdammt knapp«, stöhnte Silviu und hielt am Straßenrand an. »Mann, mir zittern die Knie. Ich hab gedacht, jetzt erwisch ich ihn. Als hätte ich das Krachen schon gehört. Einen Menschen anfahren – das ist irgendwie das Schlimmste. Wenn man sich vorstellt, man hat dann Schuld, dass er ewig gelähmt ist. Oder tot.«

Wenn man Schuld hat, dass jemand tot ist.

Ein paar Jahre lang hatte Elisa es geschafft, dieses Gefühl zu verdrängen. Jetzt war es wieder da.

Habe ich Schuld an Maras Tod? Warum konnte ich fliehen und sie nicht?

Sie fröstelte.

Das Auto stand zur Hälfte auf dem Bürgersteig, der Motor lief noch. Ein Mann mit einem Rollkoffer runzelte die Stirn, weil er nur schwer vorbeikam. Er verschwand in der Tür eines Gasthofs, von dessen grünen Fensterläden die Farbe abzublättern begann.

»Willst du mal aussteigen?« Elisa tippte Silviu leicht auf die rechte Hand, die noch immer das Lenkrad umklammert hielt. »Sollen wir in dem Hotel nach einem Glas Wasser fragen?«

»Aussteigen reicht.« Neben dem Wagen drückte Silviu das Kreuz durch und stemmte die Arme in die Hüften. Schweißperlen glitzerten auf seiner Stirn.

»Weißt du, Elisa ...«

»Ja ...«

Was will er mir erzählen? Gibt es auch in seinem Leben einen Alptraum? Etwas, das er mit sich herumträgt?

Silvius Gesichtsfarbe wurde wieder frischer. »Weißt du«, fuhr er fort, »ich glaube, wir sollten jetzt rechtsherum fahren und dann noch einmal rechts. Irgendwie meine ich, das Haus war in der Nähe von diesem Bach.«

Sie stiegen wieder ein und bogen in einen schmalen Weg ein, dessen Asphaltdecke löcherig war.

»Alles wieder okay mit dir?« Elisa sah abwechselnd nach vorn und nach links zu Silviu.

»Völlig okay. Das war nur ... also eben ...« Er sprach nicht zu Ende. »Da vorne. Das Fachwerkhaus mit den Schnitzereien im Gebälk. Ich glaube, das ist es.«

»Und jetzt?« Elisa überfielen plötzlich Zweifel. »Wir können ja wohl kaum klingeln und fragen: ›Entschuldigung, wurde Ihr Kind entführt?‹ – Oder was meinst du?«

»Nee, wohl kaum.«

Langsam fuhren sie an dem Haus vorbei und bogen in die nächste Seitenstraße ein.

»Lass uns mal von hinten schauen«, schlug Silviu vor.

»Das ist doch viel zu weit weg.«

»Wart doch ab, Elisa. Hier.« Er parkte den C4 unter einer alten Birke.

»Was – hier?«

»Wir gehen durch die Gärten. An dem Kirchturm da vorne können wir uns orientieren. Wenn wir genau in die Richtung gehen, müssten wir am Grundstück der Familie rauskommen.«

»Aber wir dürfen doch nicht ...«

»Ja, wenn du nur machen willst, was wir dürfen, dann können wir es auch gleich lassen.«

»Und wenn das wieder nicht das richtige Haus ist?« Elisas Stimme klang auf einmal dünn, mutlos. Genau so, wie sie sich fühlte.

»Das ist sogar höchstwahrscheinlich nicht das richtige Haus. Schließlich gibt es noch mehr reiche Leute in und um Wiesbaden. Aber wenn wir gar nicht erst suchen, finden wir auf keinen Fall etwas heraus. Also was jetzt – kommst du mit, oder soll ich alleine?«

Ohne ihre Antwort abzuwarten, stapfte Silviu durch das nasse Gras. Elisa hatte Mühe, mit ihm Schritt zu halten. Sie spürte ein eigenartiges Druckgefühl im Hals und ein Ziehen in der Magengegend. So, als würde sie gleich bei etwas Verbotenem erwischt werden. Immer wieder drehte sie sich um. War da nicht ein Geräusch? Wahrscheinlich spielten ihre Nerven ihr nur einen Streich. Das war ja auch wirklich kein Wunder nach dem Schock mit dem Phantombild. Unruhig scannte sie die Gärten rechts und links mit ihren Augen ab. Dort hinter dem Busch, hatte sich da gerade etwas bewegt?

»Kommst du jetzt, oder was?«, zischte Silviu.

Sein Orientierungssinn war bemerkenswert. Sie durchquerten drei Gärten, zwängten sich durch mehrere dicht bepflanzte Rosenbeete und standen schließlich auf einem frisch gemähten Rasenstück, an dessen Ende die Rückseite des Fachwerkhauses mit den durch Schnitzereien verzierten Balken zu sehen war.

»Wie heißen die Leute eigentlich?«, flüsterte Elisa.

»Sandmann. Nein, könnte auch Sander sein. Ich glaube, Sander. Ja, das ist richtig, meine ich. Oder … nein, ich bin doch nicht ganz sicher. Aber irgendwas mit Sand …«

»Sieht aber hier auch nicht nach Entführung aus, oder?«

»Wieso meinst du?«

»So wenig los.«

»Dachtest du, das ist wie im Fernsehkrimi? Wo die Familie des Entführungsopfers vor der Glasscheibe im Wohnzimmer auf und ab geht?« Silviu lachte und zog eine Kamera aus der Jackentasche. »Meine Kleine für Spezialfälle. Die hat ein besseres Zoom als die meisten großen.«

Ein Zweig knackte, und Elisa zuckte zusammen. »Was war das?«

»Da war nichts.« Silviu richtete das Objektiv auf das Haus. Er ist wirklich voll auf seine Arbeit konzentriert, dachte Elisa. Genau wie sie, wenn sie am Zeichentisch saß. »Siehst du was?« Er schüttelte den Kopf. »Vielleicht gar keiner zu Hause. Ich glaube ... Moment mal ...«
Er bewegte die Kamera ein Stück. »Da oben – da ist ... Ich hätte schwören können, die Gardine am Fenster im ersten Stock hat sich bewegt. Aber jetzt ist wieder nichts zu sehen. Auch kein Licht an. Einfach nichts.«
Elisa stieß mit dem Fuß gegen etwas Hartes. Es gab ein metallisches Geräusch.
»Bist du sicher, dass wir hier richtig sind?«, fragte sie.
Silviu zog die Augenbrauen zusammen.
»Wieso nicht?«
»Hast du nicht gesagt, der hätte eine hochmoderne Pelletheizung?« Sie deutete auf den Metalldeckel, gegen den sie gerade gelaufen war. »Das hier ist ein Propangastank – im Boden versenkt. Was macht der dann hier?«
Silviu sah Elisa an, dann den Gastank, dann wieder Elisa.
»Alle Achtung, Miss Marple.« In seiner Stimme lag kein bisschen Ironie, sondern nur echte Anerkennung für Elisas Kombinationsgabe. »Ich muss mich geirrt haben.«
Sie gingen zum Auto zurück.
»Wo kann das Haus der Sanders sonst gewesen sein? Es sah auf jeden Fall ganz ähnlich aus«, überlegte Silviu.
»Du hast gesagt, am Fluss. Wollen wir die nächste Abzweigung versuchen?«
Elisa drehte sich um, während sie weiterfuhren. Hatte sie den Kastenwagen, der ihnen folgte, nicht gerade schon im Rückspiegel gesehen? Ihr Herz begann schneller zu schlagen. Sie versuchte, das immer heftigere Druckgefühl im Hals durch Räuspern zu vertreiben.
»Kann es sein, dass jemand hinter uns her ist?«, fragte sie.
Silviu sah sie skeptisch von der Seite an.
»Wie kommst du darauf?«
»Der Wagen hinter uns. Und in dem Garten, da dachte ich auch, ich hätte ...«

»Also ich sehe kein Auto, das uns folgt.«

Elisa drehte sich um. Der Kastenwagen war tatsächlich nicht mehr da. Wohin konnte er so schnell verschwunden sein?

»Hier«, rief Silviu plötzlich und bremste scharf.

»Hier ist doch nur eine Mauer.«

»Genau. Aber dahinter wohnen die Sanders. Glaube ich jedenfalls«, fügte Silviu hinzu. »Wenn ich mich nicht schon wieder irre.«

Auch diesmal parkte er den C4 an der Rückseite des Grundstücks. Elisa fragte sich, durch wie viele Gärten er sie noch schleifen wollte. Dieser war ein regelrechtes Dickicht aus Brombeerranken. Eine von ihnen, die Silviu heruntergetreten hatte, schnellte zurück und traf Elisa schmerzhaft am Arm. Sie konnte sich nur mühsam beherrschen, nicht zu schreien. Ihr fiel auf, dass auch Silvius Arme und Waden zerkratzt wurden, doch ihn schien das nicht zu stören. Als das Haus in ihr Blickfeld rückte, blieben sie stehen.

»Siehst du etwas?«, fragte Elisa.

Silviu setzte seine kleine Kamera ab.

»Absolut gar nichts. Die Rollläden sind unten, nichts rührt sich. Aber man muss Geduld haben.«

Elisa stöhnte. Wie lange er wohl warten wollte? Es kam ihr vor, als wären sie schon eine Ewigkeit auf dem Grundstück. Schließlich fragte sie: »Wollen wir es einfach bleiben lassen?« Sie wusste nicht genau, woher das Gefühl kam, aber sie hatte plötzlich nur noch den Wunsch, ganz schnell von hier zu verschwinden. Irgendetwas beunruhigte sie. Ihre Hände zitterten.

»Wie du meinst.« Auch Silviu schien nicht mehr daran zu glauben, dass sie hier etwas erreichen konnten.

Ohne ein Wort zu sagen, gingen sie durch das Brombeergestrüpp zurück zum Auto.

»Und jetzt?« Silviu klang enttäuscht.

»Hast du noch eine andere Idee?«, fragte Elisa.

»Doch, klar. Vielleicht die Familie ... warte mal, wie heißen die aus Schierstein? Mit der Fabrik? Aber ich dachte wirklich, hier ... Na ja, du hast wohl recht. Wir versuchen es woanders.«

Sie merkte ihm seine Verärgerung an.

Die Vorderräder des C4 drehten beim Anfahren auf dem feuchten Weg durch. Sie nahmen dieselbe Strecke, die sie gekommen waren.

Beinahe hatten sie den Ort schon verlassen. Die lang gezogene Straße nach Wiesbaden mit der gleichmäßigen Baumreihe lag direkt vor ihnen, als Elisa plötzlich rief: »Halt. Dreh um. Fahr dem dunklen Antara hinterher. Das Auto kenne ich.«

Silviu reagierte sofort. Zwei schnelle Blicke, und er wusste, dass genug Platz zum Wenden war. Der Wagen geriet kurz ins Schleudern. Die Vorderräder rutschten über den Grünstreifen. Matsch spritzte auf die Windschutzscheibe. Aber sie schafften es, wieder Richtung Kloppenheim zu fahren, bevor das Auto außer Sichtweite war.

»Was heißt, du kennst den?«, fragte Silviu hastig.

»Ein Kollege. Max. Also – dieses Auto fährt er normalerweise. Max ist unser Psychologe. Und der könnte ja gebraucht werden in der Familie ...«

»Mensch, wirklich, der hält vor dem Haus.«

Silviu fuhr vorbei und bog rechts ein – genau dort, wo sie vor wenigen Minuten herausgekommen waren.

»Wieder von hinten, oder wie?« Elisa schaute Silviu fragend an.

»Geht ja wohl kaum anders.«

Wir schaffen das nicht. Das ist doch Wahnsinn. Ich könnte auch einfach Ludger einweihen. Oder den Polizeipräsidenten ...

»Auf jetzt, wir müssen doch sehen, ob dein Max da wirklich reingeht. Und was dann kommt.«

Ohne ihren Zweifeln weiter Platz zu lassen, folgte Elisa Silviu durch den Garten. Die Spuren ihres ersten Besuchs waren noch gut zu erkennen. Einige Brombeerranken lagen niedergedrückt auf dem Boden. Sie beeilten sich. Gleich müsste das Haus zu sehen sein. In diesem Moment spürte sie etwas Schweres auf ihrem Rücken. Sie wurde zu Boden geschleudert. Elisa schmeckte Gras und Erde. Ein scharfer Schmerz fuhr durch ihre Wirbelsäule. Es gab keine Chance, aufzustehen. Sie wollte schreien, doch eine Hand wurde grob in ihr Gesicht gedrückt. Die Angst fuhr in ihren Kopf wie ein Schwert mit glühend heißer Spitze. Nur ein Gedanke:

Ist Er *das? Bringt er mich jetzt um?*

6

»So etwas hätte ich von Ihnen nicht gedacht. Es ist Ihnen schon klar, dass ich das melden muss, Frau Lowe?«

Sie saß neben Silviu auf einem Besucherstuhl im Vernehmungszimmer. Hauptkommissar Engeholm zog seine Computertastatur zu sich herüber.

»Was den Hausfriedensbruch angeht, hängt alles davon ab, ob Familie Sander Strafantrag stellt. Die haben jetzt wahrscheinlich ganz andere Sorgen und lassen das. Aber dienstrechtlich ... Also, ich kann dazu nur ...«

Er setzte eine wichtige Miene auf. Elisa spürte, dass sie vor Wut zitterte. Vielleicht auch ein bisschen vor Angst. Silviu war deutlich lässiger. Zumindest äußerlich.

»Jetzt halten Sie den Ball mal flach, Herr Engeholm. Wir waren nur im Garten, nicht im Schlafzimmer. Und Elisa ... also ich meine, Frau Lowe – die gehört doch zu Ihnen. Seien Sie doch froh, wenn Ihre Leute Ehrgeiz zeigen bei wichtigen Fällen. Von diesen Schreibtisch-Sitzern und Computer-Bestaunern, die nie auf eigene Ideen kommen, haben Sie doch bestimmt schon genug.«

Engeholm ballte die Fäuste über der Tastatur. Seine kleinen Augen zuckten unter der fliehenden Stirn. »Sie sind mal ganz ruhig, ja. Sonst haben Sie schneller noch eine Anzeige wegen Beamtenbeleidigung dazu, als Sie denken können.«

Silviu machte eine wedelnde Bewegung mit der rechten Hand, drehte sich zu Elisa um und lächelte sie an.

Für einen Moment fühlte sie sich etwas ruhiger.

»Wir machen jetzt das Protokoll«, sagte Engeholm. »Mit Ihnen fange ich an, Herr Thoma. Frau Lowe, nehmen Sie doch bitte solange draußen Platz.«

»Na klar, Kollege.« Elisas Tonfall klang spitz. Das konnte ja wohl nicht wahr sein. Er behandelte sie wie eine Ladendiebin. Sie sollte auf dem Flur warten, bis es dem Herrn Kommissar recht war. »Schreibtisch-Sitzer« und »Computer-Bestauner« hatte Silviu gesagt. Besser konnte man es gar nicht ausdrücken. Sie gab der

Zimmertür beim Hinausgehen einen festen Tritt mit dem Absatz. Was war dieser Engeholm nur für ein Blödmann. Sie rieb sich die Schulter. Die Beamten, die sie im Garten überwältigt hatten, waren nicht zimperlich gewesen. Draußen auf der Wartebank sah sie sich um. So fühlte sich das also an – auf der anderen Seite. Plötzlich spürte sie Verständnis für die vielen Menschen, die tagtäglich gegen ihren Willen auf diesem Flur warten mussten. Wie oft hatte sie schon »selbst schuld« gedacht, wenn sie an ertappten Straftätern vorbeigeeilt war, die mit gesenktem Kopf auf der Bank gesessen hatten, auf der sie jetzt hockte. Auch mit den Zeugen, die auf ihren Aufruf warteten, hatte sie selten Mitleid gehabt. Plötzlich aber verstand sie deren gequälte Mienen, die nervös verschränkten Hände, die Unsicherheit im Blick.

Das ganze Präsidium kam ihr auf einmal feindlich vor, das Poster an der Glastür wie Hohn: »Deine hessische Polizei – ein Arbeitgeber mit Zukunft.«

Was hatte Engeholm gerade mit »dienstrechtlich« gemeint? Würde man sie entlassen? Sie ballte die Fäuste. Alles wegen damals. Warum konnte sie nicht einfach vergessen? Vergessen und ihre Arbeit machen. Ganz normal wie alle anderen auch.

Ich werde niemals vergessen. Schon wegen Mara. Ich kann nicht vergessen. Und ich will nicht vergessen.

Die Tür ging auf, Silviu kam heraus und lächelte ihr aufmunternd zu. »Ich melde mich nachher, ja?«

Sie nickte und ging auf Engeholms Vernehmungszimmer zu, doch der kam ihr bereits entgegen. Er hatte die Augen noch weiter zugekniffen und machte ein finsteres Gesicht. »Der Chef will das selbst mit Ihnen regeln. Bender erwartet Sie oben. Bilden Sie sich bloß nichts ein, Frau Lowe.«

Sie hatte eine bissige Bemerkung auf der Zunge, schluckte sie aber lieber runter. Jürgen Bender war bislang immer auf ihrer Seite gewesen. Sie wusste, dass er ihre Arbeit schätzte. Und sie hatten auch persönlich das, was man einen »guten Draht zueinander« nennen konnte. Nach einer Diskussionsrunde im Pressehaus in der Langgasse hatten sie vor ein paar Monaten eine ganze Weile miteinander gesprochen. So war sie auch an seine Handynummer gekommen. Er war es gewesen, der den Pförtner angewiesen hatte, sie zur Konferenz durchzulassen. Wenn er sich jetzt selbst der Sache annahm, konnte es doch eigentlich so schlimm nicht werden. Sie drehte sich auf dem Absatz um und lief zum Treppenhaus. Kurz darauf stand sie vor dem Büro des Wiesbadener Polizeichefs.

Die Vorzimmerdame lächelte höflich. »Sie werden schon erwartet, Frau Lowe. Bitte sehr.«

Bender trat ihr durch die geöffnete Bürotür entgegen und streckte die Hand zur Begrüßung aus. »Kommen Sie erst mal rein.« Er schloss die Tür sorgfältig und bedeutete ihr, sich zu setzen.

Im Büro roch es nach frisch aufgebrühtem Kaffee. Obwohl der Himmel wolkenverhangen war, fiel helles Tageslicht durch die großen Fenster. Man hatte zwar keinen atemberaubenden Blick über die Stadt, dafür war das Gebäude insgesamt zu flach, aber trotzdem wurde klar: Wer hier war, war oben. Bender lehnte sich in seinem lederbezogenen Stuhl zurück.

»Können Sie mir als Erstes vielleicht einfach sagen, was Sie in dem Garten zu suchen hatten?«

»Ich wollte herausfinden, um wen es eigentlich geht. Mir ist dieser Fall wichtig.« Was zum Teufel sollte sie dem Polizeichef jetzt erzählen? Dass sie glaubte, den Entführer zu kennen? Dann hätte er nur umso mehr Grund, ärgerlich zu werden, weil sie es den Kollegen gegenüber verschwiegen hatte. Und waren das nicht sowieso höchstwahrscheinlich alles Hirngespinste, für die man sie bestenfalls auslachen würde?

»Es geht ja schließlich um ein Kind. Da kann man doch gar nicht genug ...«, begann sie.

»Sie wissen, dass ich Ihre Arbeit sehr schätze, wirklich. Und auch persönlich ... aber das tut jetzt nichts zur Sache. Fest steht, dass Sie ganz sicher sein können, dass wir in diesem Entführungsfall alles Menschenmögliche tun, um den Jungen zu retten.« Bender drehte sich zum Fenster und schaute in den grauen Wiesbadener Himmel. »Warum müssen uns die Frauen vom LKA nur immer Kummer machen? Ihre Chefin ist ja auch dafür bekannt, ihre Nase in Dinge zu stecken, die sie ... na ja, Sie wissen schon.«

Er stand auf, lehnte sich mit der Hüfte an den Schreibtisch und klopfte mit einem Bleistiftende auf die Tischplatte. Auch Elisa stand von dem Besucherstuhl auf. Es gefiel ihr nicht, von oben herab angesprochen zu werden.

»Was meine Chefin angeht – so genau weiß ich das natürlich nicht. Aber immerhin ist sie ja wieder im Dienst. Also war das, was sie gemacht hat, vielleicht doch nicht ganz verkehrt.« In Gedanken setzte sie den Satz fort: *Nachdem der Innenminister sie ja am liebsten zur Streifenpolizistin degradiert hätte. Damit sie nicht noch mehr Kungeleien in der Polizeiführung aufdeckt.*

»Hören Sie, Frau Lowe.« Plötzlich war die Freundlichkeit aus Benders Stimme verschwunden. »Sie sind nicht gerade in der Situation, das Verhalten anderer zu bewerten.«

»Entschuldigen Sie bitte.« Elisa erschrak über Benders schlagartigen Tonfallwechsel. Sie sah ihm jetzt direkt ins Gesicht. Unter den graublauen Augen machten sich violett verfärbte Tränensäcke breit. Darüber schmale Augenbrauen und sorgfältig gekämmte grau melierte Haare. So, wie er aussah, hätte er auch Chefarzt der Horst-Schmidt-Kliniken sein können. Vielleicht war das ja immer sein Ziel gewesen und Polizeipräsident nur so etwas wie die Notlösung, überlegte Elisa.

»Ich habe mit der Präsidentin telefoniert«, erklärte Bender mit eiserner Miene. »Sie ist nämlich zurzeit in Berlin, und da bleibt sie auch noch eine Weile. Es geht um Geld. Wie immer.«

Er lachte kurz. Aber es klang nicht so warm, wie Elisa es bei ihm gewohnt war.

»Setzen Sie sich doch wieder, Frau Lowe.«

Sie zog es weiterhin vor, stehen zu bleiben. Bender stand auch immer noch. Eine Weile war es ganz ruhig im Büro, bis Elisa das seltsame Schweigen brach.

»Was wollen Sie mir denn nun eigentlich sagen?«

»Die Präsidentin hat gesagt, dass ich sie in dieser Angelegenheit vertreten und selbst die notwendigen Entscheidungen treffen soll. Und meine Entscheidung ist, dass Sie ...«, er machte eine kurze Pause und legte dabei die Stirn in Falten, »... dass Sie sicherheitshalber zunächst einmal freigestellt sind.«

Plötzlich zitterten Elisas Knie. »Was heißt das?«

»Das heißt: Erholen Sie sich ein bisschen. Sie machen Pause. Wir besprechen zu gegebener Zeit, wie der Vorgang behördenintern zu bewerten ist. Dann bekommen Sie Nachricht. Es tut mir leid.« Bender versuchte ein Lächeln, aber es gelang nicht recht. Er presste die Lippen zusammen. »Es tut mir wirklich leid, weil ich Sie auch immer besonders gut fand ... finde ...«

»Heißt das, ich bin ... gefeuert?«

»Das heißt, Sie müssen erst einmal nicht zum Dienst. Alles Weitere wird später entschieden.«

»Aber ich habe das doch wirklich nur getan, um vielleicht helfen zu können.«

Plötzlich wurde Bender laut. »Helfen? Sie sind ja lustig. Sie mischen sich in eine sehr, sehr wichtige Ermittlung ein.« Seine Stimme bebte. »Eine Ermittlung von oberster Priorität. Verstehen Sie? Und da nehmen Sie Kontakt zu einem ... zu einem ... Sensationsreporter auf und begehen gemeinsam mit ihm Hausfriedensbruch. Stellen Sie sich mal vor, das kommt raus. Wollen Sie so was in der Zeitung lesen?«

Elisa spürte ein unangenehmes Brennen, das sich von den Beinen aus in den Bauch und dann in die Brust fortsetzte. Plötzlich wurde ihr klar, dass es gar nicht in erster Linie um sie ging. Es ging Bender um sich selbst. Er hatte Angst.

Sie hob ihr Kinn ein Stückchen an. »Wichtiger als das, was vielleicht im Kurier stehen könnte, ist doch wohl, dass der Junge gefunden wird. Es tut mir leid, dass ich da zu weit gegangen bin, aber ...« Sie sah Bender in die Augen. Wenn sie ihm nur hätte erklären können, warum sie an diesem Fall mehr als nur interessiert war. Wenn sie ihm nur das Gefühl hätte beschreiben können: diesen unausweichlichen Sog, der sie erfasst hatte, seit sie das Gesicht des mutmaßlichen Täters gezeichnet hatte. »Wie weit sind Sie denn eigentlich? Haben Sie eine Spur?«

»Das geht Sie gar nichts an. Der ganze Fall geht Sie nichts an. Geben Sie mir jetzt bitte Ihren Dienstausweis.«

»Darf ich wenigstens ein paar private Sachen aus meinem Büro holen?«

»Lassen Sie sich die Sachen von einem Kollegen bringen.« Bender war wieder ruhiger geworden. Er ließ sich auf seinen Stuhl sinken und stützte den Kopf auf die rechte Hand. »Wenn wir diesen Fall erst mal hinter uns haben, Frau Lowe, dann wird alles leichter. Sie werden sehen, dann finden wir eine Lösung, die für alle gut ist.«

Elisa konnte sich nicht erinnern, wann sie zuletzt so wütend gewesen war. Bis eben hatte sie noch geglaubt, Bender würde die Sache schon regeln. Irgendwie jovial. So, wie sie es von ihm erwartet hatte, hier auf der höchsten Polizeiebene, noch dazu in der Landeshauptstadt.

Suspendiert – das gab es doch allenfalls in Frankfurt. Aber hier? Und wohin sollte sie jetzt überhaupt gehen? Nach Hause? Rumsitzen und Trübsal blasen? Oder ins Reisebüro, Urlaub buchen? Vielleicht war das eine Idee. Im Laufschritt verließ sie das Präsidium. Dass ein paar Kollegen nach ihr riefen, ignorierte sie. Sie stieg in ihren Golf und fuhr einfach los.

Wie ferngesteuert nahm sie den Weg ins Rheingauviertel. Erstaunlich, wie viele Parkplätze um diese Zeit in der Rüdesheimer Straße frei waren. Sie stellte den Wagen an der Litfaßsäule ab, die wie üblich mit Versen aus der Bibel überzogen war. Offenbar hatte der sogenannte »Jesus aus der Sooderstraße« wieder zugeschlagen.

Mechthild Glienicke, die Witwe aus dem zweiten Stock, kam mit zwei Rewe-Tüten vorbei. »Sehen Sie, Frau Lowe. Da hat der schon wieder alles vollgeschmiert mit seinem schrecklichen schwarzen Filzstift. Warum macht die Polizei da nicht mal was? Sie sind doch bei der Polizei?«

War – ich war bei der Polizei, bis heute Mittag, dachte sie und kickte mit dem rechten Fuß ein Stück der angebrochenen Gehwegplatte auf die Fahrbahn.

»Da kann ich nichts machen. Und so richtig schlimm ist es doch auch nicht«, sagte sie schließlich, doch Frau Glienicke gab sich nicht zufrieden.

»Haben Sie eine Ahnung. Der macht das einfach überall. Bald ist die ganze Stadt damit voll.« Weiter schimpfend ging sie mit ihren Tüten zum Eingang.

Ob der Mann, der die Bibelsprüche an Plakatwände kritzelte, sich wohl so ähnlich fühlt wie ich gerade jetzt?, fragte sich Elisa.

Unverstanden, alleingelassen, verloren? »Denn der Herr wird richten über die Lebenden und die Toten«, las sie. »Auf dass ewig Gerechtigkeit herrsche«. Von wegen der Herr. Erst mal kam der Dienstherr. Und richten hatte oft genug wenig mit Gerechtigkeit zu tun, das wusste Elisa genau. Die würden sie womöglich einfach feuern. Das war's dann. Scheiße, was sollte sie bloß machen? »Elisa, du fängst an zu spinnen. Und jetzt führst du auch noch Selbstgespräche«, murmelte sie, während sie die Haustür auffing, die sich gerade hinter Frau Glienicke schließen wollte.

Im Flur roch es muffig. Sosehr sie den Altbau mit der knarrenden Holztreppe und den hohen Wänden liebte – der Geruch war vor allem bei Regen unangenehm. Irgendwie modrig. Sie atmete noch einmal ein und aus. Dann drehte sie sich abrupt um und kehrte auf die Straße zurück. Wenn schon alles egal war, dann war eben alles richtig egal.

Bis zu dem kleinen Weinlokal am Ring waren es nur ein paar Schritte. Es war Viertel vor vier, eigentlich zu früh für einen Schoppen. Aber heute kam es auf einfach gar nichts mehr an.

Sie war beim zweiten Glas Riesling, als die Flashbacks in ihrem Kopf einschlugen wie Blitze aus heiterem Himmel:

Sie und Mara in dem Keller. Seine Stimme. Eigentlich war es eine warme Stimme. Anfangs hatte sie sogar geglaubt, er werde ihnen helfen.

»Wer von euch beiden Hübschen möchte denn zuerst?« Er hatte geklungen wie der freundliche Kinderarzt, zu dem sie ging, wenn sie Grippe oder Bauchweh hatte. Er hatte sogar gerochen wie ein Arzt. Irgendwie sauber, nach Desinfektionsmitteln. Und er trug eine Maske über Mund und Nase, die fast sein ganzes Gesicht verdeckte. Grün – so wie Ärzte im Operationssaal sie tragen. Nur im Moment der Entführung hatten sie den Mann ganz kurz ohne diese Maske gesehen.

»Wie heißt ihr denn?«

Sie hatten geschwiegen, als seien ihre Lippen mit Sekundenkleber verschlossen. Und plötzlich war ein Stab aus seiner Tasche hervorgeschossen und auf Maras Rücken herabgesaust. Ihr Schrei war markerschütternd gewesen.

»Wie du heißt, mein Engel.« Der schwarz gekleidete Mann hatte völlig

ungerührt weitergesprochen. Als Mara noch immer nichts antworten wollte, hatte er nur kurz den Stab angehoben.
»*Ich bin Mara*«, *hatte sie geflüstert. Tränen waren über ihr Gesicht gelaufen.*
»*Und die da?*«
»*Das ist meine Freundin Elisa.*«

Elisa stöhnte plötzlich so laut, dass die Bedienung kam und fragte, ob alles in Ordnung sei. Verwirrt sah sie sich in dem Lokal um. Durch die halb geöffnete Tür drang der Straßenlärm vom Ring ins Innere.
»Zieht es? Soll ich lieber zumachen?«
»Nein, bitte – es ist schon …«
»Möchten Sie vielleicht unsere Speisekarte?«
Elisas Blick verlor sich in der spiegelnden Flüssigkeit in ihrem Glas. Die Kellnerin zuckte mit den Schultern, als sie keine Antwort bekam.

»*Ihr seid Pioniere*«, *hatte er immer zu Mara und ihr gesagt und gelacht.* »*Wisst ihr, was das bedeutet?*«
»*Nein.*«
»*Andere Kinder können sich bei euch bedanken, dass ihr für sie etwas ausprobiert. Aber natürlich werden sie sich vor allem bei mir bedanken. Wenn meine Firma das Mittel erst mal produziert. Wenn erst einmal alle damit behandelt werden.*«
»*Was für ein Mittel?*« *Elisa hatte lange Zeit gar nichts gesagt. Ihre Zunge klebte vor Angst am Gaumen wie ein trockenes Stück Apfelschale.*
»*Ach, du kannst ja auch wieder reden.*« *Er hatte gelacht.* »*Ihr werdet es später vielleicht verstehen. Jetzt komm erst einmal mit mir, kleine Lara.*«
»*Mara*«, *hatte Mara ihn korrigiert. Als ob das einen Unterschied machte. Die Tür war zugefallen. Und Elisa war allein gewesen. Allein zwischen betongrauen Kellerwänden.*
Schon da war ihr klar gewesen, dass etwas Furchtbares auf sie beide wartete. Auch wenn sie nicht im Mindesten hatte wissen können, dass es noch viel entsetzlicher werden würde, als ihre Phantasie in der Lage war, es sich auszumalen.

»Hallo, ist Ihnen net gut?« Ein Mann, der bis eben am Nachbartisch gesessen hatte, stand plötzlich neben Elisa. Sie zuckte zusammen. »Sie haben ja Schweißtropfen auf der Stirn. Brauchen Sie einen Arzt?« Sie schüttelte den Kopf und versuchte den Mann so ruhig wie möglich anzusehen.

»So 'n hübsch Maadche, ganz allaa inne Wertschaft ...«

Sie wollte ihn zurechtweisen. Schließlich war sie kein Mädchen mehr. Aber der Mann hatte lustige Fältchen rund um den Mund und war sicher schon jenseits der siebzig. Frühschicht im Weinlokal, dachte sie. Sie hatte schon lange nicht mehr gesehen, wer sich um diese Zeit seinen Schoppen gönnte. Der freundliche Blick des älteren Herrn drängte ihre finsteren Gedanken wenigstens ein Stückchen in den Hintergrund.

»Sehr zum Wohle«, sagte Elisa und hob ihr Glas.

Der Mann grinste. »So ist schon besser.«

»Aber jetzt dürfen Sie sich gern wieder setzen. Mein Freund kommt gleich.«

»Ooh, der Freund.« Er zog eine Augenbraue hoch. »Des wolle mer net riskiere.«

Der Mann kehrte an seinen Tisch zurück. Er neigte den Kopf zu den anderen, ebenfalls schon recht betagten Herrschaften hinüber, die bei ihm saßen. Es waren doppelt so viele Frauen wie Männer. Wahrscheinlich fast alles Witwen, dachte Elisa.

Kurz danach erschien Silviu in der Tür. »Hier bist du also.«

Ein beifälliges Raunen kam vom Tisch der Rentnergruppe. Silviu sah gut aus mit seinen locker zurückgekämmten schwarzen Haaren und dem leicht gebräunten Teint.

Er ließ sich auf den Platz neben Elisa fallen. Sie hoffte, dass er ihren roten Kopf nicht bemerkte.

»Kipp die Sorgen in ein Gläschen Wein – oder was wird das, was du da machst?«

Blöder hätte er nicht fragen können.

»Kann dir doch egal sein.« Sie merkte, wie Wut in ihr aufstieg.

»Entschuldigung.« Er griff ganz vorsichtig nach ihrem Arm. Noch vor Kurzem hätte sie das schön gefunden, vielleicht sogar aufregend. Jetzt zog sie den Arm einfach nur weg.

»War eine Scheiß-Idee, mit dir mitzukommen. Jetzt ist alles im Eimer.«
»Wie, im Eimer?«
»Ich bin raus.«
»Raus?«
»Mein Gott, bist du so blöd? Rausgeschmissen, gefeuert, entlassen, nenn es, wie du willst.«
»Ehrlich? Ich dachte, Polizisten werden immer nur suspendiert. Die machen ein bisschen bezahlten Urlaub und dann ist alles wieder gut.«
»Ich bin nur angestellt, keine Beamtin. Also nix auf Lebenszeit, sichere Pension und so. Verstehst du?«
»Ja, aber – trotzdem ...«
Sie trank noch einen Schluck. Silviu rief die Bedienung. »Haben Sie auch ein Bier?«
»Leider nein.« Die Kellnerin klang schnippisch.
»Dann Wasser.« Er drehte sich wieder zu Elisa um. »Dass du wirklich sofort entlassen bist, das ist ja echt ...«
»Richtig entlassen bin ich nicht. Erst mal nur beurlaubt – suspendiert, stimmt schon. Aber kannst du dir vorstellen, wie das ist? Dienstausweis abgeben, Büroschlüssel ...«
»Also was denn nun: gefeuert, ja oder nein?« Silviu klang genervt. Der Ton gefiel Elisa gar nicht.
»Was weiß ich. Nein. Suspendiert, habe ich ja gesagt. Ist doch auch egal.«
»Kriegst du dein Geld weiter?«
»Erst mal ja.«
»Und was ist so schlimm an einem bisschen bezahlten Urlaub? Also ich ...«
»Weißt du, was du mich mal kannst?« Elisa fühlte sich unverstanden und nicht ernst genommen. Vielleicht lag es auch am Wein. Sie funkelte Silviu mit einem so bösen Blick an, dass der sich zurückzog.
»Ist ja schon gut.« Er stand auf. »Ich glaube, ich geh mal besser wieder. Du willst mich ja wohl nicht hierhaben. Ich frag mich, warum du mich überhaupt herbestellt hast.«
Sein Gesichtsausdruck und sein Zaudern sagten, dass er jetzt

Widerspruch erwartete. Ihr war klar, dass er aufgefordert werden wollte zu bleiben.
Verdammt, ich brauche doch jemanden, der bei mir ist. Ich will nicht allein sein. Schon gar nicht, wenn diese Bilder gleich wiederkommen. Aber ihr Stolz war stärker. Sie warf den Kopf in den Nacken. »Das finde ich auch besser, wenn du mich jetzt allein lässt. Mach, dass du Land gewinnst.«
Immerhin. Der Rausschmiss tat ihr irgendwie gut.
Der ältere Herr vom Nachbartisch drehte sich wieder zu ihr um. Aber diesmal schwieg er.
Sei bloß ruhig, dachte Elisa. *Sonst bist du der Nächste, der meine Wut abkriegt.* Silviu warf ein paar Münzen für das Wasser auf den Tisch, das er nicht angerührt hatte. Dann verließ er das Lokal, ohne sich umzudrehen.
Elisa winkte der Bedienung.
»Noch einen Schoppen, bitte.«

7

Die betäubende Wirkung des Rieslings hielt bis genau drei Uhr fünfunddreißig am Morgen. Elisa drehte ihren schmerzenden Kopf zum Radiowecker. Sie fühlte sich nicht wach genug, um aufzustehen, aber auch nicht ruhig genug zum Weiterschlafen.

Damals war Schlafen das Beste gewesen, was sie tun konnten. Schlafen und versuchen zu vergessen. Als er Mara das erste Mal zurückgebracht hatte, hatte Elisa gerade ein paar Stunden geschlafen. Erst hielt sie das, was sie sehen musste, deshalb für einen Alptraum. Es konnte einfach nicht real sein, was mit Mara passiert war. Sie hatte blaue Flecken am ganzen Körper. Eine Hand war eigenartig verdreht. Und trotzdem war sie völlig ruhig. Sie hatte sogar einen zufriedenen Ausdruck im Gesicht. Das sollte sich allerdings in den nächsten Stunden ändern. Da hatte sie begonnen, abwechselnd vor Schmerzen zu schreien und zu wimmern.

Bis er wiedergekommen war und ihr eine neue Dosis von dem Mittel gespritzt hatte.

Auch jetzt, zwanzig Jahre später, meinte sie noch immer, Maras Schreie hören zu können. Die Bilder waren verblasst. Doch die Töne blieben lebendig.

Elisa stieg aus dem Bett und ging im Zimmer auf und ab. Der Lärm einer Polizeisirene zerriss die Stille der Nacht. Wen es wohl jetzt wieder erwischt hat, überlegte sie.

Selbst vergleichsweise harmlose Straftaten hinterließen Schicksale, Menschen, die von einem Tag auf den anderen aus der Bahn geworfen wurden. Sie erinnerte sich an den Handwerker, der auf dem Rückweg aus der Goldgasse niedergeschlagen worden war. Die Studenten vom Schlachthofgelände, die aus heiterem Himmel mit dem Messer attackiert worden waren. Fälle, die mit Nummern und Aktenzeichen versehen irgendwo im Polizeiarchiv lagerten. Die Folgen dieser Taten bekam kaum jemand mit. Wer erfuhr schon davon, dass einer sein Geschäft aufgeben musste, weil er in jedem fremden Menschen eine Bedrohung sah? Wer sprach über die, die keinen Abend mehr ihre Wohnung verließen, seit sie auf dem Rückweg von einem ausgelassenen Fest um ein Haar getötet worden waren?

Und was war mit ihr selbst? Elisa, die anerkannte Zeichnerin, auf deren Talent sich die Behörden eines ganzen Bundeslandes verließen? Was war übrig von ihr, jetzt ohne ihren Job? Hatte sie ein Privatleben, auf das sie sich freuen konnte? Hatte sie Kontakte, auf die sie zählen konnte?

Eine beste Freundin hatte sie nie mehr gefunden. Niemanden, der Mara hätte ersetzen können. Sie war ihre erste und letzte beste Freundin geblieben.

Wenn sie nur etwas für ihre Freundin hätte tun können. Er hatte Mara viel häufiger aus dem Verlies geholt als sie. Und wenn er sie zurückgebracht hatte, konnte man nicht mit ihr reden. Sie hatte in einer Art Dämmerschlaf auf dem Boden gelegen. Andererseits hätte Elisa auch gar nichts zu sagen gewusst.

»Kommen wir hier jemals wieder raus?«, war alles, was ihr eingefallen war. In einem ihrer wenigen wachen Momente hatte Mara dazu nur mit den Schultern gezuckt. Dann hatte sie begonnen zu weinen und »Mama« zu rufen. Immer wieder nur dieses eine Wort.

Mara weinen zu hören war noch schwerer zu ertragen gewesen als das stundenlange Schweigen zuvor. Auch Elisa waren Tränen die Wange hinuntergelaufen. »Gott«, hatte sie geflüstert. Wieder und wieder: »Bitte, lieber Gott.«

Jetzt stand sie am Fenster und schaute auf die Straße hinunter. Im Halbdunkel erkannte sie den Nachbarn von gegenüber, der seinen Pitbull ausführte. Ob er wohl auch manchmal Angst hatte? Oder war er immer so unangreifbar selbstbewusst, wie er sich durch Haltung und Gestik gab? Verrückt, was einem durch den Kopf ging, wenn man nicht schlafen konnte. War doch auch ein Leben: kein Job, kein Stress, dafür Hartz IV und ein gefährlicher Hund. Vielleicht stimmte das aber auch alles gar nicht. Vielleicht hatte er einen Beruf. Viele, die wie Zuhälter aussahen, waren in Wahrheit Sachbearbeiter. Und sie hatte schon Täter gezeichnet, die wie gütige Großväter aussahen. Und doch waren es Mörder, Kinderschänder, Schwerverbrecher …

Sie rieb sich die Augen. Vielleicht konnte sie besser einschlafen, wenn sie vorher ein Glas Wasser trank. Sie ärgerte sich über den Wein, der ihre Sinne jetzt nicht mehr angenehm benebelte, sondern ihre Schritte unsicher machte. Durch den dunklen Flur ging sie in die Küche. Sie knipste nur das kleine Licht über dem Herd an. Trotzdem fiel ihr sofort auf, dass etwas anders war als sonst. Wie ein heftiger elektrischer Stromschlag fuhr der Schock durch ihren Körper. Ihre Beine zitterten. Eigentlich war das, was sie sah, nichts, wovor man Angst haben müsste. Eigentlich war es nur ein ganz harmloses Objekt.

Es *wäre* harmlos *gewesen*. Wenn sie es selbst hingestellt hätte. Aber sie wusste genau, dass da nichts gewesen war auf dem Küchentisch. Und nun stand sie einfach da. Genau in der Mitte.

Eine blaue Vase aus Kristallglas, die sie vorher noch nie gesehen hatte. In der Vase steckte eine Rose. Und es war völlig klar, dass diese Rose nicht von einem heimlichen Verehrer stammte. Denn die Rose war pechschwarz. Und ihr Kopf war nach unten abgeknickt.

8

»Und du bist dir ganz sicher, dass du die Vase nicht selbst auf den Tisch gestellt hast?« POK Bechstein runzelte die Stirn.
»Wenn ich es doch sage, Ludger.«
Sie fragte sich, warum sie gerade ihn angerufen hatte. Aber wen schon sonst?
Er gähnte, ohne sich die Hand vor den Mund zu halten. »Wenn ich wegen so was mitten in der Nacht die Kriminaltechniker rufe, lachen die mich doch aus. Eine Vase mit einer Rose drin. Hergebracht von irgendwem. Zu Frau Lowe, die gerade mal wieder auf eigene Faust ermittelt hat und deshalb suspendiert ist.«
»Aber das bedeutet doch bestimmt etwas. Und ich hab sie wirklich nicht selbst da hingestellt.«
Ludger streckte eine Hand nach der Vase aus.
»Nicht anfassen«, schnaubte Elisa, »könnten doch Fingerabdrücke dran sein.«
Er ging einen Schritt zurück und kniff die Augen zusammen. »Mich erinnert das Ding an diese Bilder auf Todesanzeigen. Du weißt schon: Da steht dann ›Gekämpft, gehofft und doch verloren‹ oder so was Ähnliches daneben.«
»Was du nicht sagst.«
»Vielleicht ist das eine Warnung? Dass du deine Nase nicht in diese Entführungssache stecken sollst?«
»Aber dann war er hier.«
»Wer?«
»Der Entführer natürlich.« Mein Gott, dieser Ludger war manchmal echt schwer von Begriff.
»Elisa, jetzt mal ehrlich. Kann es sein, dass du – entschuldige – etwas angetrunken vielleicht doch selbst …«
»Du musst da gar nicht drum herumreden. Ja, ich habe gestern Abend zu viel Wein getrunken. Aber deshalb stelle ich mir doch keine abgeknickte schwarze Rose auf den Tisch. Ich hasse Schnittblumen.«
»Echt? Also meine Frau …«

»Ehrlich, Ludger. Ich würde das sonst nicht sagen.«
»Okay, okay – ich rufe die Kollegen an. Sollen sie halt lachen.«

Doch als die Kriminaltechniker schließlich da waren, lachte keiner von ihnen. Vollkommen konzentriert und nahezu geräuschlos machten sie sich an die Arbeit. Sie untersuchten die Eingangstür, das Schloss, den Boden im Flur. Sie nahmen die Rose mit Plastikhandschuhen aus der Vase und steckten sie außerordentlich vorsichtig in eine Tüte. Auch die Vase selbst wurde eingepackt. Am Ende rief ein groß gewachsener Mann im weißen Schutzanzug Elisa zu sich. Er gab ihr die Hand.

»Ich bin Eugen Gründner.«
»Elisa Lowe.«
»Das weiß ich. Also – das ist schon eigenartig mit der Vase.«
»Warum?«
»Weil nicht eine einzige Spur daran zu finden ist. Kein Fingerabdruck, keine Hautschüppchen, keine Einbruchspuren an der Tür, nichts.«
»Das heißt, er hat alles gründlich abgewischt?«
»Ich glaube eher, da hat jemand mit Handschuhen gearbeitet.«
»Sie meinen, so gründlich wischt keiner?«
»Exakt.«
»Und wie ist der Mann reingekommen in meine Wohnung?«
»Wieso sagen Sie ›der Mann‹, Frau Lowe? Haben Sie ...«
Hastig fiel Elisa ihm ins Wort: »Vielleicht hat alles ja eine ganz harmlose Erklärung. Ein Streich oder so.«
»Ja, vielleicht. Ich wüsste aber trotzdem gern, warum Sie glauben, dass es ein Mann war, der Ihnen dieses seltsame Geschenk auf den Tisch gestellt hat. Haben Sie einen Verdacht?«
Verdammt, dieser Gründner war ziemlich aufmerksam.
»Nein, natürlich nicht ... also ... ich glaube, es sind doch wohl immer eher Männer, die Blumen schenken. Oder?«
Jetzt lachte Gründner. Elisa war erleichtert.
Ich könnte ihm auch einfach alles erzählen. Vielleicht würde er mir helfen.
»Ich denke, Sie sollten ins Präsidium mitkommen.«
»Also, das scheint mir dann doch übertrieben ...«

»Frau Lowe, ich bitte Sie. Sie sind doch eigentlich Kollegin. Da ist jemand hochprofessionell bei Ihnen eingebrochen, als Sie geschlafen haben. Keine Spuren an der Tür. Keine Spuren an der Vase. Und er – oder sie – hat etwas hinterlassen, das man durchaus als Drohung verstehen kann. Abgeknickte schwarze Rose. Ich kenne mich nicht aus mit Mafia-Symbolik. Aber was Gutes bedeutet das bestimmt nicht.«

Der dunkelgraue Vectra schwenkte auf den Parkplatz vor dem Polizeipräsidium ein, und Eugen Gründner fluchte. »Schon wieder nichts frei. Und das am frühen Morgen. Da bauen sie diesen alten Klotz für uns um, noch dazu auf dem Riesen-Ami-Grundstück, und dann schaffen sie es nicht, dass auch genug Parkplätze da sind. Das ist doch idiotisch. Jede Wette, als hier noch die Verletzten der Army behandelt wurden, haben die ihre Chevys einfach vor die Tür gestellt und mussten nicht ewig nach einem Scheiß-Parkplatz suchen.«

Er setzte das Auto mit einem Ruck zurück und stellte es schließlich in die einzige freie Lücke, direkt vor das Schild mit dem weißen Rollstuhl auf blauem Grund.

Sofort kam ein Uniformierter angelaufen. »Das ist nur für *Körper*-Behinderte«, feixte er.

»Halt die Klappe, Klaus.« Gründner warf ihm die Autoschlüssel zu. »Kannst ja gerne umparken. Ich hab keine Zeit.«

Der Uniformierte warf den Schlüssel zurück. »Dann lass die Karre halt da stehen. Aber ich habe dich gewarnt. Wenn's Ärger gibt ...«

Elisa stieg aus und blickte auf das große, u-förmige Gebäude. Jetzt war sie schon zum dritten Mal in vierundzwanzig Stunden hier: Beim ersten Mal war sie noch Mitarbeiterin gewesen, beim zweiten Mal Beschuldigte, nun Zeugin. Was würde danach kommen?

Opfer. Alles, was noch fehlt, ist, dass ich als Opfer hier hereinkomme.

Der Gedanke ließ sie frösteln. Sie war schon einmal als Opfer auf der Polizeistation gewesen. Damals, als das Präsidium noch mitten in der Stadt lag. Als sie zitternd auf dem Schoß ihrer Mutter gesessen hatte und ihre Aussage machen musste.

Reiß dich zusammen, Elisa.
Wieder ging es durch die Glastür. Der Pförtner lächelte ihr zu. Gründner brachte sie in ein Vernehmungszimmer.
»Kollege kommt gleich«, murmelte er. »Ich brauch erst mal einen Kaffee.« Er war fast schon wieder auf dem Flur, als er sich noch einmal zu Elisa umdrehte: »Sie vielleicht auch?«
Sie nickte.
Der Kaffee und der Vernehmungsbeamte trafen gleichzeitig in dem Raum ein. Es war ein junger Mann, den Elisa noch nie gesehen hatte. Statt sich vorzustellen, begann er sofort mit der Befragung. Ihr fiel auf, dass er leicht stotterte.
»Ha-haben Sie bemerkt, wie je-jemand Ihre Wohnung betreten hat?«
»Nein.«
»Haben Sie eine Ahnung, wer die Ro-rose auf den Tisch gestellt haben könnte?«
»Nein.«
»Können Sie sich vorstellen, was mit die-diesem Symbol – wenn es ein Sym-symbol ist – gemeint sein könnte?«
»Mein Gott, was schon? Irgendwas mit Tod. Oder Trauer. Oder Drohung. Was weiß ich.« Der Stotterer ging ihr auf die Nerven. Was sollten denn diese Fragen?
»Ha-haben Sie Feinde?«
»Nicht dass ich wüsste.«
»Sie sind Phantombildzeichnerin.« Erstaunlicherweise bekam er dieses schwere Wort ohne Stotterer heraus. »An wel-welchem Fall arbeiten Sie denn gerade?«
Elisas Tonfall wurde ärgerlich. »An gar keinem. Weil ich beurlaubt bin. Wissen Sie das nicht?«
»Nein, das wusste ich nicht. Weswe-wegen beurlaubt?«
»Fragen Sie doch den Chef.«
»Ich frage aber Sie.«
Elisa atmete hörbar heftig aus. Genervt stand sie von ihrem Stuhl auf. Der Mann fragte trotzdem weiter: »Also – weswegen sind Sie beurlaubt, Frau Lowe?«
Die Neugier stand dem Kerl ins Gesicht geschrieben. Am liebsten hätte sie mit der Kaffeetasse nach ihm geworfen.

»Ich war etwas zu ehrgeizig. Im letzten Fall, an dem ich gearbeitet habe.«
»Das heißt kon-konkret?«
»Mein Gott, was hat denn das mit der Rose auf meinem Tisch zu tun?«
»Das weiß ich nicht. Aber es könnte ja wohl sein ...«, er klang jetzt auch nicht mehr sehr freundlich, »... Sie sollten ja wohl wissen, dass jedes Detail entscheidend sein kann. Also: Was haben Sie ge-gemacht? Um welchen Fall geht es überhaupt?«
»Um den entführten Jungen.«
»Oh – die Staats-staatsaffäre.«
»Wie bitte?«
»Na ja, um diesen Fall wird gerade so ein Mega-Geheimnis gemacht, dass ich zum Beispiel noch nicht ein-einmal weiß, um wen es eigentlich geht.«
»Sehen Sie, das hat mir auch nicht gepasst.«
»Und dann?«
»Dann hab ich mich ein bisschen in Kloppenheim umgesehen ...« Sie brach ab.
Plötzlich wurde der Mann ihr gegenüber unruhig. »In Kloppenheim, haben Sie ge-gesagt?«
»Habe ich das gesagt?« Elisa zog eine Augenbraue hoch. Wahrscheinlich war es besser, diesem Kerl gar nichts zu erzählen.
Aber plötzlich wurde er ihr gegenüber viel freundlicher. »Ich glaube, ich ha-habe mich noch gar nicht vorgestellt. Ich bin Bernd Wecker.«
»Elisa Lowe. Wissen Sie ja schon.«
»Wir könnten auch Du sagen – als Kollegen.«
»Klar.« Sie gab ihm die Hand.
»Kloppenheim ...« Wecker tippte etwas in den Computer auf seinem Schreibtisch. »Warum denn gerade da?«
»Warum nicht?« Sie biss sich auf die Zunge. Sie war es nicht gewohnt, verhört zu werden. Das merkte sie gerade sehr deutlich.
»Wa-warst du in Kloppenheim, weil da die Fa-Familie des entführten Jungen wohnt?«
Sollte sie jetzt lügen? Sie sah Bernd Wecker ins Gesicht.
»Kann schon sein«, murmelte sie schließlich. Wecker drehte sich

wieder zu seinem Computer und tippte etwas. Plötzlich stand er auf.

»Darf ich dich einen Mo-moment allein lassen? Ich müsste mal ... telefonieren.«

»Sicher.«

Wecker verließ das Büro, und Elisa sah sich in dem Raum um. Die übliche geschmacklose Einrichtung: Nussbaumfurniermöbel aus JVA-Fertigung, ungemütliches Deckenlicht, verschmutzte Textiltapete. Auf dem Schreibtisch der unvermeidliche Monitor. Elisa warf einen Blick auf den Bildschirm. Wecker hatte sich nicht ausgeloggt. Plötzlich erfasste sie der Wunsch, das Bild noch einmal zu sehen. Ihr Phantombild. Das Bild des Entführers.

Sie öffnete den Link zu den aktuellen Fahndungen. Ihre Zeichnung war ganz oben auf der Seite. Da starrte er sie an. Wieder beschleunigte sich ihr Puls, aber die Schweißausbrüche blieben diesmal aus.

Er war es, und er war es auch wieder nicht. Irgendetwas passte nicht. Hatte sie schlecht gezeichnet? Hatte die Zeugin sich falsch erinnert?

In ihren Gedanken tauchte das Verlies auf. Der kalte Boden. Die Eisenkette. Dann der immer dunkel gekleidete Mann. Aber die Erinnerungen überlagerten sich, verschwammen. Sie bekam kein klares Bild. Sie war erst sieben gewesen damals. Sie konnte das Gesicht einfach nicht mehr abrufen.

Vom Flur waren Schritte zu hören. Schnell schloss sie die Seite und setzte sich wieder auf ihren Stuhl.

Wecker hatte Schweißperlen auf der Stirn, als er hereinkam. Er sah verärgert aus.

»Ich kann jetzt nicht wei-weitermachen. Kannst du heu-heute Abend noch einmal wiederkommen?«

»Das ist nicht dein Ernst, oder? Ich hab noch was anderes zu tun, als hier ...«

Was hatte sie eigentlich zu tun?

Plötzlich kam eine Idee in ihr auf. »Doch, in Ordnung. Wie lange bist du denn hier?«

»Bestimmt bis zehn.«

Sie einigten sich auf neun Uhr abends. Nachdenklich verließ

Elisa das Präsidium. Was sie jetzt vorhatte, verstieß schon wieder gegen die Vorschriften.

Sie würde nicht als Opfer wiederkommen heute Abend.

Vor der Tür des Präsidiums stellte sie fest, dass es ein schöner Tag zu werden schien. Die Sonne schimmerte durch eine dünne Hochnebelschicht. Elisa beschloss zu laufen, Frust und Stress mit der Atemluft aus dem Körper zu pressen. Alles raus. Nicht mehr grübeln. Nur rennen. Wenn sie Lust hatte, sich voll auszupowern, schaffte sie es in zwanzig Minuten bis zum Rheinufer.

Schon nach kurzer Zeit erreichte sie den Henkell-Park. Wenn sie so weitermachte, wäre das ein neuer Rekord. Aber sie wusste, dass sie viel zu schnell gelaufen war. Ein heftiges Seitenstechen zwang sie, Pause zu machen. Vor dem Denkmal hielt sie an, knickte den Oberkörper ab und schwang die Arme knapp über dem Boden. Das Seitenstechen wurde schwächer, und Elisa blickte zu Adolph von Nassau hinauf: »Wer bist du eigentlich, dass ich mich vor dir verbeuge?« Die Statue gab keine Antwort. Elisa ließ sich auf eine der Bänke sinken. Sie versuchte, planmäßig zu denken, strukturiert. So, wie sie ein Bild zeichnen würde: Detail für Detail, bis das Gesicht erschien.

Welche Fakten kannte sie bislang?

Das Entführungsopfer war mit großer Sicherheit ein Kind der Familie Sander aus Kloppenheim. Der Junge war etwa so alt, wie sie es zum Zeitpunkt ihrer eigenen Entführung gewesen war. Außerdem schien die Art und Weise der Entführung ähnlich zu sein: Das Kind war rabiat geschnappt und in ein Auto gezerrt worden.

So weit die Parallelen.

Aber etwas Entscheidendes war anders: Bei den Sanders ging es offenbar um Lösegeld. Um sehr viel Lösegeld.

Für Elisa dagegen war niemals Geld gefordert worden. Ihre Eltern hätten auch gar keine hohe Summe bezahlen können. Und Mara? Sie überlegte, ob sie etwas von einer Lösegeldforderung gegenüber Maras Familie wusste. Waren die Eltern reich? Soweit sie sich erinnerte, war es bei Mara luxuriöser zugegangen als bei ihr zu Hause. Aber so richtig reich hatte sie die Familie nicht in Erinnerung.

Wir haben nie mehr miteinander zu tun gehabt. Ich habe mich nicht zu ihnen getraut. Ich habe immer Angst vor dem Vorwurf gehabt: »Warum lebst du? Warum bist du zurückgekommen und unsere Tochter nicht? Warum bist du alleine geflohen? Warum konntest du Mara nicht mitnehmen?«

Elisa fröstelte. Sie versuchte, etwas dagegen zu tun, dass die Bilder aus dem Verlies schon wieder begannen, ihren Kopf zu füllen. Sie wollte jetzt klar denken, nach Hause laufen, ihre Batterien aufladen. Mit einem Ruck stand sie auf. Heute musste es ohne den Abstecher zum Rheinufer gehen. In einem Tempo, in dem sie die gut drei Kilometer bis zu ihrer Wohnung locker durchhalten konnte, joggte sie nach Hause.

9

Als sie ankam, stand die Rose nicht mehr auf dem Tisch. Die Kriminaltechniker hatten sie mitgenommen. Elisa ging zurück in den Flur und untersuchte noch einmal die Eingangstür. Das Sicherheitsschloss war unversehrt. Nicht die geringste Spur. Sie drehte den Schlüssel um und wieder zurück und versuchte dabei, sich an den Vorabend zu erinnern. Hatte sie die Tür vielleicht doch nicht abgeschlossen? Sie hatte Wein getrunken. Zu viel Wein. Sie wusste gar nicht mehr so genau, wie sie nach Hause gekommen war. Wenn sie wirklich vergessen hatte abzuschließen, womöglich sogar die Tür nicht richtig ins Schloss gedrückt hatte, dann konnte so ziemlich jeder die alberne Blume auf den Tisch gestellt haben. Zum Beispiel auch Silviu, der ja mit Sicherheit ganz schön verärgert gewesen war, weil sie ihn weggeschickt hatte. Wusste er, wo sie wohnte? Selbst wenn nicht, so etwas herauszukriegen war ja bestimmt eine leichte Übung für ihn.

Sie warf die Tür zu und versuchte sich einzureden, die Sache hätte keine Bedeutung mehr für sie. Es war einfach ein dummer Scherz gewesen. Sie hatte überreagiert und Glück gehabt, dass die Kriminaltechniker sie nicht ausgelacht hatten.

Doch so richtig gelang es ihr nicht, die Ängste zu verdrängen, die sie beherrschten, seit sie das seltsame Geschenk auf ihrem Küchentisch entdeckt hatte. *Wenn es nun Er gewesen war – konnte er dann jeden Moment hier hereinkommen? Lauerte er vielleicht schon in der Wohnung?*

»Schluss jetzt, Elisa«, schimpfte sie mit sich selbst. Trotzdem ging sie vorsichtshalber durch alle Räume und sah in sämtlichen Schränken nach. Es war niemand außer ihr da.

Schließlich schaltete sie den Fernseher ein. Eine aufgeregte Reporterin stand vor dem Haus der Familie Sander und berichtete über die Entführung.

»Die Polizei ist mit Informationen zu dem Fall sehr zurückhaltend. Aber trotzdem kann man sagen ...« Elisa drehte den Ton ab. Jetzt wusste die Presse also Bescheid. Was für ein Mistkerl dieser

Silviu doch war. Offenbar hatte er ihre gemeinsame Fahrt und das, was sie herausgefunden hatten, sofort ausgenutzt, um Geld mit Sensationsberichten zu verdienen. Bestimmt war es wirklich er gewesen mit der Rose. Was für ein Schuft. Hätte sie sich nur nie mit ihm eingelassen. Was sollte das auch: sie mit einem egoistischen Paparazzo. Und dabei hatte sie sogar gedacht ...

Sie wollte den Gedanken nicht mehr zu Ende bringen. Stattdessen überlegte sie, Silviu anzurufen, um ihm die Meinung zu sagen. Aber warum war dieser Kerl ihr überhaupt wichtig? Wenn sie sich bei ihm meldete, bestätigte sie ihn doch nur. Es gab jetzt Wichtigeres zu tun. Sie musste sich vorbereiten. Der nächste Besuch im Präsidium sollte anders verlaufen als die bisherigen.

Um Punkt einundzwanzig Uhr war sie wieder bei Bernd Wecker im Vernehmungszimmer. Als er sie sah, pfiff er anerkennend durch die Zähne.

»Hast du noch was vor, Eli-lisa?«

»Hallo, Bernd.« Sie ging auf seine Frage nicht ein. »Was soll ich dir jetzt noch erzählen?«

Er starrte sie an. »Du siehst ... mein lieber Mann ... du siehst aber echt ... gut aus.«

Sie hatte den Rest des Nachmittags damit verbracht, ihre langen braunen Haare in lockere Wellen zu drehen. Außerdem war sie sehr sorgfältig geschminkt, hatte die Augen dabei stark betont und trug ein enges schwarzes Top zu ihrer neuesten Jeans.

Trotzdem tat sie jetzt so, als sei sie sich dessen nicht bewusst. Sie streckte die Beine aus, strich sich eine Locke aus dem Gesicht und lächelte Bernd mit einem Blick an, von dem sie hoffte, dass er ihn durcheinanderbringen würde. Es schien zu klappen.

Er stellte zwar noch ein paar Fragen zu der schwarzen Rose auf dem Küchentisch, war aber kaum bei der Sache. Schon nach einer Viertelstunde war die Vernehmung zu Ende.

Elisa atmete tief durch. Jetzt oder nie. »Hast du auch endlich Feierabend?«

Bernd nickte.

»Wir könnten noch zusammen etwas essen gehen. Falls du magst.« Sie sah ihn fragend an.

»Ja … bestimmt …« Er wurde ein bisschen rot. »Wenn du …«
»Ich hätte nur eine klitzekleine Bitte. Ich müsste dringend etwas im Archiv nachsehen. Könnten wir vielleicht zusammen …«
»Wieso denn jetzt? Das ka-kannst du doch morgen machen.«
»Du weißt, dass ich beurlaubt bin. Ich darf ja eigentlich nicht. Aber das wäre wirklich nett, wenn wir beide zusammen …«
Jetzt kommt es darauf an. Beißt er an oder nicht?
»Du möchtest, dass ich dir hel-helfe, etwas nachzuschauen, was du eigentlich nicht darfst?« Er sah ihr fest in die Augen. Elisa versuchte es mit einem weiteren Lächeln.
Verdammt, er wird doch wohl kein solcher Vorschrifteneselsein.
»Dachte ich's mir doch.« Bernd Wecker schaute sie plötzlich wieder genauso kühl an wie am Vormittag. »Deshalb die Ver-verkleidung.« Er zeigte auf ihr Top. »Die Verkleidung und die Be-bemalung. Ist dir gut gelungen. Aber so doof bin ich auch nicht. War ja klar, dass du mich nur rein-reinlegen willst.«
Doch, er ist ein Vorschrifteneselsein. Und mein schöner Plan ist zum Teufel.
Sie versuchte einen letzten Anlauf: »Wer spricht denn von reinlegen. Du tust mir einfach einen Gefallen – und dann gehen wir zusammen in die Stadt.«
»Nein danke, Frau Lowe. Das ist mir zu durchsich-sichtig. Lass mal gut sein. Ich will nicht auch noch sus-suspendiert werden.«
Elisa hatte große Lust, mit dem Fuß aufzustampfen. Oder eine politisch absolut nicht korrekte Bemerkung zu machen, die ihr zu einer Anzeige wegen Beamtenbeleidigung verhelfen würde.
»Schönen Abend noch, Herr Wecker«, zischte sie und stand auf. »Ich finde alleine raus.«
»Das glaube ich kaum«, rief er ihr nach. »Du hast doch keine Karte mehr – oder?«
Aber er blieb trotzdem einfach sitzen und ließ sie gehen.

Weckers Büro lag im dritten Stock. Vor der Glastür zum Treppenhaus hielt Elisa an. An allen Ein- und Ausgängen waren elektronische Türöffner angebracht.
Der Mistkerl hatte recht. Sie kam nicht alleine raus. Und schon gar nicht ins Archiv.
Wie zum Teufel konnte sie ihren Plan in die Tat umsetzen, wenn

sie für jede einzelne Tür einen Bullen an ihrer Seite brauchte? Sie kehrte um. Aus einem anderen Büro trat eine Polizistin in Uniform. Elisa kannte sie aus einem früheren Fall.
»Mensch, Frau Lowe. Auch so spät noch im Dienst?«
»Jetzt ist fast Schluss, zum Glück.« Sie versuchte, ganz locker zu klingen. »Ich muss nur noch mal kurz ins Archiv.«
»Sie Ärmste, um diese Uhrzeit noch in den Keller. Ich hab Feierabend.« Sie machte die Tür mit ihrer Karte auf, und Elisa ging wie selbstverständlich mit durch. Zusammen stiegen sie die Treppen hinab. »Tschüss, Frau Lowe. Und viel Erfolg noch.«
Ein junger Mann wartete vor der Tür. Die Polizistin nahm seine Hand und verschwand. Elisa sah ihr kurz hinterher und ging dann durch das Treppenhaus in den Keller. Immerhin – aus der dritten Etage bis hierher hatte sie es schon mal geschafft. Auch ohne den dämlichen Bernd Wecker. Im nächsten Moment wurde ihr klar, dass es ein nutzloser Erfolg war. Denn natürlich war auch im Kellergeschoss die Tür zum Flur verschlossen. Der Weg zum Archiv war versperrt und damit der Weg zu der einen, wichtigen Gewissheit, die sie so gern gehabt hätte.

Wenn sie sich nur besser erinnern könnte. Dann wäre das alles hier vielleicht gar nicht nötig.
Als sie vor zwanzig Jahren zitternd in der Polizeiwache saß, hatte es dort auch eine Zeichnerin gegeben. Eine schon stark ergraute ältere Dame, die zwar versucht hatte, einfühlsam zu wirken, deren Strenge aber deutlich zu spüren gewesen war.
Verschüchtert und leise hatte Elisa ihr den Täter beschrieben.
Sie erinnerte sich genau an die Situation im Zimmer bei der Zeichnerin. Sie wusste noch, dass sie gleich fasziniert gewesen war davon, wie nach ihren Angaben ein Gesicht entstanden war. Aber das Bild des Täters war inzwischen unscharf und schwammig in ihrem Kopf. Es war, als wäre es mit einem nassen Tuch wieder und wieder verwischt worden. Sie hatte dieses Bild zwanzig Jahre lang verdrängt. Am Ende hatte das nasse Tuch so gute Arbeit geleistet, dass die Oberfläche sauber, nackt und glänzend wurde.
Bis jetzt. Denn jetzt war da irgendetwas schemenhaft aufgetaucht. Eigentlich war es nicht das Gesicht selbst. Es war nur das Gefühl,

das wieder da war. Aber es war stark genug, um nach Gewissheit zu verlangen. Sie wollte endlich wissen, woran sie war. Sie wollte das Phantombild von damals noch einmal sehen. Sie musste wissen, ob das, was da wach geworden war, wirklich echte Erinnerung war. Oder vielleicht nur die Rückkehr der hartnäckigen Angst. Dieser Angst, die sie jahrelang gequält hatte. Der Angst, die sie nie richtig besiegt hatte. Auch wenn gleich drei Therapeuten mit ihr wieder und wieder daran gearbeitet hatten.

Verärgert und enttäuscht kehrte sie ins Erdgeschoss zurück. Sie würde das Präsidium unverrichteter Dinge verlassen müssen. Missmutig warf sie noch einen Blick in die Pförtnerloge. Der Mann hinter der Glasscheibe winkte ihr freundlich zu. Als sie gerade durch die Eingangstür verschwinden wollte, rief er ihr nach.

»Frau Lowe, ob Sie vielleicht aan Moment ...«

»Ja?«

Er öffnete die Seitentür und bat sie herein.

»Was gibt's denn?«

»Also, isch bin ja een große Bewunderer von Ihne, wissen S'. Und da würd ich gern amohl ... ich weeß jetzt gar nisch, ob ich des froge dorf ...«

Elisa überlegte, wo der Mann herkommen mochte. Irgendwie südhessisch klang er schon – aber auch wieder nicht so richtig. Vielleicht jemand, der aus den neuen Bundesländern stammte, aber schon mindestens zehn Jahre in Wiesbaden oder im Rheingau wohnte. Es passte nicht so ganz zusammen – so wie Thüringer Bratwurst mit Rieslingsoße. Aber er hatte ein nettes Lächeln.

»Aber nur, wenn S' net ärgerlisch werde.«

»Jetzt machen Sie es mal nicht so spannend.«

»Also ... nein, isch weeß net ... Es ist – weil Sie doch so gut zeichne könne.«

»Also, nun sagen Sie schon.« Etwas an seiner Unsicherheit fand sie niedlich.

»Isch will mei Frau überrasche. Zum Hochzeitstach, wissen S'. Mit so ahne Wellness-Gutschein. Schaun S' doch amohl ...«

»Im Schwarzen Bock. Nicht schlecht – da wird Ihre Frau sich aber freuen.«

»Und hier wollte ich uns neimohle: uns beide am Tisch mit Kerzenschein. Aber es schaut nur doof aus.«

Elisa grinste. Das Bild, das der Pförtner auf den Gutschein gemalt hatte, sah aus wie aus dem Kindergarten. »Ist doch süß«, sagte sie. »Könnten Sie net vielleicht ...?«

»Ich soll das für Sie zeichnen?« Sie wollte eigentlich sagen, dass seine Kinderzeichnung doch viel authentischer wäre, da hatte sie eine Idee.

»Okay – geben Sie mir den Stift.«

Mit wenigen schnellen Strichen zeichnete sie ein Paar beim Candle-Light-Dinner. Der Mann sah dem Pförtner sogar ähnlich.

»Wie schaut Ihre Frau denn in etwa aus?«

Er beschrieb sie und war kurz danach mehr als zufrieden. »Isch weiß gar net, wie ich Ihne danke soll, Frau Lowe.«

»Schon gut. Aber ... Sie könnten mir tatsächlich einen Gefallen tun. Wissen Sie, ich hab heute meine Karte zu Hause vergessen, und ich müsste noch mal dringend ins Archiv. Ob Sie da vielleicht ...?«

»Na klar. Ich mach Ihnen auf. Wir kennen uns doch. Wenn Sie wieder rauswollen, rufen Sie einfach kurz bei mir durch. Ich bin noch sechs Stunden im Dienst.«

Fünf Minuten später saß Elisa im kalten Licht der Neonbeleuchtung im Keller des Präsidiums. Vor ihr auf dem Tisch lag eine schon stark verstaubte Akte. Sie schloss kurz die Augen und holte tief Luft, bevor sie den Band mit einem Ruck aufschlug.

10

Vernehmungsprotokoll vom 4. August 1995
Anwesend: Elisa Grossmann, sieben Jahre. Peter und Isabella Grossmann, Eltern. Britta Wegener, PHK.

Damals hieß sie noch Grossmann, nicht Lowe. Nach der Scheidung ihrer Eltern hatte Elisa sich entschieden, den Mädchennamen ihrer Mutter anzunehmen. Anfangs war das einfach so ein Entschluss aus dem Bauch heraus gewesen. Später hatte sie gemerkt, dass der neue Name ihr auch half, die schlimmste Zeit ihres Lebens zu verdrängen. Und schließlich war die Namensänderung wohl auch der Grund dafür, dass keiner beim LKA von ihrem Kindheitstrauma wusste. Sie las weiter.

Wegener: Elisa, fühlst du dich in der Lage, ein paar Fragen zu beantworten?
Peter Grossmann: Sie sehen doch, wie aufgelöst meine Tochter ist.
Elisa (weinend): Ich kann es ja probieren.
Isabella Grossmann: Kann man das nicht morgen machen?
Wegener: Also, Elisa. Wie sah der Mann aus? Kannst du ihn beschreiben?
Elisa (sehr leise): Teufel.
Wegener: Was meinst du mit »Teufel«?
Elisa: Schwarz. Er war so schwarz wie der Teufel. Und er hat auch so gesprochen. Ganz dunkel.
Wegener: Meinst du, dass er eine tiefe Stimme hatte?
Elisa: Kann sein, ja, ich glaube. Er ist der Teufel.
Wegener: Versuch dich bitte an Einzelheiten zu erinnern. Hatte er einen Bart? Welche Haarfarbe hatte er? Erinnerst du dich an die Farbe seiner Augen?
Elisa: Er hat Mara einfach abgeholt. (bricht in heftiges Weinen aus) Mara, Mara, Mara ...
Peter Grossmann: Sie sehen doch, dass das keinen Zweck hat.

Wegener: Herr Grossmann, wenn wir das andere Mädchen noch irgendwie retten wollen, brauchen wir ganz dringend genauere Angaben. – Also, Elisa, versuchen wir es mal anders: Wie sah der Raum aus, in dem ihr gefangen wart?
Elisa: Steinig.
Wegener: Steinig – mit einzelnen Steinen? Oder mit Betonwänden.
Elisa: Was ist Beton?
Isabella Grossmann: So wie bei uns der Wäschekeller gemacht ist. Die Wände und auch der Fußboden.
Elisa: Ja, ungefähr so.
Wegener: Sehr gut, Elisa. Also ein Kellerraum. Und hast du vielleicht irgendwelche Geräusche gehört?
Elisa: Nein. Da war es ganz leise.
Wegener: Als du geflohen ... ich meine, als du weggelaufen bist. Hast du da vielleicht irgendwelche Schilder erkannt. Hast du ein Straßenschild lesen können?
Elisa: Tut mir leid. (weint heftig) Ich hab mir gar nichts gemerkt. Ich war so ... Mara. Meine Freundin Mara ...
Isabella Grossmann: Also ich glaube wirklich, das reicht jetzt ...
Wegener: Wir machen Schluss für heute.

Elisa schlug die Seite um. Sie fühlte sich wieder wie das kleine Mädchen auf dem Vernehmungsstuhl. Alles war wieder da: die quälenden Fragen. Ihr Wunsch, alles so genau wie möglich zu beschreiben, damit es der Polizei bitte, bitte gelänge, Mara doch noch zu retten. Ihre Verzweiflung, weil es einfach nicht klappen wollte. Weil sie sich nicht erinnern konnte. Weil Mara sicher ohnehin längst tot war.

Am Ende hatte sie gar nicht mehr gewusst, wie viele Tage sie in der Gewalt des Entführers verbracht hatte.

»Heute mache ich etwas ganz Besonderes mit dir«, hatte der schwarze Mann gesagt und gegrinst. Elisa hatte am ganzen Körper gezittert. Mara war nicht mehr zurückgekehrt. Sie war sicher, dass er sie umgebracht hatte, und auch, dass er sie selbst jetzt töten würde. Sie wollte schreien, aber ihre Kehle war wie zugeschnürt.

Der Mann griff nach ihr und führte sie über eine schmale Treppe ins Obergeschoss des Hauses. Sie erwartete, dass er sie wie immer in den Raum bringen würde, den er »das Labor« nannte. Doch sie ließen diese Tür hinter sich. Wenn er etwas »ganz Besonderes« ankündigte, konnte das nur bedeuten, dass er sie noch schlimmer quälen oder ihr noch mehr von dem »Mittel« geben wollte. Vor beidem hatte Elisa entsetzliche Angst.

Statt in das Labor gingen sie in ein großes, leeres Zimmer im hinteren Teil des Hauses. Es roch vermodert, die Luft war feucht und der Boden schmutzig. Das einzige Möbelstück war ein großes Doppelbett, auf dem eine blutbefleckte Matratze lag.

Elisa spürte, wie glühend heiße Panik nach ihr griff und sich in ihrem ganzen Körper breitmachte. Das hier sah noch bedrohlicher, noch unheilverkündender aus als alles Vorherige. Sie wimmerte leise.

Fieberhaft überlegte sie, ob sie ihn anbetteln sollte, sein Vorhaben zu verschieben. Doch sie ließ es und wünschte sich stattdessen, der liebe Gott würde sie einfach auf der Stelle sterben lassen, damit sie niemals erfahren müsste, was er für sie vorbereitet hatte.

Aber dann, ganz plötzlich, fiel ihr etwas auf, das sie elektrisierte. Der Raum hatte etwas, das sie seit Wochen nicht gesehen hatte. Sie entdeckte etwas, von dem sie fast vergessen hatte, dass es existierte: Fenster. Schmutzige, nahezu blinde Scheiben zwar – doch man konnte die Außenwelt dahinter erahnen. Um das Haus herum schienen dichte Bäume zu stehen. Zum ersten Mal seit Beginn ihrer Gefangenschaft sah sie die Welt draußen wieder.

Während Elisa sich an all das erinnerte, blätterte sie weiter in der Akte. Es folgten Fotografien von ihrem eigenen geschundenen kleinen Körper. Ihr Blick glasig, die Arme über und über mit blauen Flecken versehen, ein Handgelenk unnatürlich geschwollen.

»Wir machen Versuche«, hatte er immer gesagt. Sie hatte dabei Schreie ausgestoßen, von denen sie kaum glauben mochte, dass es ihre waren.

Noch ein paar Seiten weiter folgte endlich das, wonach sie suchte: das Phantombild von damals. Elisa sah in das Gesicht des Mannes, wie sie ihn vor zwanzig Jahren offenbar beschrieben hatte. Für einen Moment war sie völlig erstarrt.

»Das kann nicht …«, flüsterte sie, dann lauter: »Das ist doch nicht …« Sie erschrak über ihre eigene Stimme in dem ansonsten totenstillen Archivraum.

Noch einmal betrachtete sie das Gesicht. Und noch einmal. Sie konnte es einfach nicht begreifen: Der Mann, der sie von dem Bild anschaute, hatte überhaupt keine Ähnlichkeit mit dem Phantombild, das sie selbst nach den Angaben der Zeugin Irmtraud Wagner angefertigt hatte. Nicht die mindeste Ähnlichkeit.

»Wie ist das möglich?«, flüsterte sie. Sie war sich doch ganz sicher gewesen. Dieses Gefühl, das von dem Bild ausgelöst worden war, das konnte doch keine Täuschung gewesen sein.

War die Akte manipuliert worden? Aber von wem? Und warum? Wen konnte sie danach fragen, mit wem über alles sprechen? Wenn es nur irgendjemanden gäbe, dem sie sich anvertrauen könnte. Es musste doch eine Erklärung geben.

Als sie den Entführer des kleinen Sander-Jungen gezeichnet hatte, hatte sie die Erinnerung geradezu mit sich fortgerissen. Und jetzt: keine Ähnlichkeit. Absolut nichts. Konnte es denn sein, dass sie den Mann damals so schlecht beschrieben hatte? Konnte ihre Erinnerung so falsch gewesen sein?

Sie blätterte noch ein paar Seiten weiter, ohne zu wissen, was sie eigentlich suchte. Die Zeichen verschwammen vor ihren Augen. Sie fühlte sich matt und ratlos. Dann nahm sie das Haustelefon und rief den Pförtner an.

Draußen überlegte sie, ein Taxi zu rufen. Es war dunkel, der feuchte Asphalt glitzerte im schwachen Schein der Straßenlaternen. Fußgänger waren keine mehr unterwegs.

»Geh nachts bitte nicht alleine raus«, sagte ihre Mutter oft. »Bei allem, was man in der Zeitung liest. Und gerade du …«

»Ich bin doch jetzt so etwas wie eine Polizistin«, erklärte sie dann immer und lachte. »Vor denen sollen die bösen Buben Angst haben – nicht umgekehrt.«

»Du weißt, wie ich um dich zittere seit damals.« Dabei sah ihre Mutter sie jedes Mal mit diesem Blick an, den sie nicht leiden konnte.

Als ob sie nicht selbst genug zitterte. Im Bett, wenn die Alpträume kamen. Wenn sie wieder in dem Keller war. Wenn *Er* wieder mit der Spritze erschien. Wenn Maras Schreie wieder lebendig wurden.

Aber diese Angst hatte sie nur in engen, geschlossenen Räumen. Nicht draußen in der klaren dunklen Nachtluft. Wenn sie draußen war, fühlte sie sich sicher. Sie war gut trainiert, und sie konnte schnell laufen.

»Uns geht es echt gut hier in Wiesbaden, Mama«, sagte sie ihrer Mutter regelmäßig. »Schau mal nach Frankfurt. Oder New York. Und sogar da kann man auf die Straße gehen, ohne dass einem gleich etwas passiert.«

»Ja, aber du weißt doch …« Elisa dachte an ihre Mutter, die sich mit keiner ihrer Beschwichtigungen wirklich zufriedengeben wollte. Ihr konnte sie auf keinen Fall davon erzählen, dass sie glaubte, *Er* sei wieder da. Sie würde verlangen, dass sie sich irgendwo einschloss – oder am besten auswanderte.

Sie bog links in die Erbacher Straße ein. Kaum noch zwei Minuten bis zu ihrer Wohnung.

»Keine Gefahr«, sagte sie leise zu sich selbst. »Alles gut.«

Sie setzte einen Schritt vor den anderen, versuchte, sich nur darauf zu konzentrieren, nicht in einen der zahlreichen Hundehaufen zu treten.

Plötzlich aber fuhr ein Schaudern wie elektrischer Strom ihre Wirbelsäule hinauf. War da nicht ein Geräusch hinter ihr?

Sie drehte sich erschrocken um. Die Straße lag in fast völliger Dunkelheit da. Nur aus wenigen Fenstern schimmerte noch Licht oder das vertraute Flackern eines Fernsehers.

Als sie wieder losging, meinte sie, aus dem Augenwinkel eine Bewegung hinter sich erhascht zu haben. Noch einmal blieb sie stehen und sah zurück. Wieder nichts.

»Elisa, jetzt reicht es aber«, schimpfte sie mit sich selbst. Kurz darauf öffnete sie ihre Wohnungstür, schloss sorgfältig hinter sich ab und hängte die Jacke auf. Danach ging sie direkt ins Schlafzimmer. Noch angezogen ließ sie sich aufs Bett fallen.

Der Tag war anstrengender gewesen, als sie es sich vorgestellt hatte. In ihrem Kopf schwirrten noch die Bilder herum von dem missglückten Versuch, Bernd Wecker einzuwickeln. Und dann dieser Augenblick im Archiv. Warum nur passten die Zeichnungen nicht zusammen?

Als Elisa um zehn Uhr am nächsten Vormittag unter der Dusche stand, fühlte sie sich erstaunlicherweise ausgeruht und entspannt wie lange nicht mehr.

Sogar der Gedanke, nicht ins Büro gehen zu müssen, gefiel ihr. Sie überlegte, wie lange es her war, dass sie einen ganzen Tag über hatte machen können, was sie wollte. Während die Kaffeemaschine vor sich hin schnaufte, suchte sie Zeichenblock und Kohlestifte. Durch das Küchenfenster fielen Sonnenstrahlen herein. Sie widerstand sogar der Versuchung, Handy oder Computer auf Nachrichten zu überprüfen. Sollte sich doch melden, wer wollte. Wenn sie schon beurlaubt war, dann richtig.

Mit dem Block unterm Arm machte sie sich auf den Weg nach draußen. Während ihres Studiums hatte sie das oft getan: einfach in die Stadt und irgendjemanden aussuchen, den sie zeichnen konnte. Es machte ihr Spaß, und sie lernte auf diese Weise schnell Menschen kennen. Wie zum Beispiel den Mann im Straßencafé, dessen melancholischer Blick sie so fasziniert hatte. Sie hatte höflich gefragt, ob sie ihn zeichnen dürfe. Er hatte es erlaubt und ihr nach einer Weile erzählt, dass er immer wieder hierherkam, weil gegenüber einmal sein kleiner Laden gewesen war. Ein Elektrogeschäft mit Krimskrams in Hunderten Schubladen. Doch die Kunden waren ausgeblieben und die Ladenmiete immer höher geworden. Sogar die alten Leute gingen inzwischen lieber zu Media Markt oder Saturn und kauften alles neu, statt nach Ersatzteilen zu suchen.

»Ich bin Rentner. Ich habe genug zum Leben. Aber mir fehlt meine Arbeit«, hatte er erklärt, und dabei waren seine Augen feucht geworden.

»Das sieht man«, hatte Elisa gesagt. Und am Ende hatte sie ihm das Bild geschenkt. Da hatte er gelächelt.

Sie nahm den Weg durch die Rheinstraße. Auf dem Mittelstreifen zwischen den geparkten Autos schlurfte eine ältere Frau mit ihrem Rollator entlang. Ob sie die fragen sollte? Sie versuchte, das Gesicht zu erkennen. Dafür hätte sie näher an sie herangehen müssen, aber etwas hielt sie zurück. Vielleicht doch lieber auf den Nächsten warten. Ihr Handy klingelte. Trotz ihrer Vorsätze, den Tag einfach zu genießen, kam sie nicht dagegen an, nachzusehen, wer anrief. Silvius Nummer stand auf dem Display. Genervt steckte sie das Gerät weg und ließ es einfach weiterklingeln. Aber ihre gute Laune war mit einem Schlag dahin. Sie hatte keine Lust mehr zum Zeichnen. Es war eben *kein* Urlaub. Sie hatte nur für ein paar Stunden verdrängt, was es zu tun galt. Sie hatte *doch* ein Ziel. Eine verdammte Pflicht. Sie konnte nicht einfach so tun, als wäre nichts passiert.

Sie kehrte um, schlug den Weg nach Hause ein und versuchte zusammenzufügen, was nicht zusammenpassen wollte.

Warum sah das Phantombild in der Akte von vor zwanzig Jahren so völlig anders aus als das neue? Warum hatte sie trotzdem das sichere Gefühl, dass es derselbe Entführer war? Wie war die schwarze Rose in ihre Wohnung gekommen? Was sollte ihr dieses Symbol sagen?

»Halt dich da raus, Elisa«, könnte die Botschaft sein. Oder: »Und? Willst du es noch einmal mit mir aufnehmen? Aber diesmal gewinne ich.« Beides nicht sehr beruhigend.

Als sie vor zwanzig Jahren zum ersten Mal das Tageslicht wiedergesehen hatte, an dem Tag, an dem er »etwas Besonderes« mit ihr vorhatte, da hatte das Kräfte in ihr geweckt, mit denen sie niemals gerechnet hatte. Kräfte, die auch ihr Entführer nicht erwartet hatte. Sie hatte das Gefühl gehabt, auf der Stelle zu wachsen. Es war, als würden sich ihre durch die lange Gefangenschaft geschrumpften Knochen plötzlich wieder strecken. Vor allem aber hatte ihr Verstand begonnen zu arbeiten, als hätte das Tageslicht ihn zu neuem Leben erweckt. Die Ahnung von Freiheit war es wohl, die eine Idee erzeugte – eine Eingebung. Sie hatte tief Luft geholt und es geschafft, das Zittern und die Angst, die sie bis dahin beherrscht hatten, zu verdrängen.

Mit unschuldigem Augenaufschlag hatte sie zu dem schwarzen Mann hochgeschaut und leise gefragt: »Wer ist denn die Frau, die uns von da draußen beobachtet?«

»Welche Frau?« Der Mann zuckte zusammen. Seine Stimme klang alarmiert.

»Die mit dem Fernglas – da drüben.« Elisa hatte das ganz leise gesagt, wie beiläufig. Nur nicht zu aufgeregt klingen – dann hätte er den Trick bestimmt durchschaut. Denn natürlich war niemand da draußen, erst recht keine Frau mit einem Fernglas. Und Elisa war sich alles andere als sicher, ob der Mann auf die Finte hereinfallen würde. Doch tatsächlich war er fast panisch zu dem großen Fenster gestürzt und hatte die schmuddeligen Vorhänge zugezogen. Und während er damit beschäftigt war, war der Weg zur Ausgangstür frei gewesen. Sogar etwas länger, als Elisa gehofft hatte, denn der Vorhangstoff verheddderte sich, sodass er von der linken Fensterseite wegrutschte, während der Mann die rechte zu bedecken versuchte. Er hatte vor Wut geschnaubt, Elisa aber war aufgesprungen und zur Tür gerannt. Sie war nicht abgeschlossen. Sie war durch den Flur gejagt, hatte die Eingangstür erreicht. Auch die war unverschlossen. Der Mann war sich seiner Sache offenbar sehr sicher gewesen. Sie war splitterfasernackt und allein, aber sie war draußen angekommen. Sie war durch den Wald gerannt, immer wieder hingefallen und hatte sich die Knie aufgeschlagen.

Zweimal war sie ganz sicher gewesen, dass er sie einholen würde. Sie hatte schon gemeint, seine schweren Schritte hinter sich zu hören. Doch als sie sich umgedreht hatte, war niemand zu sehen gewesen.

Der Weg war ihr endlos vorgekommen, und manchmal hatte sie geglaubt, sie hätte gar nichts gewonnen durch ihre Flucht. Sie war schon sicher gewesen, sich im Wald so hoffnungslos zu verlaufen, dass sie verhungern oder verdursten würde, bevor jemand sie finden konnte. Doch dann war es heller geworden. Statt der Bäume befanden sich um sie herum Rebstöcke. Sie war oben auf einen sanft abfallenden Hügel gelangt und hatte in einiger Entfernung eine Straße gesehen, auf der in unregelmäßigen Abständen Autos fuhren. Sie war den Weinberg hinuntergestiegen und dabei auf dem lehmigen Boden, wie man ihn fast überall rund um Frauenstein fand, immer wieder ausgerutscht. Als sie endlich an der Straße angekommen war, musste sie ein Bild des Jammers abgegeben haben: ein kleines, nacktes Mädchen, bibbernd, mit aufgeschlagenen Knien und blauen Flecken am ganzen Körper. Irgendwann hatte ein freundliches Ehepaar angehalten und sie zur nächsten Polizeistation gebracht. So hatte es geendet.

Sie musste wieder an Silviu denken. Vielleicht sollte sie ihm doch alles erzählen. Warum hatte er wohl angerufen? Wer außer ihm konnte ihr überhaupt helfen? Sie zog das Telefon aus der Jackentasche und drückte die Rückruftaste. Silviu war fast augenblicklich am Apparat.
»Endlich, Elisa. Ich hab mir ehrlich Sorgen gemacht.«
»Warum das denn?«
»Warum? Was für eine Frage. Du warst völlig daneben vorgestern Abend. Und seitdem … Also, ich weiß auch nicht. Tut mir leid jedenfalls. Ich war wohl nicht sehr nett. Und überhaupt.«
»Mir tut es auch leid, Silviu. Hast du vielleicht einen Moment Zeit? Ich würde gerne …«
»Jetzt gleich?«
»Am liebsten jetzt gleich, ja.«
»Witzig. Ich wollte auch gerne, dass du … Also – kannst du zu mir kommen?«
»Wenn du mir sagst, wohin.«
»Unter den Eichen. Das alte Filmgelände. Kennst du das?«
»Ich glaube, da bin ich schon mal vorbeigefahren.«
»Das Restaurant Kamera ist einigermaßen ausgeschildert«, erklärte Silviu. »Dahinter ist ein Flachbau mit verschiedenen kleinen Firmen. Da steht auch mein Name dabei.«
Elisa sah auf die Uhr. »In einer Stunde ungefähr. Ist das in Ordnung?«
»Ist gut. Aber komm bitte wirklich.«
»Weshalb sollte ich nicht kommen?« Sie wunderte sich, dass er so besorgt klang.
»Bis gleich, Elisa. Ich meine nur: Komm einfach. Wenn du früher da bist, ist es auch gut.«

11

Sie fasste zwei Mal nach dem Zündschlüssel, und zwei Mal zog sie die Hand wieder zurück. Ein Autofahrer, der gerne ihren Parkplatz in der Rüdesheimer Straße gehabt hätte, hupte und fuhr dann kopfschüttelnd weiter, weil sie im Wagen saß und doch nicht losfuhr.

Was wollte sie eigentlich von Silviu?

Ihr Herz klopfte ein bisschen zu schnell. Ärgerlich schlug sie auf das Lenkrad.

Ich brauche doch nur einen Menschen, mit dem ich über diesen Fall reden kann. Einfach jemanden, dem ich mich anvertrauen kann. Der mir hilft, Licht ins Dunkel zu bringen. Das ist alles. Und das kann Silviu sein. Oder jeder andere.

Sie wusste genau, dass das nur die halbe Wahrheit war. Schon Silvius Stimme am Telefon hatte etwas in ihr nachhallen lassen, das lange nicht mehr in Schwingung versetzt worden war. Sie betrachtete ihr Gesicht im Rückspiegel. Braune Haare umrahmten hohe Wangenknochen. Ihre ebenfalls braunen Augen wirkten groß, auch wenn sie sie heute nicht besonders betont hatte. War sie attraktiv? Sie hatte sich das länger nicht gefragt. Ihr Lebensinhalt in den letzten Jahren war fast ausschließlich die Arbeit gewesen. War es vielleicht einfach nur die Leere, die ihre Beurlaubung erzeugt hatte, die sie jetzt nach etwas anderem suchen ließ?

Sie versuchte, sich Silvius Gesichtszüge in Erinnerung zu rufen. Ob sie ihn aus dem Gedächtnis zeichnen könnte?

Vielleicht probiere ich das heute Abend einfach mal. Wenn ich wieder zurück bin. Oder ich bleibe besser gleich zu Hause. Ja, das ist vielleicht die allerbeste Idee.

Das konnte doch nicht wahr sein. Seit Jahren hatte sie kein Treffen mehr so unruhig gemacht. Sicher lag es an der Sache mit der Entführung.

Oder sollte da doch etwas anderes sein? Sie stellte sich vor, wie Silviu sie anlächelte, wie er nach ihrer Hand griff ...

»Schluss jetzt, Elisa. Los. Jetzt fahr schon«, rief sie sich selbst zur Ordnung. Sie drehte den Schlüssel um und startete den Motor.

Doch das Kribbeln blieb. Sie wollte es sich nicht wirklich eingestehen. Aber schon ganz lange hatte sie sich nicht mehr so sehr darauf gefreut, jemanden wiederzusehen.

Auf dem Ring war wie üblich viel los. Sie hatte Mühe, sich in die linke Spur einzufädeln, um nicht mit dem Hauptverkehr auf die Aarstraße getrieben zu werden. Erst danach wurde es endlich ruhiger. Je näher sie dem Gelände Unter den Eichen kam, desto mehr Platz war rund um die Villen am Straßenrand. Hier hätte sie die Familie des Entführungsopfers viel eher vermutet als in Kloppenheim.

Wie sich das wohl anfühlte – in einem dieser herrschaftlichen Häuser zu wohnen? Wenn man genau hinschaute, sah man fast überall Überwachungskameras. Eine Zeile aus einem alten Schlager ging ihr durch den Kopf: »Lieb Vaterland, magst ruhig sein. Die Reichen zäunen ihren Wohlstand ein ...«

Wer hatte das eigentlich gesungen? Auf jeden Fall passte es zu der Gegend: die Gärten rund um die Villen gepflegt, die Hecken akkurat geschnitten, die Fassaden frisch gestrichen. Wie haltbar war solch ein Glück, das auf erfolgreicher Arbeit und gutem Einkommen aufgebaut zu sein schien? Wie schnell war das alles zerstört durch einen Schicksalsschlag, einen Einbruch – oder zum Beispiel eine Kindesentführung? Am Tor einer der Villen hingen bunte Luftballons. Wahrscheinlich ein Kindergeburtstag. Beim letzten Geburtstag, zu dem Mara sie eingeladen hatte, hatten auch Ballons an der Tür gehangen.

Feiern Maras Eltern den Geburtstag ihrer Tochter noch? Haben sie damals eine Lösegeldforderung bekommen? Haben sie womöglich bezahlt?

Als sie das erste Mal die Abzweigung zum ehemaligen Filmgelände erreichte, fuhr sie glatt daran vorbei. Erst als es um sie herum immer grüner wurde und kaum noch Bebauung zu sehen war, wurde ihr klar, dass sie ihr Ziel verpasst hatte. Elisa wendete den Golf und nahm sich vor, genauer Ausschau zu halten. Diesmal fiel ihr das alte Schild mit der Aufschrift »Restaurant Kamera« sofort auf. Sie bog auf das Gelände ein und entdeckte im hinteren Teil das niedrige Gebäude mit Silvius Büro. Er stand vor der Tür und rauchte. Als er sie kommen sah, winkte er und deutete auf einen freien Parkplatz in der Nähe.

Sie stieg aus und lief auf ihn zu. Wieder stellte sie fest, dass sie sich nicht nur einfach freute, ihn zu sehen. Da war irgendetwas anderes. Ein Gefühl der Wärme. Er kam ihr ein Stück entgegen und lächelte. Als sie die Hand ausstreckte, um ihn zu begrüßen, ignorierte er das einfach. Stattdessen breitete er die Arme aus und drückte sie an sich.

»Ich bin echt froh, dass du da bist, Elisa. Ehrlich.«

Seine Berührung fühlte sich gut an. Trotzdem schob sie ihn ein Stück zurück. Etwas in ihr sträubte sich gegen so viel Nähe. Silviu machte eine entschuldigende Handbewegung.

»Das hier ist also deine Firma? – Tolles Gelände.«

»Das Büro ist eher bescheiden. Komm rein.«

Sie gingen durch einen kleinen Raum, in dem es nach Kaffee roch. Ein schlaksiger junger Mann mit kurzen braunen Haaren bereitete etwas zu, das wie Latte macchiato aussah.

»Das ist Ortwin«, erklärte Silviu. »Bei größeren Sachen drehen wir gemeinsam.«

»Und – habt ihr gerade was Größeres?«

Ortwin wandte sich um und lächelte schüchtern. Er war kaum älter als zwanzig. »Wär schön, aber im Moment ...«, sagte er.

»Warten wir's ab. Vielleicht geht es ja schneller wieder los, als du denkst.« Silviu knuffte ihn in die Seite. »Aber erst einmal zeige ich dir was, Elisa. Das ist wirklich sehr seltsam.«

»Silviu, ich nehm den Kaffee mit und mach mich ab. In Ordnung?« Ortwin war schon auf dem Weg zur Tür.

»Klar. Ich melde mich, wenn's was zu tun gibt.«

Der junge Mann verschwand, und Silviu drehte sich zu Elisa um. »Entschuldigung, ich hab dich gar nicht gefragt. Möchtest du auch einen Kaffee? Oder Espresso, Cappuccino oder so?«

»Ja, gerne. Cappuccino, bitte.«

Wenn sie gleich beim Kaffee säßen, dann könnte sie es einfach erzählen. Ihm einfach alles sagen. Vielleicht begriff er die Zusammenhänge. Oder er konnte sie wenigstens beruhigen. Sie hätte einen Partner.

»Milchschaum oder Schlagsahne?«

»Was?«

»Dein Cappuccino. Mit Milch?«

»Ja, bitte.«

Oder sie erzählte lieber doch nichts. Wie sollte Silviu ihr schon helfen? Warum war sie überhaupt hier?

Er stellte den Kaffee auf einen Bartisch und schwang sich auf einen Hocker, der danebenstand.

»Danke für den Kaffee. Du, Silviu, was ich dir sagen wollte ...« Sie zögerte. Sollte sie jetzt wirklich? Aber Silviu hörte gar nicht richtig zu. Seine Stirn sah aus, als arbeite es gewaltig dahinter. So, als habe auch er etwas auf dem Herzen, von dem er nicht sicher war, ob er es erzählen sollte.

»Elisa, ich habe ein ganz merkwürdiges ›Geschenk‹ bekommen«, begann er, »und irgendwie glaube ich, es hat mit der Entführung des Sander-Jungen zu tun.«

»Wie bitte?«

»Ein Päckchen. Warte mal.« Er stand auf und ging in den Raum nebenan. »Hier – in diesem Karton war es drin. Kein Absender.«

»Was war denn drin?«

»Eine DVD.« Silviu wirkte nervös. »Willst du mal sehen?«

»Klar.«

Eigentlich war sie ja nicht gekommen, um Filme zu schauen. Sie ließ den Cappuccino stehen und folgte Silviu, der wieder in den Nachbarraum ging.

Es war wirklich kein sehr großes Büro. An der einen Seite befand sich ein gläserner Schreibtisch, an den Wänden Aktenregale, in denen Ordner und Videokassetten kreuz und quer gestapelt waren. In einer Ecke stand ein weiterer, etwas abgerundeter Tisch mit drei Monitoren.

»Mein Schnittplatz«, erklärte Silviu. »Hier bearbeite ich die Bilder, die ich drehe. Und seit sie VDSL eingerichtet haben, kann ich von hier auch direkt zum Sender überspielen.«

»Aha.« Elisa hatte sich so etwas faszinierender vorgestellt. Eigentlich sah der Arbeitsplatz ähnlich aus wie ihrer im LKA. Computer und Monitore, die sogar ziemlich schlicht wirkten – weiter nichts.

»War kein Brief in dem Päckchen? Nur die CD?«, fragte sie.

»DVD, nicht CD. Aber schau erst mal das Video ...« Er fummelte die Scheibe aus der Hülle. »Das muss eine Kopie von Super 8 oder so sein. Uralt, denke ich. Und du wirst auch gleich verstehen,

warum ich glaube, es könnte mit der Entführung zusammenhängen. Warte.«
Er schob die DVD in den Computer und startete ein Programm. »Jetzt, pass auf. Das ist wirklich krass. – Oh nein, nicht schon wieder.«
Der Bildschirm wurde dunkel, und eine Fehlermeldung erschien. »Der verdammte Avid macht mich noch wahnsinnig. Das ist der dritte Absturz diese Woche. Einen Augenblick. Ich muss die Anlage runterfahren ...«
Er zog die DVD aus dem Slot und legte sie zur Seite.
»Silviu, ich wollte dir etwas erzählen.«
Mit ärgerlichem Blick drückte er verschiedene Tasten, bis der PC vernehmlich knurrte und in schneller Folge weiße Buchstabenzeilen auf blauem Grund über die Monitore sausten.
»Das ist so ein Mist mit diesem Update«, murmelte er.
»Silviu, also, was ich ... das hat auch mit der Entführung ...«
In diesem Moment klingelte das Telefon auf dem Glasschreibtisch. Silviu nahm das Gespräch an, und Elisa sah, wie sich sein ganzer Körper anspannte, während der Anrufer nur ein paar Sätze zu sagen schien.
»Ja, natürlich bin ich startklar. Bin schon so gut wie da. Danke für den Tipp.« Er sprang auf. »Elisa, ich muss weg. Großbrand auf dem Rhein. Ein Tanker oder so. Verdammt, dass das gerade jetzt ... Brennt wohl wie verrückt. Ich muss leider wirklich ... Findest du alleine raus? Wir schauen uns den Film später an. Das hat jetzt erst mal Vorrang. Sorry.«
Er war schon im Flur, in der einen Hand die Kamera, in der anderen seine Lederjacke. »Zieh die Tür bitte fest hinter dir zu, ja? Wir sehen uns.«
Sekunden später war Elisa allein. Noch einmal drehte sie sich zu dem Schreibtisch um, auf dem die drei Monitore aufgebaut waren. Silviu hatte einfach alles stehen und liegen lassen.
»Willkommen bei Newscutter« erschien auf den Bildschirmen. Offenbar war das Programm jetzt ordnungsgemäß hochgefahren. Elisa überlegte, ob sie versuchen sollte, die Geräte auszuschalten, oder lieber alles so lassen sollte, wie es war. Ihr Blick fiel auf die seltsame DVD.

Silviu hatte sie neben der Tastatur liegen gelassen.
Ihre Idee, ihm heute alles zu erzählen, konnte sie wohl vergessen. Und das nur, weil er unbedingt Filmaufnahmen von irgendeinem Brand machen und an die Fernsehsender verkaufen wollte. Meine Güte, wie dieser Mann seine Arbeit liebte. Oder liebte er womöglich das Geld? So kam er ihr eigentlich nicht vor.
Was hatte ich auch erwartet? Dass er vielleicht an mir interessiert ist? Wahrscheinlich ist es ja auch viel besser, wenn nichts daraus wird.
Sie musste an die Umarmung zur Begrüßung denken. Warum hatte sie ihn weggedrückt?
Sie betrachtete die silberne Scheibe vor sich auf dem Schreibtisch.
Was soll's. Wenn ich schon einmal da bin.
Der Rechner stand unter dem Schreibtisch: ein großer grauer Kasten, dem man ansah, dass es sich nicht um das neueste Modell handelte. Wahrscheinlich alt und mehrfach aufgerüstet, dachte Elisa. Kein Wunder, dass der gerne mal abstürzte.
Sie drückte den kleinen Knopf neben dem obersten Laufwerkfach und schob die DVD hinein. Zunächst passierte nichts, und sie wollte die Scheibe schon wieder herausnehmen, da öffneten sich auf dem mittleren und dem rechten Bildschirm gleichzeitig zwei Abspielfenster.
Beide zeigten dasselbe Bild. Es sah aus wie die Startsequenz einer sehr alten Aufnahme. Durch einen grau flackernden Hintergrund huschten die typischen Störungen, wie man sie früher oft gesehen hatte: weiße Punkte und dünne farbige Streifen.
Es erschien eine Schrifttafel: »Versuch 22a«. Dann begann der eigentliche Film. Er zeigte einen rundherum gefliesten Raum mit einem schwarz gekleideten Mann. Sein Gesicht war nicht zu erkennen. Die Kamera stand wohl auf einem Stativ, denn sie folgte dem Mann nicht. Er ging über den rechten Bildrand hinaus und war eine Weile nicht zu sehen. Nur der leere gefliese Raum. Elisa stöhnte unwillig. Was sollte daran interessant sein? Doch dann stand der Mann plötzlich ganz nah vor dem Objektiv. Seine Hände verdeckten das Bild. Offenbar richtete er die Kamera neu aus. Als er sich entfernte, waren zwei Personen zu erkennen: der schwarz gekleidete Mann und ein kleines Mädchen, das nackt und apathisch

auf dem Boden saß. Elisas Augen weiteten sich vor Entsetzen. Der Mann in dem Film begann, mit einem glühenden Draht eine Schlangenlinie auf den Bauch des Mädchens zu zeichnen. Die Kleine zeigte keine Reaktion. Noch immer war sein Gesicht nicht erkennbar, aber jetzt sprach er. Mit ruhiger, tiefer Stimme erklärte er: »Wir stellen fest, dass überhaupt kein Schmerzempfinden mehr besteht. Und das bei minimaler Dosierung.«

Unter Elisa begann der Boden zu schwanken. Sie merkte, wie ihr übel wurde. Das Bild auf dem Monitor verschwamm vor ihren Augen. Wie von Sinnen drückte sie alle möglichen Tasten auf dem Computer, bis ein blauer Störbildschirm erschien und der Film nicht mehr zu sehen war. Sie ließ sich auf einen Schreibtischstuhl sinken und griff unter ihr T-Shirt. Auch ohne hinzusehen, konnte sie die schlangenförmige Narbe auf ihrem Bauch spüren.

12

»Mein Gott, wie kann man nur so trottelig sein. Wie kann ich bloß auf so was reinfallen?« Silviu schimpfte lautstark vor sich hin, als er in sein Büro zurückkehrte, stellte die Kamera fluchend in die Ecke, öffnete eine Flasche Mineralwasser und trank sie fast in einem Zug aus. Erst jetzt bemerkte er Elisa. Sie hockte noch immer auf dem Stuhl, vor ihr der blau flimmernde Bildschirm.
»Elisa ... Was machst du denn noch hier?«
»Ich hab mir den Film angeschaut.«
»Schlimm, oder? Aber weißt du, was mir gerade passiert ist?« Er wartete ihre Antwort gar nicht erst ab. »Ich bin auf eine Feuerwehrübung hereingefallen. Eine *Übung*, das ist doch nicht zu fassen. Also eigentlich ist wohl Berni reingefallen. Aber ich hab's nicht überprüft. Ich bin zum Rhein gerast, so schnell ich konnte, und dann – ist das alles gar nichts. Alles nur vorgetäuscht. Nichts brennt da. Eine gottverdammte Übung. Und das passiert mir. So eine Schei–« Erst jetzt fiel ihm auf, dass Elisa gar nicht zuhörte. Sie saß, den Kopf auf die Hände gestützt, am Schreibtisch und starrte ins Leere. Silviu ging zu ihr.
»Was ist mit dir? Hast du geweint?«
Sie drehte sich mit dem Stuhl zu ihm um. Er zog einen zweiten Stuhl heran und setzte sich neben sie. Vorsichtig legte er die rechte Hand auf ihre Schulter. Diesmal stieß sie ihn nicht zurück.
»Hat dich der Film so mitgenommen?«
Sie nickte.
»Das ist schrecklich mit dem kleinen Mädchen. Aber – ich dachte, du bist doch auch einiges gewohnt in deinem Job. Ich meine ...«
Noch immer sagte Elisa kein Wort. Eine Träne rollte ihr die Wange hinunter.
»So schlimm?«, fragte Silviu.
»Du weißt ja nicht ... Also, du hast ja keine Ahnung, dass ...«
»Was weiß ich nicht?«
»Ich wollte dir das heute alles erzählen ...«

»Was möchtest du erzählen?«
Plötzlich verflog Silvius Ärger über die Feuerwehrübung, auf die er hereingefallen war. Er schaute Elisa in die Augen und bekam das Gefühl, dass sie beide mehr verband als der Wunsch, so viel wie möglich über die Entführung des kleinen Jungen herauszubekommen. Er merkte, dass Elisa mit sich kämpfte, dass sie darum rang, etwas preiszugeben. Es musste etwas Wichtiges sein. Und es schien etwas zu sein, das sie nicht gern erzählte. Er bemühte sich mit aller Kraft darum, nicht einfach nur neugierig zu wirken. Das würde gewiss jedes Vertrauen sofort zerstören. Ohne etwas zu sagen, nahm er die Hand von Elisas Schulter und strich ihr leicht über den Oberarm.

»Was möchtest du erzählen?«, fragte er noch einmal behutsam. Sie zögerte eine Weile. Und Silviu verhielt sich ganz ruhig, schaute sie nur an. Schließlich zog sie einfach ihr T-Shirt ein Stück hoch, sodass er die Narbe sehen konnte. Die eingebrannte Schlangenlinie führte quer über ihren Bauch.

»Verstehst du jetzt?«

Silviu war einen Augenblick lang irritiert, dann begriff er.

»Du?«

Sie nickte.

»*Du* bist das Mädchen in dem Film?«

»Ich bin das Mädchen.«

Eine Weile starrten beide nur wortlos die noch immer blau flimmernden Monitore an. Elisa war es, die als Erste etwas sagte: »Ich wollte dir das heute alles erzählen. Aber jetzt ...«

»Wieso wolltest du es gerade mir erzählen? Ich meine, nein ... das ist natürlich gut, dass du mir das erzählen wolltest, also ...« Er hatte Schwierigkeiten, die richtigen Worte zu finden. »Ich meine – wieso gerade jetzt? Hat das mit dem aktuellen Fall zu tun?«

»Mit der neuen Entführung. Genau. Ich habe doch das Phantombild gezeichnet. Und irgendwie hat mich das total zurückgeworfen. Ich habe das Gesicht ...«

»... erkannt?« Silvius Augen irrten unruhig hin und her.

»Ich weiß nicht ganz genau. Aber doch, ja, es muss so sein.«

»Und deshalb interessiert dich auch diese Entführung so? Du glaubst, das ist derselbe Täter?«

»Ja. Seit ich das Bild gezeichnet habe. Es hat mich erwischt wie ein … wie ein … ich weiß nicht, wie ich es beschreiben soll. Als hätte mich jemand gepackt und in die Vergangenheit geschleudert.«
»Oh mein Gott.« Silviu stand auf und legte ihr von hinten die Hände auf die Schultern. Er spürte, dass sie zitterte. »Elisa, du meinst wirklich, dass es nach so langer Zeit derselbe Entführer sein kann?«
»Ja, nein – ich bin mir nicht sicher. Das Bild stimmt überhaupt nicht. Und trotzdem erinnert es mich total an die Zeit damals. Ich begreife das nicht.«
»Das Bild ist ähnlich, aber es stimmt nicht so ganz, oder wie meinst du das?«, fragte Silviu. Er versuchte sich vorzustellen, wie es ihm gehen würde, wenn eine Szene aus seiner Vergangenheit plötzlich wie ein Alptraum in sein Leben zurückkehrte.
»Sieht man ihn auf diesem Video denn irgendwann von vorn?«, fragte Elisa.
»Du meinst, ob man sein Gesicht sieht?«
»Genau. Hast du schon den ganzen Film angeschaut?«
»Ja, aber es sind nur ungefähr zehn Minuten. Und den Mann sieht man immer nur von hinten oder von der Seite. Jedenfalls kein Gesicht. Was man gut erkennt, sind nur die Sauereien, die er mit der Kleinen … also, ich meine, mit dir …«
Urplötzlich ließ er Elisas Schultern los, trat einen Schritt zur Seite und schlug mit der rechten Hand so heftig auf den Tisch, dass die Monitore ins Schwanken gerieten. »Was für eine unglaubliche, widerwärtige …« Er stockte. Seine Hände bebten, er hatte Mühe, sich zu beherrschen. »Entschuldigung, Elisa, aber ich habe erst jetzt erst richtig begriffen, dass du … Dass er das mit dir … Weißt du … weißt du, was Snuff ist?«
Sie schüttelte den Kopf.
»Snuff-Filme zeigen sadistische Handlungen oder sogar Morde, die angeblich echt, aber meistens zum Glück doch nur gespielt sind. Ich dachte, das hier wäre auch so etwas. Ich dachte, das hätte mir jemand geschickt, der mich einschüchtern oder ärgern will … oder der meint, ich würde auch nichts Besseres filmen.« Er ging wieder zu ihr zurück. Diesmal berührte er sie nicht, sondern blieb einfach vor ihr stehen. »Das tut mir so leid.«
»Da kannst du ja nichts dafür.« Elisa stand auf.

Silviu streckte die Arme aus und nahm ihre beiden Hände. »Dass du das überhaupt überstanden hast. Wie bist du weggekommen von dem Schwein?«

»Erzähle ich dir noch. Was mich im Moment aber viel mehr interessiert: Bist du ganz sicher, dass man den Kerl wirklich kein einziges Mal erkennen kann?«

»Ja, bin ich.«

»Mist. Dann kann man das damit auch nicht klären.«

»Was klären?«

»Ob das neue oder das alte Bild falsch ist.«

»Wieso falsch? Welches alte Bild?«

Elisa berichtete davon, wie sie heimlich im Polizeiarchiv gewesen war und das alte Phantombild mit dem jetzigen verglichen hatte.

»Das ist völlig unbegreiflich. Die sehen total verschieden aus.«

»Dann sind es vielleicht einfach doch zwei Täter«, überlegte Silviu. »Das ist ja auch schon eine Weile her – ich meine, dass du entführt wurdest.«

»Zwanzig Jahre. Aber trotzdem: Nein, das glaube ich nicht, dass es zwei verschiedene Täter sind. Die Erinnerung hat mich voll überrollt, verstehst du? Als ich das Bild gemalt habe, ist mir richtig schlecht geworden. Und inzwischen bin ich eigentlich noch sicherer. Und dass du diese DVD gerade jetzt bekommst, das ist doch auch kein Zufall, oder?«

»Du meinst, die hat er geschickt, weil er weiß, dass du an dem Fall arbeitest? Und dass ich mit dir zusammen in Kloppenheim war?«

»Er beobachtet uns.« In Elisas Stimme lag Panik. »Es sieht aus, als wenn er über jeden unserer Schritte Bescheid wüsste.«

Silviu blieb stumm. Er blickte auf den Umschlag, in dem die DVD gewesen war.

»Erst mal hat er wohl nur mich beobachtet«, fuhr Elisa schließlich fort. »Aber jetzt bestimmt auch dich. Als wir zusammen zu dem Haus gefahren sind. Erinnerst du dich? Da habe ich doch die ganze Zeit gemeint, dass wir verfolgt werden.«

Silviu ging zum Fenster und ließ die Rollläden herunter. »Wenn der Entführer so viel über uns weiß, dann arbeitet er vielleicht … Nein, das will ich nicht glauben.«

»Bei der Polizei, meinst du?« Elisa schaute jetzt auch zum Fenster.

Sie beide spiegelten sich in der Scheibe. »Da gibt es sicher nicht nur Engel. Aber irgendwie glaube ich es auch nicht.«
»Gibt es beim LKA Kollegen, denen du vertrauen kannst?«
»Ich bin mir nicht sicher. Außerdem, wenn ich da jetzt alles erzähle, kriege ich richtig Ärger.«
»Wieso denn?«
»Na, weil ich natürlich alles hätte *gleich* sagen müssen.«
»Du meinst nicht, dass deine Vorgesetzten Verständnis haben? In so einer besonderen Situation?«
»Ja, meine Chefin vielleicht. Aber sie ist gerade nicht da. Jürgen Bender vertritt sie. Bislang habe ich auch gedacht, der sei auf jeden Fall loyal. Aber er war gar nicht freundlich beim letzten Gespräch. Total im Stress, genervt und voller Angst, der Fall könnte schlimm ausgehen – ist ja auch kein Wunder bei so einer Sache.«
»Jürgen Bender – tja, der kann ein harter Brocken sein.«
»Du kennst ihn?«
Silviu zog die Augenbrauen hoch. »Was denkst du denn? Ein Paparazzo, der den Leitbullen nicht kennt – das wäre ja ein starkes Stück.«
»Bender war extrem angespannt beim letzten Gespräch. Wenn ich dem jetzt auch noch sagen muss, was ich alles verschwiegen habe ... Nein danke.«
Silviu ging zum Kühlschrank und holte ein Bier heraus. »Du auch?«
Elisa schüttelte den Kopf. »Ich mag kein Bier.«
»Wein habe ich leider nicht. Willst du Wasser? Oder Kaffee?«
»Gar nichts im Moment.«
»Eigentlich gibt es nur eine vernünftige Theorie.« Er setzte sich wieder neben Elisa. »Jemand hat das Bild in der Polizeiakte durch ein falsches ersetzt. Vielleicht derselbe Polizist, der den Entführer mit Informationen versorgt.«
»Du meinst, die Akte ist manipuliert? Aber warum?« Elisa presste die Lippen zusammen.
»Keine Ahnung. Aber irgendeine Erklärung muss es doch geben. Und dass es schwarze Schafe gibt bei der Polizei, das ist ja wohl klar.« Silvius Handy klingelte. Er zog es aus der Tasche und blickte aufs Display. »Wenn man vom Teufel spricht.«

»Wieso?«
Silviu legte einen Finger auf die Lippen. Dann stellte er den Lautsprecher an, sodass sie mithören konnte.
»Berni, mein Freund, das war ja wohl gar nichts eben.«
Der Mann am anderen Ende stotterte ein bisschen. Ihm war die Sache offenbar peinlich. »Tut, tut ... eh ... mir lei-leid. Ich habe selbst ge-geglaubt, das sei ein echter Ein-einsatz, weißt du.«
Elisa sah erstaunt auf.
»Tja, Künstlerpech«, sagte Silviu. »Aber dir ist schon klar, dass es dafür keine Kohle gibt. Ich hätte ziemliche Lust, dir stattdessen was abzuziehen.«
»Hey, hey ... Also ehr-ehrlich.«
»Schon gut.« Silviu schaute zu Elisa hinüber. »Aber vielleicht kannst du mir einen anderen Gefallen tun, Berni. Kommst du ans Polizeiarchiv?«
»Ja, na-natürlich. Wo-worum geht es denn?«
»Ich habe hier ...« Er sprach nicht weiter, denn Elisa machte eine abwehrende Bewegung mit der Hand. Dann legte sie beschwörend einen Finger auf die Lippen. Es war offensichtlich, dass er Wecker nicht nach dem Phantombild im Archiv fragen sollte.
»Also, was soll ich rau-rausfinden für dich?«
»Ach, mach dir kein Kopp.«
»Nein echt – schon um das wie-wiedergu-gutzumachen.«
»Alles gut, Berni. So schlimm war das nun auch wieder nicht mit der Übung. Besser, du rufst einmal mehr an als einmal zu wenig. Sag ich doch selbst immer.«
Berni war offenbar erleichtert, dass das Gespräch vorbei war.
»Mach's gut, Silviu. Und noch mal-mal sorry für den Fehlalarm.«
»Das war Bernd Wecker, oder?«, fragte Elisa, nachdem Silviu das Handy weggelegt hatte.
»In der Tat. Woher kennst du den denn?«
»Hab ich das gerade richtig mitbekommen? Der gibt dir Infos gegen Geld? Sachen, die eigentlich nicht an die Öffentlichkeit sollen?«
»Er arbeitet doch gar nicht in deiner Abteilung.« Silviu konnte sich ein Grinsen nicht verkneifen. »Was hast du mit ihm zu tun?«
»Ist doch egal. Echt – der Typ ist eine undichte Stelle bei der Polizei?«

»Ja. Berni Wecker, manchmal ein bisschen dämlich, aber eigentlich sehr nützlich.«
»Das ist jetzt nicht wahr, oder?« Elisa schüttelte den Kopf. »Der Wecker verschafft dir Informationen und kassiert dafür?«
»Was dachtest du, woher ich Bescheid weiß, wenn's irgendwo brennt, wenn einer ermordet wurde oder wenn sie 'ne Leiche aus dem Rhein ziehen?«
»Aber das ist doch totale Scheiße. Oder nicht?«
»Wie man's nimmt. Ohne Leute wie Berni könnte ich meinen Job nicht machen. Und wenn es nicht auch sonst so viele Verräter und Denunzianten gäbe, dann könnte die ganze Polizei einpacken.«
»So hab ich das noch nie gesehen.« Plötzlich musste Elisa lachen.
»Und gestern hat Berni bei dir angerufen und mit total wichtigem Ton verraten, wo das Entführungsopfer wohnt, richtig?«
»Woher weißt du denn das jetzt schon wieder?«
»Weil er die Info von mir hatte. Mir war es aus Versehen herausgerutscht. Ich konnte ja nicht ahnen, was er damit anfängt.« Sie schlug mit der Hand auf den Tisch. »Das ist doch nicht zu fassen. Da war der gute Berni aber bestimmt enttäuscht, dass du längst alles wusstest, oder?«

Jetzt lachte auch Silviu. Sie sahen sich an und kicherten wie Teenager. Die ganze Anspannung schien für kurze Zeit zu verfliegen. Irgendwann stand Silviu auf und straffte die Schultern.

»Du hast doch jetzt Urlaub. Zwar nicht freiwillig, aber das ist ja eigentlich auch egal. Ich hab auch schon eine ganze Weile genug von dem Stress. Wie wär's, wenn wir beide einfach abhauen? Nach Paris zum Beispiel. Oder irgendwohin, wo es warm ist. Mallorca. Miami. Wohin du willst. Nur du und ich.« Den letzten Satz sagte er etwas leiser und schaute ihr direkt ins Gesicht. Verdammt, es wäre wirklich eine schöne Idee.

»Du und ich?« Elisa errötete. Doch dann drehte sie sich zu dem Karton um, in dem die DVD gekommen war. »Ein Brief oder so etwas war wirklich nicht dabei?«

Silviu seufzte. »Gar nichts. Nur die DVD.«

»Ich muss diesen Kerl finden.«

»Dann kann ich ihn also vergessen, meinen schönen Vorschlag?«

»Welchen Vorschlag?«

Silviu verdrehte die Augen. »Urlaub machen. Wir zwei. Einfach weg. Diesen ganzen Mist hier vergessen.«

Elisa ging auf Silviu zu und gab ihm einen Kuss auf die linke Wange. Er war überrascht, hob die Arme und versuchte, sie festzuhalten. Doch sie machte einen Schritt zurück und sah ihn mit ernstem Blick an.

»Vielleicht machen wir das ja wirklich mal. Aber kannst du dir das vorstellen: Wir liegen irgendwo am Strand, lassen es uns gut gehen, und hier zu Hause geht die Entführung weiter?«

»Wir sind dafür doch nicht verantwortlich ...«

»Und wenn wir dann die Schlagzeile in der Zeitung sehen?«

»Welche Schlagzeile?«

»Silviu, du bist doch sonst nicht so schwer von Begriff. Stell dir das vor: Wir haben uns rausgehalten, wir sind weit weg, und dann lesen wir: ›Entführter Junge tot gefunden‹. Was meinst du, wie es uns dann geht?«

»Das will ich mir gar nicht vorstellen.«

»Eben. Das darf nicht passieren. Und deshalb hauen wir auch nicht einfach ab. Ich weiß zwar noch nicht, wie, aber vielleicht können wir doch helfen, den Mistkerl zu jagen.«

13

Elisa wollte ihr Auto aufschließen, doch beim Druck auf den Schlüssel tat sich nichts. »Mist«, schimpfte sie.
»Was denn?« Silviu war mit ihr hinausgegangen.
»Geht nicht auf.«
Silviu packte den Griff der Fahrertür und öffnete sie.
»War gar nicht abgeschlossen.«
»Das gibt es doch nicht. Ich bin ganz sicher …« Elisa spürte, wie sie von einer seltsamen Unruhe erfasst wurde. In den dunklen Bäumen auf dem ehemaligen Filmgelände rauschte es. Sie sah sich um. »Wenn er jetzt auch hier ist? In der Nähe?« Plötzlich klang ihre Stimme zittrig.
»Soll ich mitkommen zu dir nach Hause?« Silviu griff nach ihrer Hand. »Du kannst auch gerne mit zu mir.«
Elisa atmete tief durch. »Quatsch. Ist nur die Paranoia. Alles gut. Ich melde mich morgen.« Wie konnten ihre Nerven ihr nur ständig solche Streiche spielen?
»Ich lasse dich wirklich nicht gerne alleine wegfahren. Vor allem nachdem du das Video gesehen hast.«
»Das ist nett von dir, Silviu. Aber das ist zwanzig Jahre her. Ich habe das hinter mir. Ich habe das überwunden. Ich fahre jetzt nach Hause – und fertig.« Sie versuchte, ihrer Stimme einen selbstbewussten Klang zu geben. Es kam nicht in Frage, die Ängste wieder Oberhand gewinnen zu lassen. Sie musste das hinbekommen. Und zwar allein. »Das ist wichtig für mich. Verstehst du? Ich darf die Panik nicht gewinnen lassen. Sonst wird sie nur noch schlimmer.«
Silviu wirkte nicht überzeugt, aber er ließ ihre Hand los. »Melde dich wirklich morgen, ja?«
»Ganz bestimmt.«
Sie startete den Motor und winkte zum Abschied. »Los jetzt«, machte sie sich selbst Mut. Dann gab sie so kräftig Gas, dass die Vorderräder durchdrehten. Als sie in den Rückspiegel sah, war hinter ihr alles dunkel. Von Silviu war nichts mehr zu sehen.

Es tat ihr gut, schon bald die ersten Lichter Wiesbadens zu sehen. Sie hatte das Gefühl, die Stadt strahle sie gelb, warm und einladend an. Trotz ihrer Erlebnisse als Kind war sie froh gewesen, gerade hier eine Arbeit gefunden zu haben, die ihr Spaß machte. Sie lebte gerne hier. Und auch jetzt beruhigten die hell erleuchteten, breiten Straßen der City ihre Nerven. Sie kaufte für das Abendessen ein, und als sie mit Tüten bepackt in ihre Wohnung trat, war der Schrecken des Nachmittags schon fast unwirklich für sie.

Auch als sie am Küchentisch ankam, auf dem die Rose gestanden hatte, blieb sie von Panik verschont. »Na also«, sagte sie zu sich selbst. »Geht doch.«

Sie wollte gerade den Fernseher einschalten, als ihr Mobiltelefon klingelte. Das Display zeigte eine ihr unbekannte Handynummer. Sie drückte auf die grüne Taste.

»Hallo?«

Keine Antwort.

»Wer ist da? Hallo?«

Sie meinte, am anderen Ende jemanden leise atmen zu hören.

»Wer ist denn da?«, wiederholte sie.

Ein Knacken in der Leitung, dann Pieptöne. Ärgerlich legte sie das Telefon weg. Sie merkte, dass sie wieder zitterte. Was sollte das? Sie nahm den Apparat in die Hand. Ihr Daumen rutschte von den Tasten ab. Endlich schaffte sie es, die Liste der letzten Anrufer aufzurufen. Der letzte Anruf kam von einer gut merkbaren Nummer, die auf »6789« endete. Sie drückte die Wähltaste. Eine automatische Stimme sagte: »Diese Nummer ist nicht vergeben. Bitte rufen Sie die Auskunft an.«

Ihre Unruhe wurde noch stärker. Konnte das ein technischer Fehler sein? Oder hatte sie wirklich jemand mit einer manipulierten Absendernummer angerufen? Ein Kollege vom LKA hatte ihr einmal gezeigt, wie man das machte. Aber dazu musste man schon ziemlich versiert sein.

Es war warm in der Wohnung. Elisa spürte Schweißperlen von ihrer Stirn tropfen. Sie ging ins Bad, warf ihre Kleider auf den Boden und nahm eine kalte Dusche. Danach fühlte sie sich etwas besser. Sie musste diesen blöden Anruf einfach vergessen. Ihr Handy war nicht das neueste. Bestimmt hatte es einfach eine falsche Nummer angezeigt. Sicher hatte sich nur irgendjemand verwählt.

In der Küche versuchte sie, sich auf ihr Abendessen zu konzentrieren. Doch die Unruhe wollte nicht verschwinden. Hatte sie diesmal eigentlich ihr Auto abgeschlossen? Sie hastete durchs Treppenhaus auf die Straße. Vor der Tür war kein Parkplatz frei gewesen, sie musste hundert Meter weit laufen, bevor sie bei ihrem Golf ankam. Natürlich war er abgeschlossen. Sie ärgerte sich darüber, nicht sicher gewesen zu sein.

Plötzlich zuckte sie zusammen. Sie hatte das deutliche Gefühl, beobachtet zu werden. Doch als sie sich umsah, war kein Mensch zu entdecken. Nur eine Katze huschte über die Straße.

Sie stöhnte. Wenn diese Nervosität blieb, konnte sie das mit dem Schlafen heute Nacht komplett vergessen.

Zurück in der Wohnung zappte sie unentschlossen durchs Fernsehprogramm, trank ein Glas Wein, versuchte, ein Buch zu lesen, und ertappte sich doch dabei, dass sie immer wieder aus dem Fenster auf die leere Straße starrte. War dort nicht jemand hinter der Litfaßsäule? Nein, nur ein Schatten.

Sie war gerade an den Küchentisch zurückgekehrt, als es an der Tür klingelte. Elisa nahm den Hörer von der Sprechanlage und meldete sich. Niemand antwortete.

»Verdammt noch mal«, brüllte sie, »was soll denn das?«

Sie machte ihre Wohnungstür auf und sah in den Flur. Auch dort war niemand. Welcher Idiot machte abends nach zweiundzwanzig Uhr noch Klingelstreiche? Sie spürte, wie ihr Herz klopfte. Und wenn es *Er* war? Wenn er hier war? Wenn eine Nachbarin einfach den Türöffner gedrückt hatte, ohne zu fragen, wer geklingelt hatte?

Sie knallte die Tür zu, schloss von innen sorgfältig ab und schaltete die Klingel aus. Dann ging sie ins Schlafzimmer. Auf dem Bett wälzte sie sich hin und her. Lange Zeit konnte sie nicht einschlafen. Und als sie es endlich doch geschafft hatte, schickte ein Alptraum sie zurück ins Verlies. Sie lag allein auf dem harten Fußboden. Vor der Tür hörte sie Schritte poltern. Nein, es waren keine Schritte, es waren Schläge. Warum hämmerte er gegen die Tür? Oder prügelte er auf etwas anderes ein? Was würde jetzt passieren? Sie hörte, wie sie selbst um Hilfe schrie, und schlug die Augen auf. Dem Kratzen in ihrem Hals nach hatte sie wirklich geschrien – und zwar laut und lange. Auch die Schläge an der Tür waren echt. Sie hörte jemanden rufen. Sie kannte die Stimme.

»Elisa, was ist passiert, um Himmels willen? Mach auf, sonst hole ich jetzt sofort die Polizei.«

Sie rannte zur Tür, schloss auf und fiel Silviu in die Arme.

»Warum hast du so geschrien?«, fragte er.

»Warum bist du hier?«

»Ich hatte das Gefühl, dass es falsch war, dich alleine zu lassen. Und das stimmte ja wohl. Also – warum hast du geschrien?«

»Ein Alptraum. Nur ein Alptraum. Komm rein.«

Sie spürte, dass ihre Unruhe nachließ, als sie zusammen mit Silviu am Küchentisch saß.

»Es ist gut, dass du da bist.«

»Warum hast du deine Klingel abgestellt?«

»Da hat vorhin jemand einen Klingelstreich gemacht. Kinder wahrscheinlich.«

Sie erzählte ihm von dem seltsamen Anruf mit der unbekannten Nummer. Silviu machte ein besorgtes Gesicht.

»Kann ich denn jetzt vielleicht doch hierbleiben? Nur heute Nacht. Und ich schlafe natürlich auf dem Sofa.«

Elisa nickte. »Ich wäre froh, wenn du dableibst. Danke.« Nach einer kurzen Pause sagte sie: »Und etwas weiß ich jetzt. Es geht nicht mehr darum, ob ich den Entführer finden *will*. Ich *muss*.«

14

Es war wenig Betrieb in dem altmodischen Café am Ring. Außer Silviu und Elisa saßen noch zwei ältere Damen an einem der Tische und tranken Milchkaffee.

»Guude«, sagte der Kellner jovial. »Was darf ich euch beiden Hübschen denn bringe?«

Das Siezen in der Mehrzahl ist hier wohl abgeschafft, dachte Elisa. Sie fand den Mann unsympathisch. Er trug einen taubengrauen Anzug, der an den Ärmeln speckig glänzte. In seinem rundlichen Gesicht lag ein selbstgefälliger Ausdruck.

»Frühstück wäre toll«, brummte Silviu. »Kaffee, Croissant, wenn Sie haben, Brötchen vielleicht ...«

»Ei da gucke Sie doch auf die Kaad, Meister.«

»Da ist keine Frühstückskarte dabei.« Silviu hob einen Stapel etwas abgewetzter Speisekarten an.

»Oh, Entschuldigung.« Der Ober drehte ab, brachte eine weitere Karte, und kurz danach stand je ein »Genießer-Frühstück Nummer 4 nach Art des Hauses« vor Elisa und Silviu. Es schmeckte viel besser, als das Benehmen des Kellners hatte erwarten lassen.

»Wurde für dich eigentlich auch Lösegeld verlangt, damals?«, fragte Silviu, während er ein Croissant in den Kaffee tauchte.

»Nein.« Elisa zögerte. »Aber vielleicht für Mara ...«

»Wer ist das?«

»Hab ich dir das noch nicht erzählt? Ich bin nicht allein entführt worden. Er hat auch eine Freundin von mir geschnappt. Mara war mit mir zusammen.«

»Und was ist mit der passiert?«

Eine Träne lief Elisas Wange hinunter. Sie senkte den Blick.

»Tut mir leid«, sagte Silviu. »Aber ...«, er griff nach ihrer Hand, »... ich wusste doch gar nichts von ihr. Hat er denn mit Mara noch schlimmere Dinge gemacht als mit dir?«

»Eines Tages war sie weg. Ich habe nur noch ganz furchtbare Schreie gehört.«

»Und sie ist nie wiederaufgetaucht?«

Elisa schüttelte den Kopf. »Ich denke, dass er sie getötet hat ...« Eine weitere Träne rann ihre Wange hinunter. »Kannst du dir vorstellen, dass ich mich manchmal schäme, weil ich entkommen konnte und Mara nicht?«

»So ein Schwein.« Silviu hielt noch immer Elisas Hand. »Was ist denn mit Maras Eltern? Hast du noch Kontakt zu ihnen?«

»Nein. Ich habe mich nie getraut. Eben weil ich entkommen konnte und ihre Tochter nicht.«

Silviu richtete sich in seinem Stuhl auf, ließ Elisas Hand los und legte das angebissene Croissant auf den Teller. »Mir sagt etwas, dass es sich lohnen könnte, bei denen mal nachzufragen. Vielleicht bringt uns das auf eine neue Spur.«

Elisa verspürte nicht die geringste Lust, Maras Eltern wiederzusehen. Was sollte sie ihnen sagen? *Entschuldigen Sie bitte, dass ich lebe und Ihre Tochter leider nicht mehr? Tut mir leid, dass ich sie nicht mitnehmen konnte auf meiner Flucht?*

Aber Silviu ließ nicht locker. »Also, mich würde zum Beispiel wirklich interessieren, ob sie damals Lösegeld gezahlt haben. Und ob sich der Entführer noch mal gemeldet hat. Vielleicht ja sogar jetzt.«

»Wie kommst du denn darauf?«

»Na, weil er sich bei dir ja offenbar auch meldet, dich beobachtet oder sogar uns beide. Und außerdem ist es einfach so ein Gefühl. Vielleicht ... Nein, eigentlich weiß ich nicht, warum. Es ist eben ein Gefühl. Ich glaube, wir sollten das machen.«

Elisa versuchte, sich Maras Eltern in Erinnerung zu rufen. Die Bilder waren blass, ganz weit weg: eine meistens gut gekleidete, gepflegte Frau und ein groß gewachsener Mann mit kantigem Gesicht. Sie hatten auf jeden Fall mehr Geld gehabt als Elisas Eltern und in einem Haus mit eigenem Garten gelebt. Sogar ein Klettergerüst und eine Schaukel hatte es dort gegeben.

»Das mit dem Lösegeld ist bei Mara zumindest eher denkbar als bei mir.«

»Na also. Wo wohnen die Leute?«

»Asternweg. Jedenfalls haben sie früher dort gewohnt.«

»Weißt du den Nachnamen?« Silviu fummelte sein Handy aus der Hosentasche.

»Ja, Schneider.«
»Toll, davon gibt es bestimmt mindestens hundert in Wiesbaden. Vorname des Vaters?«
»Keine Ahnung.«
»Lass uns hinfahren.«
Silviu bestand darauf, das Frühstück zu bezahlen. Elisa protestierte kurz, war aber in Gedanken schon dabei, zu überlegen, wie sie den Besuch bei Maras Eltern vielleicht doch noch verhindern konnte.

Der C4 klapperte vernehmlich, als Silviu sich in den Verkehr des zweiten Rings einfädelte.
»Was hast du noch mal gesagt, wo Mara und ihre Eltern wohnen?«
»Ich weiß ja gar nicht, ob sie noch da leben.«
»Natürlich nicht. Aber es ist unsere beste Chance. Mit dem Nachnamen kommen wir nicht weiter. Ich könnte sonst höchstens Bernie fragen.«
»Bloß nicht. Im Asternweg wohnen sie. Also – haben sie gewohnt.«
Silviu tippte »Asternweg« in sein Navi ein und stellte kurz darauf fest, dass sie den kürzesten Weg durch die Schiersteiner Straße schon verpasst hatten.
»Mist«, brummte er. »Hätte ich eigentlich wissen müssen.« Die Autos vor ihm bremsten plötzlich. »Und jetzt ist auch noch alles verstopft. Schon wieder.«
Elisa drehte sich nach rechts und schaute aus dem Seitenfenster. Vor dem Hauptbahnhof lief gerade eine Werbeveranstaltung: »Besichtigen Sie unsere neue Seniorenresidenz Sonnenberg-Park. Beste Wiesbadener Blicklage. Luxuriöser Rundum-Service.«
Sie nutzte die Chance, von etwas anderem als von Mara zu sprechen. »Siehst du das da? Seniorenresidenz – da gebe ich mir lieber gleich die Kugel.«
»Das sagst du jetzt. Aber wenn man mal älter ist.«
»Nee, wirklich. Wie das schon klingt.«
»Wie sollen sie es denn sonst nennen? Zur ewigen Ruhe? Oder einfach Altenheim?«
»Das wäre wenigstens ehrlich.«

»Wenn sich die Bevölkerung weiter so entwickelt, werden sie bald überall solche Heime bauen.« Silviu versuchte vergeblich, die Spur zu wechseln. Alle Fahrstreifen waren dicht.

Endlich setzte sich die Kolonne wieder in Bewegung. Sie bogen in die Mainzer Straße ein und erkannten den Grund für den Stau. Rechts auf dem Bürgersteig lag ein zertrümmerter Fahrradhelm, daneben ein Schulranzen.

»Oh nein.« Silvius Blick wechselte zwischen der Unfallstelle und dem Krankenwagen hin und her, der die rechte Fahrspur versperrte. Er saß plötzlich viel aufrechter, umklammerte das Lenkrad so fest, dass die Fingerknöchel weiß hervortraten. »Hoffentlich hat der ...«

»Furchtbar, oder?«, stimmte Elisa ihm zu. »Immer trifft es die Schwächsten.«

»Du ahnst nicht, wie schnell das passieren kann.«

Sie schaute Silviu prüfend an. Er war fast so blass wie vor ein paar Tagen, als der alte Mann auf dem Rad ihren Weg gekreuzt hatte. Es musste einen Grund dafür geben, dass ihn solche Situationen so mitnahmen. Noch während sie überlegte, ihn danach zu fragen, lenkte er ab:

»Also, ich glaube, so verstopft, wie das in der Stadt gerade ist, fahren wir lieber hintenrum zur Sauerland-Siedlung. Über die Autobahn – auch wenn es weiter ist. Was meinst du?«

»Ich weiß gar nicht, ob ich da überhaupt hinwill«, erklärte Elisa. Was, wenn Maras Eltern ihr Vorwürfe machten? Was, wenn sie vielleicht längst Einzelheiten über Maras Tod wussten, die sie zurückwerfen würden in ihre schlimmsten Alpträume?

Sie überlegte krampfhaft, mit welcher Ausrede sie Silviu von dem Plan abbringen konnte, Maras Eltern zu besuchen.

»Eigentlich glaube ich gar nicht, dass die uns weiterhelfen können«, sagte sie schließlich.

Doch er ließ sich die Sache nicht mehr ausreden. »Vertrau mir. Gerade da, wo man wenig vermutet, gibt es oft die interessantesten Informationen. Ich mach das mit dem Rumschnüffeln ja nicht erst seit gestern.«

Elisa gab ihren Widerstand auf. Den Rest der Fahrt über sagte keiner mehr ein Wort.

15

Sie erkannte das Haus sofort wieder. Sogar die Schaukel stand noch im Garten. Silviu hielt auf der gegenüberliegenden Straßenseite. Er schaute sie an und schien plötzlich auch Zweifel zu spüren.
»Schaffst du das?«
»Wird man sehen.« Elisa verzog das Gesicht. »Vielleicht sind sie ja auch weggezogen.«
Im Garten nebenan blühte ein gewaltiger weißer Fliederbusch. Silviu zog geräuschvoll die Luft durch die Nase ein. »Also ich weiß ja nicht, was die Leute daran finden. Für mich riechen diese Gewächse einfach zu streng.«
»Ich mag's.«
Der Duft brachte mehr Erinnerungen zurück als jedes Bild: sie und Mara, die im Garten Verstecken spielten. Hinter einem tief herabhängenden Ast des Flieders hatte sie einmal fast eine halbe Stunde gelegen, ohne dass sie jemand entdeckt hatte. Der Busch war das beste Versteck von allen gewesen. Es sorgte für eines dieser Triumphgefühle aus der Kinderzeit, die man nie vergaß. Wie das erste Schwimmabzeichen, der Sieg mit der Schulmannschaft oder die erste Fahrt mit dem eigenen Rad.
Mara hatte sie schließlich gefunden, aber sehr darüber gestaunt, wie perfekt sie unter dem Flieder getarnt war.
Natürlich hatten sie später bei jedem Versteckspiel immer zuerst an dieser Stelle nachgeschaut. Bis die Nachbarin anfing zu schimpfen, sie würden ihr alles zertrampeln.
Früher hatte es dort auch eine Knallerbsenhecke gegeben. Keiner war daran vorbeigegangen, ohne eine der kleinen weißen Früchte zu pflücken und zerplatzen zu lassen. Jetzt war die Hecke verschwunden. Stattdessen hatte jemand einen weiß lackierten Metallzaun gezogen.
Am Eingang zum Vorgarten entdeckte Elisa das Namensschild. »Hitzeroth« stand darauf.
»Sie sind also wohl doch weggezogen.« Erleichtert drehte sie sich zu Silviu um.

»Na, dann fragen wir mal die Nachfolger.«
»Was soll das denn bringen?«
»Altes Reportergeheimnis.« Silviu grinste. »Die meisten Hauseigentümer wissen genau, wo die Vorbesitzer hingezogen sind. Schon damit sie sich beschweren können, wenn irgendwas in der Traumimmobilie doch nicht so ganz in Ordnung ist.«
»Du willst die Leute einfach so fragen, wo Maras Eltern jetzt wohnen?«
Statt einer Antwort drückte Silviu zweimal auf die Klingel. Hundegebell ertönte. Dann erschien eine rundliche Frau mit grauen Haaren am Fenster.
»Ei bitt' schön?«
»Entschuldigung, wir wüssten nur gerne, wo wir die Familie Schneider jetzt finden.«
»Schneider? Ach, die wohne aber schon geraume Zeit nicht mehr hier.« Sie rollte das »R« wie eine Amerikanerin.
»Sind Sie aus Herborn?«, fragte Silviu.
»Woher wissen Sie das?«
»Hört man.« Er lächelte die Frau freundlich an.
»Mir habe das Haus vor zehn Jahre gekaaft.«
»Von den Schneiders?« Silviu schlug einen vertraulich-freundschaftlichen Tonfall an. Offenbar machte es ihm gar nichts aus, fremde Leute auszufragen. Elisa dagegen fühlte sich unbehaglich dabei.
»Ei, schlimm ist das mit dene, nicht wahr. Wissen S', was mit der Tochter passiert ist? Das ist doch ganz schrecklich. Entführung. Und einfach so verschwunden. Net die klaanste Spur. Wenn s' wenigstens die Leiche gefunden hätten. Aber so – na, das ist entsetzlich. So schlimm. Vor allem für die Mudder.«
Frau Hitzeroths Gesicht rötete sich, während sie redete. Sie trug eine Kette mit einem silbernen Amulett, das beim Sprechen auf und ab hüpfte.
»Ja – wenn man wenigstens den toten Körper findet, das kann manchmal helfen, Abschied zu nehmen.« Silviu klang sanft und verständnisvoll. »Sind die Schneiders denn deshalb weggezogen? Also, ich meine, um alles besser vergessen zu können?«
»Kaa Ahnung. Sie sind ja noch do – ich mein, in der Stadt. Um zu vergessen, da hätten sie vielleicht richtig auswandern sollen.«

»Und wo sind sie hingezogen? Wissen Sie das, Frau Hitzeroth?«
»Ei, ja doch ... Das heißt ... wo hab ich denn ... – Möchten S' net vielleicht reinkommen, während ich such?«
»Gern.« Silviu antwortete, ohne sich nach Elisa umzudrehen. Sie stöhnte. Das hatte ihr gerade noch gefehlt.

Das Innere des Hauses hielt, was die Erscheinung von Frau Hitzeroth versprochen hatte: Schwere Eichenmöbel standen auf Perserteppichen. An der Wand hingen Familienfotos unter einer Reihe von Porzellantellern, die die Hitzeroths offenbar von Urlaubsreisen mitgebracht hatten. Wenigstens erinnerte hier nichts mehr an Mara.

Frau Hitzeroth erschien mit einem Stück Papier in der Hand. »Hier sind sie hingezogen. Schaun S'.«

Silviu warf einen Blick auf den Zettel. »Forststraße. Gute Wohngegend, oder?«

»Ja, aber das ist die hier doch auch.« Frau Hitzeroth wirkte gekränkt.

»Natürlich. Nett haben Sie's hier. Sehr schön, wirklich. Wir müssen dann mal wieder. Vielen Dank.«

Plötzlich wurde Frau Hitzeroth misstrauisch. »Wofür brauchen Sie die Anschrift eigentlich? Ich hab gar nicht richtig überlegt. Man hört ja so aaniges heut. Ich mein –«

Elisa fiel ihr ins Wort. »Ich war gut bekannt mit der Familie. Vor allem mit dem Mädchen.«

»Ah, des arm Wermsche. Die tut mir ja so leid. Und die Mudder.«

Silviu lächelte Elisa anerkennend zu. Das war offenbar genau die richtige Antwort gewesen, um das Misstrauen zu zerstreuen.

»Machen Sie es gut, Frau Hitzeroth«, verabschiedete er sich. »Und vielen Dank.«

Zurück im Auto fragte Elisa: »Woher kannst du so etwas so gut?«
»Was meinst du – das Witwenschütteln gerade eben?«
»Wie bitte?«
»Witwenschütteln. So nennt man das im TV-Geschäft. Wenn man klingelt, auf betroffen macht und den Leuten irgendwas rauslockt. Solche wie die Hitzeroth sind da Gold wert.«

»Und wieso Witwen?«
»Weil das die schwersten Fälle sind: wenn irgendwo jemand ermordet wurde und man Angehörige vor der Kamera haben will, die ein Interview geben. Und am besten ein bisschen weinen dabei.«
»Aber das ist doch widerlich.«
»Vielleicht. Ich weiß nicht. Ziemlich viele Leute wollen so was sehen.«
»Bei uns haben nach der Entführung auch eine ganze Menge Reporter angerufen. Aber als meine Eltern gesagt haben, sie wollen darüber nicht sprechen, waren die alle total verständnisvoll.«
»Klar – weil das Redakteure waren, die es heute praktisch nicht mehr gibt: solche mit Festanstellung, die ihr Geld bekommen, auch wenn sie keinen Artikel schreiben und kein Foto mitbringen. Schön für sie. Heute geht das kaum noch. Jedenfalls bei mir und bei den meisten meiner Kollegen nicht. Da brauchst du immer das stärkste Bild, die mitreißendste Story, das tränenreichste Interview, verstehst du?«
»Das verstehe ich schon. Aber ich weiß nicht, ob ich das gut finde.«
»Das weiß ich auch manchmal nicht.« Silviu wirkte nachdenklich. »Übrigens: Wir sind da, glaube ich.«

Das Haus in der Forststraße wirkte beeindruckend mit seinen bodentiefen Fenstern, der großen Freitreppe vor der Tür und den hellrot glänzenden Dachziegeln. Elisa senkte den Kopf und starrte auf ihre Knie.
»Was ist? Kommst du?«
Sie antwortete nicht.
»Schüchtert dich das noble Anwesen so ein?«
»Daran liegt es nicht.« Sie kaute auf ihrer Unterlippe. Es hatte ihr schon nicht gefallen, Frau Hitzeroth auszufragen. Aber das hier war etwas ganz anderes. Wenn sie jetzt gleich Maras Eltern wirklich treffen würde, was sollte sie nur zu ihnen sagen? Und was, wenn sie ihr Vorwürfe machten? Sie würde garantiert in Tränen ausbrechen. Sie spürte, dass sie schon jetzt sehr nah daran war.
»Ich weiß nicht, ob ich mich traue.« Sie presste die Hände so fest gegen das Armaturenbrett, dass das Plastik knackte.

»Und wie sollen wir sonst vorankommen?«
»Weiß ich auch nicht.«
»Also los, jetzt sind wir schon mal hier.«
Elisa schloss die Augen und holte tief Luft. Vielleicht würde es ihr ja sogar guttun. Vielleicht hätte sie längst einmal versuchen sollen, mit den Schneiders zu sprechen. Warum hatte sie es eigentlich nie getan? Aus Angst natürlich. Sie hatte Angst davor, wie sie reagieren würden. Und jetzt steigerte sich diese Angst gerade zur Panik. Silviu schien es zu bemerken. Er berührte sie ganz leicht am Oberarm.
»Hey, was kann schon passieren? Ich bin bei dir, und wir gehen sofort wieder, wenn es irgendwie seltsam wird. Vielleicht freuen sie sich sogar, dich zu sehen.«
»Hast du in so was etwa auch Übung?«
»Was meinst du?«
»Eltern toter Kinder treffen.«
»Nein, das ist auch für mich eher selten. Zum Glück.« Silviu stützte sich auf dem Lenkrad ab. »Ich wirke abgebrühter, als ich bin, glaube ich. In meinem Job darf man nicht allzu viele Hemmungen haben. Aber tote Kinder ... so etwas nimmt mich mit.«
Elisa sah ihm an, dass er ehrlich war. »Na gut, wir machen es.«

»Die konnten sich wirklich verbessern«, sagte Silviu, als sie über einen Kiesweg zur Eingangstür gingen.
»Wie man's nimmt.«
Neben der Haustür war eine silbern glänzende Klingelanlage montiert, komplett mit Mikrofon, Lautsprecher und Kameraüberwachung.
»Jetzt komm schon. Keine Hemmungen vor dem Reichtum.« Silviu drückte den Klingelknopf. Drinnen ertönte die Melodie von Big Ben. Aber es kam keine Antwort.
»Gehen wir wieder«, zischte Elisa.
Doch Silviu wollte nicht aufgeben. Er klingelte noch einmal. Ein rotes Lämpchen leuchtete auf.
»Ja bitte?«
Silviu räusperte sich. »Ich bin ... eh ... wir sind Elisa Lowe und Silviu Thoma. Wir möchten ...«
»Kenne ich nicht. Wir kaufen nichts an der Haustür.«

»Ich will nichts verkaufen, Frau Schneider. Ich bin es, Elisa. Maras Freundin. Sie kennen mich doch.«

Eine Weile herrschte Stille. Dann kam es leise aus dem Lautsprecher: »Elisa? Das kann ja nicht wahr sein. Wirklich Elisa?«

»Doch, wirklich, Frau Schneider. Und bei mir ist ein ...« Was sollte sie sagen? Ein »Bekannter«? Was für ein blödes Wort. Aber sollte sie »Freund« sagen? Das könnte Silviu falsch verstehen. Oder gerade auch nicht.

»Oh Gott, Elisa. Ja, dann komm ... kommen Sie rein.« Der Türsummer schnarrte, Silviu und Elisa traten ein.

Gabriele Schneider kam ihnen entgegen. Sie hatte kurz geschnittene graue Haare, trug eine randlose Brille, und in ihr Gesicht waren tiefe Furchen eingegraben. »Verhärmt« war der Begriff, der Elisa sofort zu ihr einfiel. Im nächsten Augenblick schämte sie sich dafür.

»Wie geht es Ihnen, Frau Schneider?« Elisa bemühte sich zu lächeln.

»Gut. Danke.« Kürzer konnte man nicht antworten. »Und selbst?«

»Ich weiß nicht genau. Das ist übrigens Silviu. Wir beide sind hier, weil wir ... weil ...«

Verdammt, wie sollte sie das jetzt erklären?

Silviu sprang ein: »Vielleicht wissen Sie, dass Elisa bei der Polizei arbeitet?«

»Nein, das wusste ich nicht. Polizei – na so was.«

Sie standen noch immer im Flur, den man auch als Halle bezeichnen konnte. Der Raum war groß und hell; auf der linken Seite führte eine Treppe ins Obergeschoss und auf eine Galerie, von der aus es offenbar in die anderen Zimmer ging.

»Ja, Elisa zeichnet Phantombilder. Sehr gute übrigens.« Silviu blickte kurz zu ihr hinüber. »Und jetzt hat sie gerade mit einer Entführung zu tun. Sie haben bestimmt davon gehört.«

»Die Sache, die in allen Nachrichten ist? Der kleine Sander-Junge?«

»Genau.«

Silviu hielt inne. Offenbar wusste er nicht so recht, wie er weitermachen sollte. Dafür versuchte es Elisa erneut: »Ich glaube, dass es da ein paar Parallelen gibt zu unserer –«

»Aber das ist doch zwanzig Jahre her«, unterbrach Gabriele Schneider sie. »Du glaubst doch nicht ...« Sie brach ab. »Entschuldigung, Sie glauben doch nicht, dass —«
»Sie können auch ruhig weiter Du zu mir sagen, Frau Schneider, wie früher.«
»Nein, nein. Du bist ja jetzt ... Ich meine: *Sie* sind ja jetzt erwachsen. Und wir haben uns ewig nicht gesehen. Ach du liebe Zeit, Elisa. Kommen Sie, wir gehen in die Küche. Wenn ich denke, wie du früher fast jeden Tag bei uns ...«
Maras Mutter geriet ins Stocken. Ihre Unterlippe begann zu zittern. Elisa fürchtete, dass sie gleich anfangen könnte zu weinen. Doch sie drehte sich um und führte Silviu und sie in eine geräumige Küche, in deren Mitte ein von allen Seiten erreichbarer Herd stand. Hinter den großen Fenstern lag der Garten. Auch hier blühte ein weißer Flieder. Um ihn herum standen mehrere halbhohe Gehölze, von denen Elisa annahm, dass es Apfelbäume waren. Außerdem gab es noch eine bunte Schaukel. Für wen die wohl war?, überlegte sie.

Maras Mutter deutete auf die Essecke direkt vor dem Fenster. »Nun setzt euch doch.«
»Wir wollen Sie auf keinen Fall aufregen, Frau Schneider. Es ist nur ... Also, es sind nur ... ein paar ...«
»Ein paar ganz kurze Fragen«, vollendete Silviu den Satz, während er sich einen Stuhl heranzog. »Zum Beispiel, ob Sie eigentlich Lösegeld gezahlt haben damals. Oder zahlen sollten.«
»Lösegeld? Nein.« Gabriele Schneider schüttelte den Kopf. Sie deutete auf eine große silberne Maschine neben dem Fenster. »Kaffee? Tee?«
»Nein, nein«, antwortete Elisa. »Machen Sie sich bitte keine Mühe.«
»Das macht mir keine Mühe. Das Ding da macht alles fast von selbst. Und überhaupt, wenn du schon mal da bist, Kind. Ich wollte immer wissen ...« Sie hielt kurz inne. Ihre Stimme wurde leiser: »Auch wenn Roland es wahrscheinlich nicht richtig findet.«
»Roland ist Ihr Mann?«, fragte Silviu.
»Woher wissen Sie das?« Maras Mutter klang erstaunt. »Ja, es stimmt. Roland ist mein Mann. Und er sagt, ich soll das alles endlich ... endlich ...«

»Vergessen?« Elisa strich sich eine Strähne aus der Stirn. »Aber Sie können es nicht vergessen, oder? Genau wie ich.«
»Wie könnte ich?« Gabriele Schneider schluckte heftig. »Meine Mara. Wisst ihr, wenn der Bub nicht gekommen wäre ... Ich weiß nicht, was ich getan hätte.«
»Der Bub?«, fragte Elisa. Wieder fiel ihr Blick auf die Schaukel im Garten. Hatten die Schneiders tatsächlich ...
Silviu sprach aus, was sie gerade überlegte: »Sie haben noch ein Kind bekommen? Wie schön.« Er bemühte sich um den gleichen warmen, mitfühlenden Tonfall, mit dem er Frau Hitzeroth zum Reden gebracht hatte. Elisa sah kritisch zu ihm hinüber. Sie musste an das Wort »Witwenschütteln« denken. Sie wollte nichts aus Maras Mutter herausschütteln. Die Frau tat ihr leid. Am liebsten wäre sie auf der Stelle verschwunden.
»Ja, wir haben noch ein Kind bekommen. Er heißt Sebastian«, antwortete Gabriele Schneider. »Aber er wohnt nicht mehr ...«
»Nicht mehr bei Ihnen?« Elisa war für einen Augenblick überrascht. Dann wurde ihr klar, dass sie Frau Schneider seit zwanzig Jahren nicht mehr gesehen hatte. »Natürlich – er ist schon groß, oder?«
»Wartet ... warten Sie einen Moment.« Maras Mutter stand auf und verließ den Raum. Kurz darauf kam sie mit einem Fotoalbum zurück.
»Nein, schade, da ist doch kein Bild von ihm drin.« Sie legte das Album auf den Küchentisch.
»Macht doch nichts. Erzählen Sie uns von Sebastian.« Silviu hatte schon wieder diesen schleimigen Tonfall. Aber er hatte auch schon wieder Erfolg damit. Frau Schneider sah ihn mit einem freundlichen Blick an. Zum ersten Mal entspannte sich ihr Gesicht, und sie lächelte sogar.
»Ja, der Basti war ein unglaublich süßes Kind. Eigentlich ist er jetzt auch noch ... auch wenn er ...«
»Was ist denn mit ihm?«, fragte Elisa behutsam.
»Er ist ... also ... Er wohnt in einem Heim.«
»Heim?«
»Wir haben es erst gemerkt, als er vier war. Die Ärzte haben gesagt, es wäre ein seltener Gendefekt, der dafür sorgt, dass Teile

seines Gehirns langsam absterben. Ein Botenstoff fehlt, der die Synapsen am Leben erhält. Erst hat er nur immer langsamer gelernt, so ungefähr, bis er zehn war. Dann ging es plötzlich rückwärts. Heute, sagen die Ärzte, ist er in etwa auf dem Stand eines Fünfjährigen. Er hat das Schreiben verlernt, das Sprechen wurde immer schwieriger, und sein Gedächtnis scheint einfach zu verschwinden. Manchmal weiß er nicht einmal mehr, wer ich bin.« Eine Träne rollte über ihre Wange.

Elisa fiel nichts ein, was sie hätte sagen können. Wie viel Ungerechtigkeit gab es auf der Welt? Das erste Kind wurde entführt und ermordet, das zweite war schwer krank.

Doch Maras Mutter wischte die Träne weg und lächelte noch einmal. »Nein, ehrlich. Ich bin unglaublich dankbar für Basti. Ich glaube, ohne ihn, da würde ich gar nicht mehr ...«

»Wo lebt er denn jetzt?« Silvius Neugier wurde Elisa von Augenblick zu Augenblick unangenehmer.

Gabriele Schneider schien die Frage nicht gehört zu haben. »Und ihr?«, fragte sie statt einer Antwort. »Habt ihr denn Kinder?«

»Wir?« Elisa brauchte einen Moment. Dann lachte sie. »Wir? Nein. Wir sind gar nicht ...«

»Wir sind Kollegen, sozusagen«, fiel Silviu ihr ins Wort.

»Ach, und ich dachte ...« Frau Schneider räusperte sich. »Entschuldigung. Aber das sah so aus.«

»Dafür müssen Sie sich doch nicht entschuldigen.« Elisa überlegte, ob ihr noch etwas Nettes einfiel, das sie Maras Mutter sagen könnte. Plötzlich hörte sie, wie die Haustür geöffnet wurde.

»Hallo, Gabi ... wo bist du denn? Hast du Besuch?« Die Stimme des Mannes klang gehetzt, irgendwie abgehackt.

»Ja, stell dir vor: Elisa ist da. Zusammen mit einem ... einem Kollegen.«

»Was für eine Elisa?«

»Na, die Freundin von Mara. Du wirst doch Elisa noch kennen.«

Ein groß gewachsener Mann betrat die Küche.

»Guten Tag, Herr Schneider. Sie kennen mich doch bestimmt auch noch ...«, begann Elisa.

»Was wollen Sie hier?«

Elisa war von seiner Unfreundlichkeit überrascht.

»Ich hab ihnen nur ...« Maras Mutter wirkte plötzlich unsicher.
»Du weißt, dass ich keine Fremden im Haus mag. Und du sollst auch nicht allen immer gleich dein ganzes Herz ausschütten.« Er schaute mit einem missbilligenden Blick auf das Fotoalbum. »Was hast du ihnen gezeigt?«
»Aber das ist doch Elisa ...«
»Und der? Wer ist das?« Er wartete eine Antwort gar nicht erst ab. »Ich möchte Sie bitten, jetzt zu gehen.«
Elisa sah zu Silviu hinüber. Sie fühlte sich so unwohl wie am Anfang, als sie am liebsten gleich wieder abgefahren wäre.
»Wir wollten sowieso gerade gehen«, sagte sie und stand auf. Silviu wirkte enttäuscht, widersprach aber nicht. »Auf Wiedersehen, Frau Schneider – auf ...«
»Leben Sie wohl.« Maras Vater stand bereits im Flur und hielt ihnen die Tür auf.
Elisa drehte sich noch einmal um. Sie hätte Maras Mutter gerne noch zugewinkt. Aber von ihr war nichts mehr zu sehen. Kurz darauf schloss sich die Eingangstür. Ohne ein weiteres Wort gingen sie durch den Vorgarten zu Silvius C4. Vor der Garage parkte ein nagelneuer Porsche Cayenne.
Elisa schüttelte den Kopf. Das Wiedersehen mit Maras Eltern hatte sie sich völlig anders vorgestellt.

16

Die Sonne war zum Vorschein gekommen und tauchte die Forststraße in ein strahlendes Licht. Die Effektlackierung des Cayenne schimmerte edel.

»Da stimmt doch was nicht.« Silviu saß hinter dem Steuer, hatte den Motor aber noch nicht angelassen. »Sie total redselig und er …«
»Der hat uns rausgeschmissen.« Elisa merkte, dass sie richtig sauer war. »Wenn er mich nicht erkannt hätte, dann hätte ich es vielleicht noch verstanden. Aber seine Frau hat ihm doch gleich gesagt, wer ich bin.«
»Der hat noch nicht mal gefragt, wie es dir geht, oder?« Silviu sah sie an. »Und dann dieses protzige Auto. Und das schicke Haus. Also wenn du mich fragst, haben die irgendwas zu verbergen.«
»Was sollen Maras Eltern schon zu verbergen haben? Sie haben so furchtbare Dinge erlebt. Da wollen sie vielleicht irgendwann einfach das Leben genießen?« Elisa merkte selbst, dass sie nicht richtig überzeugt war von dem, was sie sagte.
»Weißt du«, Silviu blickte sich in der gepflegten Neubausiedlung um, »das mag an meinem Job liegen. Ich bekomme eine ganze Menge Krimineller vor die Linse meiner Kamera, und die wirken eigentlich alle ganz normal. Wie brave Bürger, denen man nichts Böses zutraut. Hast du von dem Bankberater aus Kastel gehört? Der hat einen seiner ehemaligen Kunden erschlagen, wegen fünfhunderttausend Euro. Dieser spießige Banker, dem niemand so was zugetraut hat, der hat einfach das Testament gefälscht und den Mann getötet. Kannst du dir so was vorstellen?«
»Was denkst du denn, klar kann ich mir das vorstellen. Natürlich weiß ich, dass man es den Verbrechern nicht ansieht. Aber trotzdem – du meinst, Vater Schneider hat auch jemanden ermordet? Und dessen Geld geklaut, damit er sich den Porsche leisten kann?«
»Was weiß ich. Jedenfalls kommt er mir irgendwie verdächtig vor.«
»Also ich glaube das nicht. Die sind einfach nur seltsam. Wie wärst du denn drauf mit einem toten und einem schwer kranken Kind?«

»Keine Ahnung. Aber sieh's doch mal so: Die Leute haben ihre Tochter verloren. Als sie einigermaßen darüber hinweg sind, kriegen sie noch ein Kind. Jetzt sind sie erst mal froh und dankbar. Aber dann kommt gleich der nächste Schock: behindert. Ich könnte mir vorstellen, da hat man so richtig genug von der Welt. Da glaubt man nicht mehr an Gerechtigkeit ... und vielleicht ...«
»Vielleicht was? Wie im Film, wie in ›Ein Mann sieht rot‹ oder ›Breaking Bad‹ oder was? Du spinnst doch.«
»Ich könnte das irgendwie verstehen.« Silviu klang sehr überzeugt. »Ist wahrscheinlich eher die männliche Sicht. Ganz ehrlich, wenn einem alles schiefgeht, hab ich das auch schon mal überlegt: einfach mal auf alles draufhauen. Welt, du kannst mich mal.«
»Und jetzt?« Elisa beugte sich nach vorn. Sie hatte genug von den Rachetheorien. »Wollen wir hier Wurzeln schlagen?«
»Ehrlich gesagt habe ich gerade keine richtig gute Idee, wie wir weitermachen könnten. Außer – vielleicht noch mal nach Kloppenheim.«

Als Elisa nichts erwiderte, startete er den Motor und fuhr los. Elisa drehte sich noch einmal kurz um. Hinter der Küchengardine meinte sie, ein Gesicht zu entdecken und eine Hand, die ihr winkte. Sie winkte auf gut Glück zurück.

»Irgendwann sollten wir noch mal wiederkommen.«
»Aber nur wenn dieser Typ nicht da ist«, brummte Silviu.

Zum zweiten Mal an diesem Tag fuhren sie am Hauptbahnhof vorbei. Im Sonnenschein sah das Gebäude freundlicher aus. Sogar der Einkaufscenter-Kuppelbau nebenan wirkte in dieser Stimmung beinahe hübsch. Von den Werbeplakaten für die Seniorenresidenz war nichts mehr zu sehen.

Silviu lenkte mit der linken Hand und schaltete mit der rechten das Radio ein. Die Entführung war noch immer auf Platz eins in den Nachrichten. Ein Reporter berichtete, die Polizei verfolge eine Vielzahl von Spuren, könne aber Einzelheiten nicht bekannt geben. »Kloppenheim befindet sich im Ausnahmezustand«, erklärte er. »Mit der Entführung ist der normalerweise beschauliche Stadtteil Wiesbadens in den Mittelpunkt des Medieninteresses gerückt ...«
»Oje«, stöhnte Silviu. »Ich ahne Furchtbares.«

»Warum?«

»Da geht es rund. ›Im Mittelpunkt des Medieninteresses‹, wurde doch gerade gesagt. Da wird der Teufel los sein.«

Und wir werden bestimmt nichts Neues erfahren, dachte Elisa.

»Könntest du mich vielleicht auch einfach nach Hause bringen?«

»Wieso das denn?« Silviu wirkte erstaunt.

»Ich brauche ein bisschen Zeit zum Nachdenken.« Sie merkte selbst, dass sie nicht sehr überzeugend klang. Aber gerade hatte sie eine Idee, von der sie Silviu nichts erzählen wollte. »Vielleicht versuchst du es einfach alleine noch mal in Kloppenheim? Und wir treffen uns dann später wieder?«

Silviu hielt auf einem Parkplatz am Straßenrand und sah sie nachdenklich an. An seiner rechten Schläfe pochte eine kleine Ader. In seinem Inneren war er also wohl nicht so ruhig, wie er sich gab.

»Ich lasse dich sehr ungern allein.«

»Aber ich kann nicht ab sofort alles nur noch zu zweit machen, oder? Und ich glaube, ich will mich einfach ein bisschen ausruhen.«

»Nein. Ist schon klar. Du musst auch ziemlich erledigt sein.« Er lächelte sie an. »Ich bringe dich nach Hause. Aber ruf sofort an, wenn du mich brauchst. Oder wenn dir irgendetwas verdächtig vorkommt.«

Die Sonne ließ es warm werden im Auto. Es war ein Tag, an dem Elisa sich normalerweise auf den Feierabend gefreut hätte. Wahrscheinlich wäre sie zu ihrer Mutter nach Kiedrich gefahren. Sie hätten auf der Terrasse gesessen und in die immer dunkler werdenden Weinberge geschaut. Sie hätten die hinter dem Ort vorbeirauschenden Güterzüge beobachtet. Elisa hätte von ihrer Arbeit erzählt ...

Ihr fiel auf, dass sie die Arbeit vermisste. Vielleicht ja auch nur deshalb, weil man sich ohne Arbeit nicht auf das Ausruhen von der Arbeit freuen kann, überlegte sie. Ihre rechte Hand strich unruhig über ihren Oberschenkel. Nein, es war nicht nur die Abwechslung von Anspannung und Erholung, die ihr fehlte. Ihr wurde klar, dass es das Zeichnen war, das sie vermisste. Sie schloss die Augen und versuchte, sich an das Phantombild des Entführers zu erinnern. Irgendetwas stimmte daran noch nicht. Es war noch nicht fertig gewesen, als sie aus dem Raum gerannt war. Sie war ganz sicher, dass noch etwas fehlte, etwas Entscheidendes. Sie hatte vor, noch weiter daran zu arbeiten. Aber Silviu konnte sie dabei nicht gebrauchen.

Wie hieß noch einmal die Zeugin? Ein Komponistenname, fiel Elisa ein. Bach? Nein. Der Name war zweisilbig. So wie Werner. Aber einen Komponisten mit Namen Werner kannte sie nicht.

Wagner – natürlich. Irmtraud Wagner hieß die Zeugin. Und sie hatte doch sogar gesagt, wo sie wohnte. *»Dass so was hier bei uns passiert – in der* ...« Die verdammte Straße wollte ihr einfach nicht einfallen.

Elisa ballte die rechte Hand zur Faust. Entschlossen richtete sie sich auf dem Beifahrersitz auf, kramte in ihrer Tasche und holte das Handy heraus. »Wagner, Irmtraud – Wiesbaden« gab sie in die Suchmaske ein. Sie hatte Glück: Die Anschrift erschien sofort.

»Könntest du mich in die Drudenstraße fahren, bitte?«

»Was willst du denn da? Ich dachte, du wolltest nach Hause.«

»Noch schnell bei einer Freundin vorbeischauen«, log Elisa.

»Klar bring ich dich dahin.«

Auf dem Weg ins Westend verschwand die Sonne hinter den Häusern. Nur an der großen Einmündung in die Dotzheimer Straße gaben die Gebäude den Horizont kurz frei, und die Sonnenstrahlen blitzten auf. Als wollte jemand ein Foto von uns machen, dachte Elisa.

»Diese DVD«, begann Silviu plötzlich. »Du weißt schon, von deiner Entführung. Darf ich mir die noch einmal ansehen?«

Warum fragte er das? Er hatte sie doch längst abgespielt.

»Ja, klar.« Sie nickte.

»Ich meine nur – beim ersten Mal wusste ich ja nicht, dass du das bist.«

»Kein Problem. Warum willst du sie noch mal sehen?«

»Ich weiß auch nicht. Vielleicht, weil ich auf irgendeinen Hinweis hoffe. – Welche Hausnummer denn in der Drudenstraße?«

»Halt einfach hier an.« Sie zeigte auf den freien Platz vor einer Garageneinfahrt. »Ich spring dann raus.«

Sie winkte Silviu hinterher. Er streckte seinen Arm aus dem Fenster. Komisch, sobald er weg war, vermisste sie ihn. Wenn das alles erst mal vorüber ist, dachte sie, dann ...
Wie fast immer hatte sie ein paar Stifte und Papier dabei. Mit ihrer Tasche unter dem Arm ging sie auf die Eingangstür zu. »Wagner« stand auf dem obersten Klingelschild. Als der Summer ertönte, drehte sie sich noch einmal zur Straße um. Aber Silviu war natürlich längst weg. Sie trat in den dunklen Flur.
Die Holztreppe knarrte unter ihren Schritten. Sie musste vier Etagen hinaufgehen, bevor sie bei Irmtraud Wagner angekommen war. Die alte Dame stand in der Tür und machte ein erstauntes Gesicht.
»Das ist aber eine Überraschung, Frau ... – wie war noch mal Ihr Name?«
»Lowe.« Elisa lächelte sie freundlich an. »Elisa Lowe. Die Zeichnerin.«
»Ja, dass Sie die Zeichnerin sind, das weiß ich doch noch. So vergesslich bin ich nun auch nicht. Auch wenn ich nicht mehr die Jüngste bin.«
»Entschuldigung. Nein. Ganz im Gegenteil. Ich glaube, Sie haben ein sehr gutes Gedächtnis.«
Irmtraud Wagner wirkte ebenso wie bei ihrem letzten Zusammentreffen sehr gepflegt. Eine typische Wiesbadenerin, fand Elisa, wie sie allerdings auch immer seltener wurden. Frau Wagner würde niemals an zwei aufeinanderfolgenden Tagen dieselbe Bluse anziehen. Ihre Haare waren perfekt frisiert, der Rock gebügelt. Ein durch und durch angemessenes Kurstadt-Outfit, mit dem man auch sofort zum Bankett oder ins Konzert gehen könnte, ohne aufzufallen.
»Gerade weil Sie ein so gutes Gedächtnis haben, bin ich noch einmal hier«, sagte Elisa. »Und daher würde ich ...« Sie überlegte, wie sich am besten erklären ließ, was sie wollte und warum sie Frau Wagner nicht einfach noch einmal in ihr Büro einladen konnte. »Ich würde das Phantombild gerne noch ein bisschen verbessern. Natürlich mit Ihrer Hilfe. Und ich glaube, hier in Ihrer vertrauten Umgebung, da erinnern Sie sich vielleicht sogar noch genauer als bei uns im LKA.«
»Dann kommen Sie rein.« Frau Wagner wirkte weniger erstaunt,

als Elisa befürchtet hatte. Zum Glück fragte sie auch nicht nach, warum sie beim letzten Mal so hastig aus dem Büro gerannt war.

»Hat man denn das arme Kind noch immer nicht gefunden?« Sie führte Elisa ins Wohnzimmer. »Das ist doch einfach furchtbar, oder? Gibt es überhaupt noch eine Chance, dass der Junge lebt? Das dauert jetzt schon so lange. Mir tun die Eltern so leid.«

Das Wohnzimmer war ein kleiner Raum, in dem zwei Sessel, ein Tischchen und ein altmodischer Fernseher standen. An der Wand über dem Gerät hingen Familienfotos und zwei Kinderzeichnungen. »Von meiner Enkelin«, erklärte Irmtraud Wagner stolz. »Die ist auch sieben – genau wie der kleine Junge.« Sie schluckte. »Nicht auszudenken, wenn Julia so etwas passieren würde.«

»Ihre Enkelin heißt Julia?«

»Julia Irmtraud Margarethe. Der zweite Name ist von mir. Na, das wissen Sie ja.«

»Also, dass das entführte Kind noch lebt – davon gehen wir einfach mal aus.« Elisa setzte sich in einen der kleinen Sessel gegenüber dem Fernseher. »Auch wenn man natürlich nie ganz sicher ...« Sie sprach lieber nicht weiter.

Was machte *Er* wohl gerade mit ihm? Die meisten Täter steigerten ihre Grausamkeit mit den Jahren.

Ein schrecklicher Gedanke schoss ihr durch den Kopf: *Wie viele*, fragte sie sich. *Wie viele Kinder hat er inzwischen schon entführt? Wie viele getötet?*

»Was ist?« Irmtraud Wagner sah sie erschrocken an. »Wissen Sie etwas, das Sie mir nicht sagen wollen – oder dürfen?«

»Nein.« Elisa holte tief Luft. »Nein, ganz ehrlich, Frau Wagner. Ich weiß kein bisschen mehr als Sie. Im Gegenteil: Sie wissen mehr als wir alle. Denn Sie haben den Täter gesehen, wenn auch nur kurz. Also, lassen Sie es uns noch einmal probieren.«

Elisa breitete die Zeichensachen auf dem Tischchen aus, schlug eine leere Seite ihres Skizzenblocks auf und begann damit, die Gesichtsform anzudeuten.

»Bei den meisten Menschen befindet sich die Augenlinie fast genau in der Mitte des Kopfes. Manchmal ist sie aber auch etwas höher – dann wirkt die Stirn sehr platt. Wie war das bei ihm?«

»Ich glaube, nicht höher. Nein.« Irmtraud Wagner schüttelte energisch den Kopf. »Im Gegenteil.«

»Im Gegenteil?«

»Wie soll ich das sagen?« Irmtraud Wagner kaute beim Nachdenken auf ihrer Unterlippe. »Mir kam es sogar so vor, als wäre da noch ungewöhnlich viel Kopf über den Augen. Wissen Sie, was ich meine? Also, als lägen sie tiefer.«

»Tiefer – das ist selten.« Elisa radierte und verschob die Augenlinie etwas nach unten. »So?«

»Vielleicht.«

Sie zeichnete aus der Erinnerung weiter. In Irmtraud Wagners Blick lag Bewunderung. »Ich dachte, das wird nur wegen dem Computer so enorm echt.«

Elisa lachte. »Nein. Der Computer hilft natürlich ein bisschen. Aber die Maschine ist immer nur so gut wie das, womit man sie füttert.«

»Also, Sie machen das wirklich großartig. Ich sehe jetzt noch etwas: Die Nase – die war ein klein wenig anders, meine ich.«

Elisa radierte die Nase aus. »Und wie? Schmaler? Länger?«

Immer mehr Details erhielt das Bild. Immer echter, immer lebendiger schien der Mensch auf dem Zeichenblock zu werden. Elisa rechnete damit, dass der Schweißausbruch vom ersten Mal sich wiederholte, dass die Panik wiederkommen würde. Doch diesmal passierte nichts. Entweder hatte sie sich an die Erinnerung gewöhnt, oder das neue Bild war doch nicht besser als das erste, sondern sogar vielleicht weniger zutreffend.

»Ist das jetzt wirklich ähnlicher?« Sie war unsicher. Vielleicht war auch die Erinnerung der Zeugin schon zu sehr verblasst.

»Auf jeden Fall. Das ist fast perfekt. Nur eine Kleinigkeit ...«

»Rufen Sie sich alles ins Gedächtnis zurück. Alles, was Sie noch wissen, hilft.«

Irmtraud Wagner nickte. »Natürlich. Warten Sie, ich probiere es gleich noch mal. Möchten Sie auch einen Tee?«

Ohne die Antwort abzuwarten, verließ sie den Raum und klapperte in der Küche mit Geschirr. Elisa sah sich in dem kleinen Wohnzimmer um. Außer den Sesseln, dem Tisch und dem Fernseher gab es noch einen niedrigen Eichenschrank, hinter dessen verglasten Türen ein Kaffee- und ein Teeservice standen. Alles war picobello aufgeräumt und sauber. Elisa fragte sich, womit Frau Wagner sich wohl den ganzen Tag über beschäftigte. Wahrscheinlich mit Staubwischen, Aufräumen und Putzen, wie sie es ihr Leben lang für die Familie getan hat. An der Wand gegenüber dem Fernseher hing das Bild eines korpulenten Mannes, der selbstzufrieden in die Kamera lächelte.

»Mein Bernhard«, sagte Irmtraud Wagner. Sie war ins Wohnzimmer zurückgekehrt und hatte Elisas Blick bemerkt. »Er ist vor fünfzehn Jahren gestorben. Krebs.«

»Das tut mir leid.«

»Manchmal denke ich, gleich höre ich sein Schnaufen und er kommt zur Tür rein. So wie früher.«

»Hat Ihre ganze Familie hier gewohnt?« Elisa sah sich erstaunt um.

»Aber nein. Wir hatten ein Haus in Breckenheim. Ist mir nicht leichtgefallen, von da wegzuziehen. Das war so eine Art kleines Gehöft. Man konnte vorne das Tor zumachen und fühlte sich wie in einer Burg. Können Sie sich das vorstellen?«

»Na klar.«

»Aber für mich allein wurde das viel zu groß. Und hier kann ich auch zu Fuß zum Einkaufen.«

»Das ist wichtig.«

Aus der Küche hörte man einen Kessel pfeifen. »Oh, der Tee.«

»Soll ich …?«, bot Elisa an.

»Nein, nein, bleiben Sie sitzen.« Irmtraud Wagner verließ erneut den Raum, um gleich danach mit einer Teekanne zurückzukehren. Sie nahm zwei von den hübschen Tassen aus dem Schrank.

»Wollen Sie die Nachrichten schauen?«, fragte sie Elisa. Als sie nickte, schaltete Irmtraud Wagner den Fernseher ein. »Sehen Sie mal, das ist doch Ihr erstes Bild. Dieses ist wirklich viel besser.« Der Moderator erklärte, es seien aufgrund des Fahndungsbildes verschiedene Hinweise bei der Polizei eingegangen, es gäbe aber noch keine heiße Spur.

»Aber Sie haben gesagt, irgendetwas fehlt noch.«

»Wenn ich nur wüsste, was.«

Auf dem Bildschirm erschien das Foto von Moritz Sander. Es

war wahrscheinlich ein Urlaubsbild. Moritz grinste in die Kamera, seine kurzen blonden Haare waren strubbelig. Die Augen blitzten.
»Er sieht so fröhlich aus. So ein süßer Junge.« Irmtraud Wagner kämpfte mit den Tränen. »Wenn sie ihn nur bald finden.«
»Was fehlt noch auf dem Bild, Frau Wagner?«
»Ich weiß nicht. Ich glaube ...«
»Ja?«
»Ich glaube, es ist gut so.«
Elisa war enttäuscht. Sie spürte, dass da noch etwas Wichtiges sein musste, an das die Zeugin sich aber nicht erinnerte. »Dann gehe ich jetzt wieder, vielen Dank für Ihre Mühe.«
Sie stand auf und packte die Malsachen ein.
»Wollen Sie wirklich keinen Tee? Jetzt hat er gerade genug gezogen.« Frau Wagner legte den Kopf leicht schief.
»Nein danke.« Elisa ließ sich zur Tür bringen und reichte Irmtraud Wagner zum Abschied die Hand. »Könnten Sie mich vielleicht anrufen, falls Ihnen doch noch etwas einfällt?«
»Ja, natürlich, Frau Lowe. Einfach beim LKA?«
»Nein, lieber auf meinem Handy.« Elisa zog ein Blatt aus ihrer Zeichenmappe und schrieb die Nummer darauf. »Melden Sie sich direkt bei mir, ja?«
»Aber sicher.« Irmtraud Wagner lächelte. »Ihnen liegt auch sehr viel daran, dass der Junge gefunden wird, richtig?«
»Sehr, sehr viel.«
Das Treppenhaus roch nach warmem Staub. Obwohl alles blitzsauber geputzt war, konnte es sein Alter nicht verbergen. Die Holzwürmer hatten Gänge gebohrt, in denen sich Gerüche hielten, die dort vielleicht schon hundert Jahre lagerten. Elisa ging die Treppe langsam hinunter. In jeder Etage betrachtete sie die Türen. Fast überall lagen Matten, auf denen »Willkommen« stand. Auf manchen waren auch Hunde oder Katzen abgebildet. Sie war im zweiten Stock angekommen, als Frau Wagner von oben herunterrief.
»Frau Lowe ...«
Erst bemerkte sie den Ruf kaum.
»Elisa ...«, schallte es durch das Treppenhaus. Sie drehte sich um.
»Ja bitte?«

»Könnten Sie noch einmal ...«
Sie nahm jeweils zwei Stufen zugleich.
Außer Atem erreichte sie die Wohnung. »Ist Ihnen noch etwas eingefallen?«
»Ja. Jetzt weiß ich es wieder. Das Kinn ist noch nicht komplett. Da war eine Kerbe – so ein Grübchen. Aber haben Sie überhaupt noch Zeit? Sie müssen doch auch mal Feierabend machen.«
»Überhaupt kein Problem. Zur Not fangen wir noch einmal ganz von vorne an.«
Elisa öffnete den Zeichenblock. Sie radierte das Kinn komplett aus und begann neu.
»Grübchen, sagten Sie. So etwa?«
»Nein, kleiner, runder.«
Sie machte fünf Versuche, bevor Irmtraud Wagner endlich zufrieden war.
»Wirklich, so ein weiches Kinn?«, fragte Elisa. »Das ist nicht sehr männlich.«
»Da haben Sie recht. Aber genau so sah er aus.«
»Erstaunlich.« Sie betrachtete das Gesicht, wie es jetzt geworden war. Noch immer waren es vor allem die Augen, die etwas in ihr auslösten.
Und was änderte jetzt das neue Kinn? Sie rief sich die Zeichnung aus dem Polizeiarchiv in Erinnerung. Nein, diesem Bild war der Entführer definitiv nicht ähnlicher geworden. Konnte Silviu mit seiner Vermutung richtigliegen, dass jemand es manipuliert hatte? Aber warum?
»Besser geht es, glaube ich, nicht mehr«, sagte Frau Wagner schließlich. »Möchten Sie jetzt doch noch einen Tee?«
Elisa nickte. Sie lehnte sich in dem kleinen Sessel zurück und plauderte noch eine Viertelstunde mit Irmtraud Wagner über das hübsche alte Haus, in dem sie wohnte, und die netten Nachbarn. Schön zu wissen, dass es ältere Menschen gab, die nicht griesgrämig und verbittert geworden waren. Schließlich stand sie auf.
»Sie haben wirklich sehr geholfen, Frau Wagner. Ich wünschte, alle Menschen hätten so ein gutes Personengedächtnis. Und vielen Dank für den Tee.«
Zum zweiten Mal gab Irmtraud Wagner ihr die Hand zum

Abschied. »Mädchen, wenn alle Polizisten so fleißig wären wie Sie, dann würde man die Verbrecher bestimmt schneller fangen.« Elisa lachte und bedankte sich artig für das Kompliment. »Mädchen« – wie süß von der Zeugin.

Draußen war es inzwischen fast dunkel geworden. Auf dem Bürgersteig lag achtlos weggeworfen ein Teil der Zeitung vom Morgen. Gleich auf der Titelseite des Kuriers war das alte Phantombild abgedruckt. Elisa hob das Blatt auf und verglich es noch einmal mit der Zeichnung, die sie gerade gemacht hatte. Wie konnte sie die Kollegen überzeugen, das neue Bild zu veröffentlichen? Es war mit Sicherheit viel näher an der Wirklichkeit als das erste. Doch was würden sie im LKA sagen, wenn sie hörten, dass sie schon wieder auf eigene Faust an dem Fall gearbeitet hatte? Mit Lob konnte sie wohl eher nicht rechnen.

Nachdenklich ging sie die Straße entlang. Aus der Ringkirche erklang Orgelmusik. Ein Cabriofahrer hielt mit laut aufgedrehten Bässen dagegen. Beyoncé meets Bach, dachte Elisa. Das passte gar nicht mal so schlecht zusammen. So klang die Stadt also heute. Kurz darauf aber übertönten Martinshörner alle anderen Geräusche. Ein Feuerwehrauto raste vorbei. Dahinter der Notarztwagen. *Jeder will lauter sein, alle sind am wichtigsten, bis man irgendwann gar nichts mehr hört.*

Elisa fiel in ein leichtes Joggingtempo, nahm die Abkürzung über den Wallufer Platz und erreichte schon nach fünf Minuten das LKA.

17

Sie nickte dem Pförtner zu und wollte einfach durchgehen. Doch die Tür blieb verschlossen. Elisa blickte fragend zur Scheibe. Der Mann dahinter schaute so intensiv auf das Blatt Papier vor ihm, als wäre darauf eine Schatzkarte abgedruckt.

»Hallo«, rief sie.

Jetzt sah der Pförtner kurz auf und senkte den Blick sofort wieder.

Elisa versuchte es noch einmal. »Hallo – können Sie bitte aufmachen?«

Der Pförtner blickte gequält nach oben und winkte sie zu sich heran. »Ihren Ausweis?«

»Oh mein Gott, Sie kennen mich doch.«

»Tut mir leid. Aber ohne Ausweis ...«

»Wer hat Ihnen gesagt, dass ich nicht mehr reindarf?«

»Frau Lowe, Entschuldigung. Aber ich muss doch auch ...«

Elisa merkte dem Pförtner an, dass ihm die Situation unangenehm war. Sollte sie auch. »Wer hat das gesagt?« Sie spürte heiße Wut aufsteigen. »Wer hat gesagt, dass ich hier nicht mehr reindarf?«

»Wo wollen Sie denn hin?«

»In mein Büro will ich. Zu meinem Kollegen Bechstein.«

»Ich rufe ihn an, Frau Lowe. Warten Sie einen Moment.«

Schon kurz darauf kam Ludger die Treppe heruntergelaufen. »Elisa, was willst du? Wir drehen hier ziemlich am Rad gerade. Alle. Der Junge ist mehr als fünfzig Stunden weg, verstehst du? Uns läuft die Zeit davon.«

»Warum lasst ihr mich nicht mehr rein? Was soll das? Habt ihr Angst, dass ich silberne Löffel stehle?«

»Du musstest deinen Ausweis abgeben. Was sollen wir machen?«

»Ihr seid so ...« Sie verzichtete darauf, den Satz zu beenden. Stattdessen holte sie tief Luft und versuchte es mit einem freundschaftlicheren Ton. »Ich will euch doch helfen. Gerade weil der Fall so wichtig ist. Hier.« Sie zog die Zeichnung aus der Tasche, die sie bei Irmtraud Wagner gemacht hatte.

»Was ist das?« Ludger legte die Stirn in Falten.
»Na, wonach sieht es denn aus?«
»Ein Phantombild. Aber dazu müsstest du doch auch ... Warte, Elisa. Du bist nicht etwa auf eigene Faust zu der Zeugin gegangen? Nein, sag bitte, dass das nicht wahr ist.«
»Ja, was denkst du denn?«
»Ich denke ...« Ludger machte eine dramatische Pause und setzte eine wichtige Miene auf. »Ich denke, du solltest ganz schnell von hier verschwinden.« Er deutete auf das Bild. »Und das da habe ich besser nie gesehen.«
»Ich fasse es nicht.« Sie hatte große Lust, ihm das Bild an den Kopf zu werfen.
»Du bist suspendiert, Elisa. Du darfst nicht einfach weitermachen. Ist das so schwer zu begreifen? Und ich muss jetzt ganz dringend weg. Wir haben Lagebesprechung.«
»Das wird helfen.« Elisa geriet in Rage. »Besprechung. Genau. Reden, reden, reden. Am besten im großen Konferenzraum. Auch wenn man gar nichts weiß. Je weniger man weiß, desto mehr reden. Mein Gott, das ist so eine ...«
»Hallo, Frau Lowe.« Elisa spürte plötzlich eine Hand auf ihrer Schulter.
»Herr Bender ...«
Der Polizeipräsident hatte tiefe dunkle Ringe unter den Augen.
»Frau Lowe, kann ich etwas für Sie tun? Das klang gerade so, als ob Sie mit uns sprechen wollten.«
»Nein. Sie sollen nichts für mich tun. Ich habe etwas für Sie getan. Oder für den Jungen. Sehen Sie es, wie Sie wollen. Hier.« Sie gab ihm die Zeichnung.
»Ein neues Phantombild?«
»Genau. Und ein besseres. Ich habe mit Frau Wagner zu Hause gesprochen, und da wusste sie mehr Details als hier im Büro.«
»Gute Idee.« Bender nickte, und Ludger lief rot an. Der Polizeipräsident setzte hinzu: »Aber das war nicht ganz vorschriftsgetreu, das wissen Sie.«
Elisa holte tief Luft, doch Bender kam ihr zuvor.
»Halt, halt – nicht aufregen. Das Bild ist gut, das sehe ich. Wir nehmen es sofort in die Fahndung. Auch wenn das nicht ganz

korrekt war von Ihnen, Frau Lowe. Aber wir können es uns absolut nicht leisten, auch die allerkleinste Chance auszulassen.«

Eine Gruppe Polizeibeamter erschien im Foyer. Alle sahen müde und genervt aus. Die Gesichter waren grau, die Augen gerötet. Bender gab Elisa die Hand. »Danke für das Bild. Aber Sie sollten sich sonst wirklich daran halten, dass Sie beurlaubt sind.«

»Ich kann nicht vielleicht mit zur Lagebesprechung?«

Bender schüttelte den Kopf.

Elisa verzog das Gesicht und drehte sich um. »Dann eben nicht.« Ohne nach links und rechts zu sehen, lief sie aus dem Gebäude.

18

Glas splitterte, Holz zerbarst, es kreischte, quietschte und knirschte. Der Morgenradau der Wiesbadener Entsorgungsbetriebe mischte sich mit dem Hupen genervter Autofahrer, die im Fünf-Minuten-Takt neue Verspätungsmeldungen per SMS an ihre Arbeitgeber oder wen auch immer schickten, während sie hinter dem Müllauto warteten. Eine Tonne, die offenbar bis oben voller scheppernder Flaschen war, riss Elisa endgültig aus dem Schlaf.

Sie zog sich die Decke über den Kopf und wälzte sich auf die andere Seite. Doch der Lärm wirkte offenbar unmittelbar auf die Produktion von Stresshormonen. Ein unangenehmes Druckgefühl breitete sich vom Magen ausgehend in ihrer Brust aus und ließ ihre Atmung angestrengt werden. Sie versuchte sich vorzustellen, sie läge am Strand einer einsamen Insel. Aber das Bild wurde von den Schallwellen verjagt, die von der Straße heraufdrangen. Genervt stand sie auf und schaltete das Radio ein. Sie suchte einen Sender mit Nachrichten. Als sie ihn gefunden hatte, ballte sie die Fäuste und wartete auf ein Wunder: Vielleicht hatte die Polizei den Jungen befreit und den Entführer festgenommen. Vielleicht war alles zu Ende. Vielleicht musste sie keine Angst mehr haben. Vielleicht …

»Es ist fünf vor sieben. Das Neueste für Hessen. Bahnstreik geht in die nächste Runde, immer noch keine Spur im Entführungsfall, das Wetter.«

Elisa schaltete das Gerät aus. Also wieder nichts. Jetzt war Moritz Sander schon drei Tage verschwunden. Wie würden sich die Eltern fühlen? Hatten sie überhaupt noch Hoffnung? Schon jetzt stand fest, dass die Entführung schwerste Verletzungen in der Seele des Kindes hinterlassen würde. Wenn Moritz irgendwann befreit würde – oder fliehen könnte, so wie sie vor zwanzig Jahren –, dann würde für ihn nichts mehr sein wie vorher. Wenn er überhaupt entkäme. Und nicht wie Mara …

Elisa tappte auf nackten Füßen ins Bad, warf das T-Shirt, in dem sie geschlafen hatte, auf den Fliesenboden und drehte die Dusche auf. Nach einer Weile unter dem warmen Wasserstrahl fühlte sie sich etwas besser. Sie zog ihren Bademantel an und ging in die Küche, um sich Kaffee zu machen. Draußen quälte sich der nächste Müllwagen durch die Straße. Wenn man den Müll schon trennen musste, musste man ihn deshalb auch mit drei verschiedenen Autos abholen? Sie rief sich den Vorabend in Erinnerung. Was hatte Bender gesagt? »Halten Sie sich daran, dass Sie beurlaubt sind« oder so ähnlich. Silviu hatte noch eine SMS geschickt: »Nichts herauszubekommen in Kloppenheim. Vielleicht versuche ich es morgen noch einmal. Geht es dir wirklich gut? Soll ich am Abend wieder zu dir kommen?«

Sie hatte eine ganze Weile darüber nachgedacht, ob sie ihn nicht doch wieder bei sich haben wollte. Andererseits war sie stolz darauf, allein klarzukommen. Sie wollte von niemandem abhängig sein. So sympathisch ihr Silviu inzwischen auch war. Also hatte sie ihn angerufen, ihrer Stimme einen fröhlichen, selbstbewussten Klang gegeben und versichert, dass die Ängste von der Nacht zuvor völlig verschwunden waren.

Sie starrte in ihre Kaffeetasse. Vielleicht sollte sie etwas essen, nicht nur Kaffee trinken. Sie beschloss, sich einen Sesamkringel aus der türkischen Bäckerei zu holen. Und danach würde sie weitermachen. Sollte Bender sagen, was er wollte. Dem fiel doch im Moment sowieso nichts ein außer sinnlosen Konferenzen. Andererseits: Was fiel ihr selbst schon ein?

Sie hatte das Bild gezeichnet, so gut sie konnte. Sie hatte ihren Job gemacht, den Rest konnten auch die Kollegen erledigen, dann würde sicher alles gut werden.

Elisa war natürlich vollkommen klar, dass sie sich gerade selbst nach Strich und Faden belog. Sie hatte einen uneinholbaren Vorsprung gegenüber ihren Kollegen: Sie kannte den Täter. Jedenfalls glaubte sie ihn zu kennen. Und sie hatte eine Verbindung zu dem Entführer. Die Rose auf ihrem Tisch sprach ebenso wie das Video in Silvius Post dafür, dass er diese Verbindung sogar suchte. Es kam nicht in Frage, dass sie sich aus allem heraushielt.

Wenn Silviu dort nichts erreicht hatte – warum fuhr sie nicht selbst noch einmal nach Kloppenheim? Vielleicht konnte sie mit den Eltern des entführten Jungen sprechen. Vielleicht würde sie irgendetwas finden, das sie weiterbrachte.

Elisa atmete tief durch und merkte, wie ihr Entschluss, aktiv zu werden, sie von einer Last befreite. Zügig ging sie durchs Treppenhaus auf die Straße und winkte ihrer Nachbarin zu, die die Mülltonnen in den Innenhof zurückschob.

»Sie könnten sich auch ruhig mal um die Tonnen kümmern, Frau Lowe.« Mechthild Glienicke warf ihr einen missbilligenden Blick zu. Elisa hatte Lust, ihr den Stinkefinger zu zeigen, besann sich aber eines Besseren.

»Nett, dass Sie es schon gemacht haben. Nächstes Mal bestimmt, Frau Glienicke. Einen schönen Tag noch.«

Bis zu der türkischen Bäckerei waren es nur drei Minuten. Elisa ging gerne zu Fuß durch das Rheingauviertel. Ihr gefiel es, wie unterschiedlich die Menschen waren, die hier wohnten. Ganz im Gegensatz zu Mechthild Glienicke, die oft betonte, dass früher nur Leute hier lebten, denen man auch ansah, dass sie es sich leisten konnten. Jetzt dröhnte aus einer Studenten-WG laute Musik. Vor der Kinderarztpraxis, die gleich aufmachen würde, stand eine Schlange wartender Eltern verschiedener Nationen mit Babys im Wagen, Kindern auf den Armen und an der Hand. Einige Leute hasteten zum Bus oder zu ihren Autos. Ein älterer Mann mit einer Kippa auf den grauen Haaren kam aus dem Supermarkt, hockte sich auf einen Pfosten vor dem Eingang und zündete sich eine Zigarette an.

In den Glasscheiben der Wintergärten in den oberen Stockwerken spiegelte sich die Morgensonne. Es versprach ein schöner Tag zu werden.

Die Verkäuferin in der Bäckerei lächelte Elisa freundlich an und reichte ihr einen Sesamkringel über die Theke. Er duftete köstlich. Elisa aß die Hälfte schon auf dem Weg zum Auto auf.

Die Litfaßsäule war neu beklebt. Statt der Bibelsprüche zierte sie das Gesicht einer mittelalten Frau mit Kopfhörern, die behauptete, die Hits der Siebziger seien »genau ihre Musik«. Dazu zeigte sie eine Reihe blütenweißer Zähne, die auch gut in die Werbung für Gebissreiniger gepasst hätte.

Elisa legte die Brötchentüte auf den Beifahrersitz. Der Besuch bei Maras Eltern tauchte in ihrer Erinnerung auf. Was hatten sie dort eigentlich erfahren? Nichts Neues über die Entführung. Aber die

beiden hatten noch ein Kind bekommen. Einen offenbar behinderten Jungen. Elisa zog ihr Handy aus der Tasche und googelte: »Wiesbaden, Heim für geistig Behinderte«. Sie erschrak, als eine lange Liste erschien. Gleich sieben stationäre Einrichtungen. So viele Menschen, die ständig Hilfe brauchten, gab es also allein in dieser Stadt. Auf gut Glück wählte sie die erste Telefonnummer.
»Wen möchten Sie sprechen?«, fragte die Frau von der Vermittlung.
»Wohnt bei Ihnen Sebastian Schneider?«
»Ich darf keine persönlichen Daten herausgeben.«
Mist. Daran hatte sie nicht gedacht. Andererseits ...
»Aber es kann doch nicht sein, dass man die Menschen in Ihrer Einrichtung nicht anrufen kann?«, fragte sie die Telefonistin.
»Das können Sie natürlich.«
»Und Sie können mich auch verbinden?«
»Wenn Sie mir sagen, mit wem.«
Elisa stutzte einen Moment. »Das habe ich doch. Mit Sebastian Schneider.«
»Nein«, erklärte die Frau mit etwas zickiger Betonung, »Sie haben gefragt, ob der hier *wohnt*, nicht, dass Sie mit ihm *sprechen* möchten.«
Elisa war drauf und dran, sich eine patzige Antwort zu überlegen. Dann begriff sie, dass die Frau ihr gerade einen Tipp gegeben hatte. Sie sagte: »Also gut, dann bitte ich Sie jetzt: *Verbinden* Sie mich mit Sebastian Schneider, wenn das möglich ist.«
»Einen Moment bitte, ich sehe in der Liste nach ...«
So viel zum Datenschutz. Elisa wusste nicht, ob sie darüber lachen oder weinen sollte. Sie hörte ein paar Computertasten klicken, dann wieder die Stimme der Frau: »Ein Sebastian Schneider ist uns nicht bekannt. Vielleicht versuchen Sie es mal in Nordenstadt?«
»Danke.« Und auch dafür, dass ich jetzt weiß, wie man richtig fragt, dachte Elisa.
Warum suchte sie eigentlich den Kontakt zu Maras Bruder? Sie konnte es sich selbst kaum erklären. Seit sie mit Silviu zusammen bei den Schneiders gewesen war, hatte sie das Gefühl, eine Tür wäre aufgegangen. Sie wusste nicht, wohin diese Tür führte, aber sie spürte das starke Verlangen, hindurchzugehen. Zwanzig Jahre

lang hatte sie alles, was mit Mara zu tun hatte, verdrängt. Jetzt wollte sie unbedingt mehr erfahren, näher herankommen an alles, was sie über ihre ehemalige Freundin und deren Familie noch in Erfahrung bringen konnte.

Sie probierte es mit der nächsten Telefonnummer.

»Wohnhaus am Süderturm, guten Morgen.« Diesmal war es ein Mann.

»Ich möchte gerne mit Sebastian Schneider verbunden werden.«

»Das geht zurzeit nicht. Basti ist in der Werkstatt.«

Treffer. Schon beim zweiten Versuch. »Basti« nannten sie ihn also. »Und wann ist er fertig ... der Basti?«

»Darf ich fragen, mit wem ich spreche? Kann ich etwas ausrichten?«

»Ausrichten – nein danke. Ich würde gern vorbeikommen, wenn das geht.«

»Da wird er sich freuen. Basti hat sehr gerne Besuch. Bitte sagen Sie mir aber erst, wer Sie sind.«

Sie zögerte einen Moment. Wie schwer mochte die geistige Behinderung von Basti sein? Würde er sagen, dass er gar keine Elisa kannte? Durfte sie dann vielleicht nicht zu ihm? Schließlich sagte sie: »Ich bin Elisa Lowe. Sagen Sie ihm bitte, ich bin eine Freundin seiner Schwester. Und wenn ich es schaffe, komme ich heute noch.«

»Sind Sie da sicher? Basti ist immer schrecklich enttäuscht, wenn man ihm etwas verspricht und es nicht hält.«

»Das verstehe ich. Sagen Sie ihm, ich komme heute noch.«

Kurz darauf reihte sie sich in die dreispurige Blechkolonne auf dem Ring ein. Beide Fahrtrichtungen waren wieder einmal brechend voll. Auch die Busse kamen nicht voran, weil auf den Busspuren Lieferwagen parkten.

Sie setzte den Blinker und quälte sich mühsam in die rechte Spur. Sie entschied sich, über die Autobahn nach Nordenstadt zu fahren. Also tauschte sie den Stau auf dem Ring gegen den zäh fließenden Verkehr auf der Mainzer Straße und steuerte auf die Auffahrt zur A 66 zu.

Auf dem Weg aß sie den Rest des Sesamkringels. Der Zucker

brachte ihr Gehirn in Schwung, und sie begann zu überlegen, was sie eigentlich wirklich von Sebastian Schneider wollte. Glaubte sie, dass in ihm etwas weiterleben würde, das sie mit Mara verloren hatte? Würde er etwas über seine Eltern preisgeben, das sie nicht mehr in Erfahrung gebracht hatte, weil Maras Vater gekommen war?

Noch zweimal überlegte sie auf dem Weg, ob sie nicht besser umkehren und gleich nach Kloppenheim fahren sollte, wie sie es eigentlich vorgehabt hatte. Was sollte ein geistig behinderter junger Mann ihr bringen?

Andererseits hatte das Ehepaar Schneider sich wirklich merkwürdig verhalten, da hatte Silviu recht. Vielleicht klärte ein Treffen mit Sebastian wenigstens die Frage, was mit der Familie passiert war, seit sie Mara verloren hatten.

Sie brauchte fast eine halbe Stunde bis zur Ausfahrt. Dann geriet sie in eine Bungalowsiedlung aus den frühen achtziger Jahren: überwiegend eingeschossige Fertigbauten mit angeschlossenem Carport oder einer Garage und handtuchgroßem Vorgarten. Es war die Gegend, in der ein Nachbar den anderen verklagte, weil dessen Außenlampe zu hell strahlte und er deshalb nachts angeblich keine Ruhe fand.

Jetzt, am frühen Vormittag, wirkte der Ort wie eine Geisterstadt: Die Plätze unter den Carports waren verwaist, die Rollläden heruntergelassen, kein Mensch auf der Straße.

Als Elisa endlich einen älteren Herrn auf dem Bürgersteig entdeckte, fragte sie ihn nach dem Weg.

»Mädel, was willst du denn bei dene?« Der Mann betrachtete sie zweifelnd. »Des san doch die, die eigentlich in die Klapse ...«

»Da kann man viel schneller landen, als man denkt, glauben Sie mir. Wissen Sie denn, wo das Haus ist?«

»Ja, ja, nichts für ungut. Vorne rechts, dann alls geradezu.«

Elisa fuhr weiter, ohne sich zu bedanken. Beim Blick in den Spiegel sah sie, wie der Alte ärgerlich hinter ihr herschaute. Blöder Spießer, dachte sie. Aber immerhin hatte er ihr den Weg beschrieben.

Als sie im Vorgarten der Wohnanlage stand, hörte sie eine monotone Stimme, die aus dem ersten Stock kam. Die Stimme gehörte einem Mann, der mit nacktem Oberkörper aus dem Fenster lehnte und immer wieder rief:»Erika, komm doch zurück. Erika, komm doch zurück.« Er bemerkte Elisa und verstummte. Dann zog ein Lächeln über sein Gesicht.»Erika ist da, Erika ist da«, rief er mit derselben merkwürdig monotonen Stimme wie zuvor. Eine junge Frau im weißen Kittel erschien neben ihm.»Das ist nicht deine Erika. Erika kommt vielleicht später.« Sie wandte sich in Elisas Richtung.»Kann ich etwas für Sie tun? Möchten Sie zu uns?«

»Ich möchte zu Basti, Sebastian Schneider.«

»Sind Sie verabredet?«

»Ich habe mich jedenfalls angekündigt.«

»Kommen Sie rein, die Tür steht offen.«

Elisa fühlte sich unsicher. Zögerlich drückte sie die Klinke und trat ein. Die Tür führte nicht direkt ins Haus, sondern in ein Atrium, einen sonnigen Innenhof. Mehrere Bewohner saßen hier. Als Elisa hereinkam, richteten sich neugierige Blicke auf sie. Ein schwarzhaariger, korpulenter Mann ging auf sie zu.

»Dahaha ... dahaha-has ihist ahaber nett«, stotterte er und breitete die Arme aus. Elisa zuckte erschrocken zurück.

Durch eine weitere Tür kam die Pflegerin in den Hof.»Julius, wenn du kuscheln willst, komm zu mir!«, rief sie.

»Ahahaber ... ahahaber ... schöne Frau ...«, sagte Julius und fixierte Elisa weiter. Die ausgebreiteten Arme ließ er sinken.

»Hallo.« Elisa versuchte, locker zu wirken, was ihr aber nicht gelang. Julius irritierte sie. Er streckte ihr jetzt eine Hand entgegen. Elisa wollte sie schütteln, wurde aber von der Pflegerin zur Seite geschoben.

»Wenn Sie seine Hand nehmen, hat er Sie Sekunden später im Arm«, erklärte sie und lachte.»Nicht wahr, Julius, du bist unser Schmusekater.«

»Schmuhuhu...kater«, erwiderte der dicke Mann und drückte die Pflegerin an sich.

»So, aber jetzt muss ich mich um unseren Gast kümmern. Okay,

Julius?« Sie befreite sich und drehte sich Elisa zu. »Sie wollen Basti besuchen?«

»Ja.«

»Wer sind Sie denn?«

»Elisa Lowe, eine Freundin seiner Schwester.«

»Ach richtig. Sie haben sich vorhin bei meinem Kollegen angemeldet.« Sie ging quer durch den Innenhof voraus bis zu einer Tür an der rückwärtigen Mauer. »Er wird im Gemüsegarten sein. Waren Sie schon mal da? Also ich meine – in letzter Zeit?«

»Nein, wieso?«

»Na ja.« Die Frau im weißen Kittel sah sie ernst an. »Früher hatte Basti mehr von den guten Tagen. Aber bei seinem Krankheitsbild ...«

»Kann man noch mit ihm reden?«

»Manchmal ja, manchmal nein. Das ist ein bisschen – wie soll ich sagen –, als ob da ein Schalter in seinem Gehirn wäre, der mal auf ›an‹ und mal auf ›aus‹ steht. Verstehen Sie?«

»Ich glaube schon.«

»Also kommen Sie, wir probieren es einfach. Auf jeden Fall wird er sich sehr freuen, dass jemand ihn besucht. Es war schon lange keiner mehr hier.«

»Traurig«, murmelte Elisa leise.

»Das können Sie ruhig laut sagen.« Die junge Frau im weißen Kittel hatte freche blaue Augen, die bei dem letzten Satz aufblitzten. Ihr straff gebundener weißblonder Pferdeschwanz wippte im Takt ihrer Schritte. »Die Einzige, die ab und an kommt, ist seine Mutter. Die sagt jedes Mal, sie wäre gern öfter hier, aber das ginge leider nicht. Ich möchte nur mal wissen, warum nicht.«

Elisa ahnte sofort, an wem das liegen könnte. Aber sie behielt ihre Vermutung lieber für sich.

»Und dabei ist der Basti echt ein ganz Lieber. Wirklich«, ergänzte die Schwester.

»Wie lange ist er eigentlich inzwischen schon bei Ihnen?«

»Länger, als ich hier bin. Genau weiß ich es nicht. Da vorne sitzt er. Kommen Sie, ich bringe Sie zu ihm.«

Elisa erblickte eine gebückte Gestalt am Rand eines Rosenbeetes. Basti sortierte kleine weiße Steine.

Wie sollte sie ihn ansprechen? Wie würde er reagieren? Würde er überhaupt etwas erzählen können? Schließlich sagte sie einfach: »Hallo, Sebastian.«

Der junge Mann drehte sich um und hob sein Gesicht in ihre Richtung.

Elisa schaute ihn an und meinte für einen Moment, sich einfach nur einzubilden, was sie da sah. Als sie spürte, wie ihr der Schweiß ausbrach, riss sie ihren Blick los und schaute sich hektisch in dem Garten um. Die anderen Patienten, die Pflegerin neben ihr, die Blumenbeete, die Hitze der Sonne – alles war noch genauso wie gerade eben. Es konnte kein Traum sein. Wieder sah sie Sebastian an. Ihr wurde schwindlig. Der Boden schien zu schwanken.

Jetzt nicht die Beherrschung verlieren. Ganz ruhig bleiben. Es kann nicht sein, was ich gerade glaube. Meine Erinnerung spielt mir nur einen Streich.

Sie atmete tief ein und aus. Dann sah sie Sebastian erneut ins Gesicht. Sie rieb sich die Augen, schloss kurz die Lider, sah noch einmal hin. Aber es gab keinen Zweifel: Dieses Gesicht hatte sie schon einmal gesehen. Sie hatte es nicht nur gesehen, sie hatte es gezeichnet: das Grübchen am Kinn, die tiefstehenden, auffallend großen Augen, die ganze Form.

Dieses Gesicht war dem Phantombild, das sie gerade erstellt hatte, nicht nur unglaublich ähnlich. Das *war* das Gesicht.

19

Elisa konnte noch immer nicht fassen, was sie gerade entdeckt hatte. Aber es konnte doch gar nicht sein, dass Sebastian Schneider der Mann auf dem Phantombild war. Er konnte nicht der Entführer sein. Woher kam bloß diese unglaubliche Ähnlichkeit?
Sie bemühte sich, ihre Aufregung zu verbergen. Mit größter Anstrengung ließ sie ihre Stimme locker und gelassen klingen.
»Sagen Sie, der Basti, hat der manchmal Ausgang?«, fragte sie schließlich. »Ich meine, darf er alleine ... kann er allein raus?«
Die Frau mit dem Pferdeschwanz lachte. »Also, Sie haben Fragen. Nein, der Basti geht nicht alleine raus. Er würde nämlich nicht wieder zurückfinden. Leider. Vor ungefähr zwei Jahren hat er seinen Orientierungssinn komplett verloren. Manchmal weiß er noch, wo wir hier sind, manchmal glaubt er auch, es ist Italien. Oder Amerika. Nein, nur wenn jemand mitgeht, kann er draußen rumlaufen. Wir haben dazu leider selten Zeit. Und ich habe ja schon gesagt ... die Familie, na ja.«
»Einen Zwillingsbruder hat er nicht?«
»Nein. Warum fragen Sie?«
Als Elisa stumm blieb, legte ihr die Pflegerin eine Hand auf die Schulter. »Sie sehen ein bisschen mitgenommen aus. Kannten Sie den Basti früher? Ich meine, als es ihm noch besser ging?«
»Ich kannte seine Schwester.«
Sie näherte sich Sebastian Schneider. Er hatte seine Arbeit im Blumenbeet beendet und sah sie aus großen blassgrünen Augen an. Elisa meinte zu spüren, wie sein Gehirn zu verstehen versuchte, wer sie war und was sie von ihm wollte. Plötzlich stand er ungelenk auf, schwankte leicht, streckte die Hand aus und sagte:
»Hallo, ich ... bin ... Basti.« Er machte eine Pause, die Augen wanderten von Elisa zur Pflegerin und zurück. »Und du?«
»Ich bin Elisa.«
Sebastians Stimme wirkte verwaschen wie die eines Betrunkenen. Jedes Wort schien sich mühsam den Weg bahnen zu müssen.
»Ich bin ... ich war eine Freundin von Mara«, erklärte Elisa.

»Ma-ra. Ma-ra.« Sebastian wiederholte den Namen und wiegte seinen Kopf hin und her, als wolle er eine Murmel darin rollen lassen.

Elisa wandte sich zu der Pflegerin um. »Weiß er von seiner Schwester?«

»Manchmal ja, manchmal nein. Früher hat er manchmal geweint wegen Mara. Ich denke, die Eltern haben ihm von ihr erzählt, als er noch alles verstanden und mitbekommen hat. Er war wohl sehr traurig, dass er sie nicht kennenlernen durfte. Heute bin ich nicht mehr so sicher, ob er sich erinnert. Wollen Sie ein Eis essen gehen mit ihm? Wir haben eine kleine Cafeteria im zweiten Stock. Und er liebt Eis. Nicht wahr, Basti?«

Sebastian sprang auf. »Oh. Eis. Gerne.«

Elisa fragte sich, ob sie nicht einfach wieder gehen konnte. Was sollte das alles hier? Warum sollte sie mit Sebastian Eis essen? Er brachte doch fast kein Wort heraus. Was konnte sie von ihm erfahren?

Andererseits – wenn sie allein mit ihm war, dann konnte sie sich vielleicht Gewissheit verschaffen. Möglicherweise konnte sie dann herausfinden, ob er das alles nur spielte. Die Behinderung, das Leben in der Einrichtung – es wäre eine perfekte Tarnung. Aber so, wie er da saß ... nein.

Schließlich gab sie sich einen Ruck, trat an die Seite von Sebastian und fragte die Pflegerin: »Wo geht es denn in den zweiten Stock?«

»Die Treppe dort hinten rechts. Warten Sie, ich gehe ein Stück mit. Basti mag übrigens am liebsten Zitrone.«

In der Cafeteria bestellte Elisa ein Eis für Sebastian und einen Kaffee für sich selbst. Sie setzten sich an einen Tisch am Fenster. Von dort konnte man das Grundstück der Nachbarn sehen. Auf einer gepflegten Rasenfläche drehte ein automatischer Mäher seine Kreise. Das Gerät schien Sebastian zu faszinieren. Plötzlich begann er zu sprechen.

»Hast du ... schon mal gesehen?« Seine Stimme war viel klarer als noch vor wenigen Minuten. Das musste die Pflegerin gemeint haben, als sie sagte, in seinem Gehirn sei so etwas wie ein Ein-Aus-Schalter.

»Ja, ein Robo-Mäher«, antwortete Elisa lachend. »Finden Sie ... findest ... du den toll?«

»Toll«, bestätigte Sebastian. Urplötzlich wurde sein Gesichtsausdruck ganz ernst. »Du kennst Mara? Wo ist sie?«

Elisa schluckte. »Von früher kenne ich sie. Aber wo sie ist ...«

»Mara ... immer ... weg. So traurig.«

Elisa spürte, dass ihre Augen feucht werden. »Ja, allerdings. Das finde ich auch sehr traurig. Was weißt du denn über sie?«

Sie sah Sebastian gespannt an. *Was haben seine Eltern ihm wohl alles erzählt? Über Mara, über ihren Tod, über den Schmerz?*

Doch Sebastian schaute plötzlich wieder auf den Rasenmäher. »Toll – hast du ... schon mal gesehen?«

»Ja, finde ich auch toll. Aber du wolltest mir von Mara ...«

»Wer?«

»Von Mara, deiner Schwester.«

»Wer bist ...«

»Ich bin Elisa. Eine Freundin von Mara. Das habe ich doch schon gesagt. Wir haben zusammen gespielt, als wir Kinder waren.«

»Kinder. Ich mag Kinder.« Sebastian strahlte. »Die sind viel ehrlicher als die großen Menschen.«

Elisa verschluckte sich an ihrem Kaffee. Schon wieder ein extremer Wechsel: So, wie er jetzt sprach, wäre keiner darauf kommen, dass Sebastian Schneider schwerbehindert war.

»Basti, wir haben doch gerade über Mara geredet. Was haben dir deine Eltern über sie erzählt?«

»Mara ... ist ein Engel.« Er schaute aus dem Fenster in den wolkenlosen Himmel.

Als er den Kopf wieder senkte, flackerte sein Blick. »Wer ... ist ...?« Er schüttelte sich, als könnte er dadurch die Gedanken wieder an die richtige Stelle bringen. »Wer ... bist ... du eigentlich?«

Elisa stöhnte innerlich. »Ich heiße Elisa. Ich bin eine Freundin von Mara.«

Jetzt lächelte Sebastian. »Darf ich noch ein Eis?«

Elisa nickte. Plötzlich hatte sie eine Idee. »Darf ich denn ein Foto von dir machen?« Sie zog ihr Handy aus der Tasche.

»Da ... da.« Er zeigte mit dem Finger auf die Speisekarte. »Zitrone ... da.«
»Du bekommst noch ein Zitroneneis.« Sie ging zur Theke und bestellte ein weiteres Zitroneneis. Dann machte sie, ohne noch einmal zu fragen, ein Foto von Sebastian Schneider. Auch wenn es sehr unwahrscheinlich sein mochte – sie musste dieses Gesicht Irmtraud Wagner zeigen. Sie musste einfach wissen, ob er es sein konnte. Oder ob sie sich die Ähnlichkeit nur einbildete.

Als Elisa sich von Sebastian verabschiedete, sah er aus, als würde er gleich zu weinen beginnen.

»Er hat sich wirklich gefreut«, sagte die Pflegerin mit dem wippenden Pferdeschwanz. »Sehen Sie, er will Sie gar nicht gehen lassen.«

»Hat mich auch gefreut«, sagte Elisa, obwohl es gelogen war. Sie war noch immer verstört wegen Sebastians Ähnlichkeit mit dem Phantombild. Ob sie es anstatt Irmtraud Wagner besser gleich den Kollegen zeigen sollte? Andererseits – sie sah noch einmal zu Sebastian. Seine Behinderung konnte einfach nicht vorgetäuscht sein. Es war schlicht unmöglich.

»Wie komme ich denn von hier am schnellsten nach Kloppenheim?«, fragte sie. »Muss ich da wieder durch die Stadt?«

»Um Himmels willen.« Die Pflegerin lachte. Auch Sebastian lachte mit, obwohl er so wirkte, als sei der Schalter in seinem Kopf wieder ganz und gar in Richtung »aus« umgelegt. Sein Blick war ins Nichts gerichtet, er wiegte erneut den Kopf. »Sie können gleich vorne rechts abbiegen und dann einfach immer geradeaus fahren«, erklärte die Pflegerin, »so kommen Sie erst nach Igstadt, und der nächste Ort ist schon Kloppenheim.«

»Das werde ich finden, danke.« Elisa wandte sich an Sebastian. »Ich komme mal wieder, in Ordnung?«

Er nickte begeistert.

»Das sollten Sie wirklich«, bestätigte die Pflegerin. »Kontakte und Gespräche sind das Allerwichtigste. Nicht nur für Sebastian. Für alle hier. Und ich habe es ja schon gesagt: Es kommt viel zu selten jemand.«

Elisa verabschiedete sich und stieg in ihr Auto. Die Gesichter der

Bewohner waren noch immer in ihrem Kopf. Vor allem das von Sebastian. Wie fühlte es sich wohl an, wenn das Bewusstsein kam und ging wie ein Schmetterling? War es, als würde man träumen und kurz aufwachen? Immer hin und her zwischen Realität und Einbildung? Wusste Sebastian überhaupt noch, was die Realität war?

Und wusste sie es eigentlich? Nur weil sie glaubte zu verstehen, was die anderen Menschen sagten, weil sie glaubte, sich an das zu erinnern, was sie erlebt hatte – hieß das, dass alles wirklich so gewesen war?

In den Jahren nach der Entführung hatte sie oft gezweifelt, ob das alles wirklich passiert sein konnte. Die Therapeutin hatte ihr empfohlen, sich eine Mappe mit Zeitungsartikeln anzulegen. Es sei wichtig, das Erinnerte als Wahrheit zu begreifen, weil man es sonst nie verarbeiten könne.

Verarbeiten. Als ob das überhaupt möglich wäre. Zu was sollte sie denn diese Erinnerungen verarbeiten? Zu einem Wandteppich vielleicht? Oder zu einer Patchworkdecke?

Sie war so in Gedanken, dass sie die Abfahrt nach Igstadt verpasste und stattdessen wieder mitten in der Bungalowsiedlung landete. Sie versuchte, »Kloppenheim« in ihr Navi einzugeben. Doch offenbar war dieser Ort nur als Stadtteil aufgeführt. Die Anzeige sprang immer gleich auf »Wiesbaden« um. An einen Straßennamen in Kloppenheim konnte sie sich nicht erinnern.

»Blöde Technik«, fluchte Elisa, schaltete das Gerät aus und sah sich in der Bungalowsiedlung um.

Eine blonde Frau in Kittelschürze putzte die Fensterscheibe ihrer Terrassentür. Daneben wusch ein farbiger Mann in Jogginghose hingebungsvoll seinen dunkelblauen BMW. Ein schönes Beispiel gelungener Integration. Jetzt hätten sie nur noch miteinander reden müssen. Dazu schienen sie aber wenig Lust zu haben, denn beiden hingen weiße Kabel aus den Ohren.

Elisa stoppte ihr Auto am Fahrbahnrand und sprach die Frau mit der Schürze durchs Seitenfenster an. »Wissen Sie den Weg nach Igstadt?«

Die Frau sah auf und schüttelte den Kopf. Dabei hatte sie noch

nicht einmal die Ohrhörer herausgenommen. Ob sie die Frage überhaupt verstanden hatte? Elisa verzog ärgerlich den Mund. Sie wollte schon weiterfahren, als der Mann auf sie zukam.
»Nach Igstadt – das ist einfach. Sie wenden hier, dann links, und dann kommt schon ein Schild.«
»Danke.« Sie überlegte, was sie noch Nettes sagen könnte. »Schönes Auto haben Sie.« Dabei deutete sie auf den blank geputzten BMW.
Der Mann lachte. »Leider nicht meins. Das wasche ich nur für meine Nachbarn. Ich bin eigentlich Dolmetscher, aber im Augenblick gibt es wenig Aufträge. Muss ich so was machen.«
»Das tut mir leid.«
»Ach was. Ist wenigstens draußen. Und wenn so schönes Wetter ist ...«
Elisa bedankte sich noch einmal, winkte und wendete ihren Golf.

Die kleine Straße führte sie zwischen Feldern mit blühenden Apfelbäumen hindurch. Ich könnte jetzt auch einfach anhalten und mich irgendwo ins Gras legen, dachte sie. Sie blinzelte in die Sonne. Licht ist Leben. Ein Rapsfeld leuchtete in strahlendem Gelb.

Wo Dunkelheit ist, da ist der Tod.

Dieser Satz tauchte so deutlich in ihr auf wie eine böse Vorahnung.

20

Silviu passierte das Ortsschild »Wiesbaden« mit der Unterzeile »Kloppenheim« und fragte sich, ob er heute mehr erreichen würde als am Tag zuvor. Die Ortseinfahrt war von Übertragungswagen gesäumt. Reporter warteten auf Neuigkeiten. Sonst wirkte alles erstaunlich normal: Berufstätige Mütter hielten kurz im Parkverbot vor der Kita und gaben ihre Kleinen in die Obhut von Erzieherinnen. Der Hahn auf dem Turm der evangelischen Kirche glänzte im Sonnenlicht. Vor dem Haus der Sanders parkten drei schwarze Autos so auffällig unauffällig am Straßenrand, wie nur Zivilfahrzeuge der Polizei es konnten.

Silviu stellte sein Auto in einer Seitenstraße ab und näherte sich von dort zu Fuß. Als er nur noch knapp fünfzig Meter vom Haus entfernt war, bemerkte er, dass gerade der Polizeichef Jürgen Bender und zwei weitere Beamte auf die Eingangstür zugingen. Es sah aus, als wollte der Hausherr sie nicht hereinlassen.

»Das nützt doch alles nichts«, schnappte Silviu einen Gesprächsfetzen auf. Dann drängten sich die Beamten doch durch die Tür. Silviu duckte sich hinter eine Hecke und schlich in den Garten des Nachbarhauses. Von dort konnte er unbemerkt unter ein Flurfenster schleichen, das einen Spaltbreit offen stand. Drinnen setzte sich das erregte Gespräch fort.

»Ich lasse nicht zu, dass Sie das Leben meines Sohnes weiter derart gefährden. Ich hätte von Anfang an —«

»Herr Sander, Sie verkennen die Situation. Wir haben in diesem Fall aus Erfahrungswerten ...«

Diese Stimme kannte Silviu. Sie gehörte Bender.

»Was für Erfahrungswerte denn? So oft wird hier in Wiesbaden wohl kein Kind entführt, oder? Und falls Sie die grandiosen Erfahrungen aus Frankfurt meinen: Vielleicht wollen Sie auch noch damit angeben, wie erfolgreich Sie im Fall —«

»Herr Sander, bitte.« Benders Stimme schwankte zwischen ärgerlich und behutsam.

»Der Junge ist tot!« Jetzt brüllte Vater Sander. »Tot. Und ich will verdammt noch mal nicht, dass meinem Kind das auch passiert. Ihre Polizeiarbeit ist doch keinen Pfifferling wert! Das ist doch alles —«
»Herr Sander. Glauben Sie uns doch —«
»Ich glaube gar nichts mehr.« Eine Tür schlug zu. Dann herrschte Stille.

Ein Fahrrad klapperte die Straße herauf. Silviu erkannte den alten Mann sofort. Es war derselbe, den er vor drei Tagen beinahe überfahren hätte. Wie lange das her zu sein schien. Der Alte stieg vor dem Grundstück vom Rad und schob es seitlich am Haus vorbei. Also gehörte er wohl zur Familie. Silviu konnte nicht genau erkennen, was er machte. Plötzlich sah es aus, als würden seine Beine verschwinden, schließlich war auch der Kopf mit dem altmodischen Hut nicht mehr zu sehen.

Da musste ein Kellereingang sein. Silvius Körper spannte sich an. Ob es möglich war, dort unbemerkt ins Haus zu kommen? Unsinn, die Sanders waren jetzt mit Sicherheit übervorsichtig und schlossen jede Tür dreimal ab. Andererseits ... Ob der Alte so genau war? Einen Versuch war es auf jeden Fall wert. Vorsichtig schlich er sich hinter der Kirschlorbeerhecke hindurch und war kurz darauf am Abgang zum Keller angekommen. Seine Vermutung war goldrichtig gewesen. Der ältere Herr hatte nicht hinter sich abgeschlossen. Leise zog er die Tür auf und stand kurz danach in einem kühlen Raum. Das Tageslicht fiel nur schwach durch die kleinen Fensterluken. Er konnte zunächst kaum etwas erkennen.

Als sich seine Augen an die Dunkelheit gewöhnt hatten, sah er, dass er in einer Art Vorratskeller stand. In den Regalen lagerten Weinflaschen und Weckgläser. Er tastete sich vorwärts bis zu einer Betontreppe, die nach oben führte. Sein Herz schlug schneller. Er hatte es in seinem Job schon ab und an nicht so genau genommen, wenn es um das Betreten von Privatgrundstücken ging. Das hier allerdings war doch etwas anderes. Sollte er nicht lieber einfach wieder gehen?

Plötzlich hörte er Schritte. Ohne lange zu überlegen, versteckte er sich in einer Nische hinter dem Weinregal. Neonlicht flammte auf. Aus seinem Versteck heraus sah er zwei Frauenbeine in Nylonstrümpfen. War es die Mutter des entführten Jungen? Aber vielleicht hatten die Sanders auch Hausangestellte. Die Frau fluchte leise: »Vater, wie oft habe ich dir gesagt, dass du die Tür hier unten nicht offen lassen sollst. Als ob nicht schon genug passiert wäre ...« Sie zog einen Schlüssel aus der Tasche und drehte ihn im Schloss der Tür um, durch die Silviu gerade hereingekommen war.

Also war es doch richtig gewesen, die Chance zu nutzen, dachte er. Im nächsten Moment wurde ihm aber auch etwas anderes klar: Der Rückweg war versperrt. Er saß in der Falle.

Die Frau ging so dicht an dem Weinregal vorbei, dass Silviu ganz sicher war, gleich entdeckt zu werden. Staub kitzelte in seiner Nase. Wenn er jetzt niesen musste, war alles vorbei. Er hielt die Luft an. Das Kitzeln in der Nase ließ nach. Die Schritte auf der Betontreppe wurden leiser, dann erlosch die Kellerbeleuchtung.

Einen Moment lang machte er einfach die Augen zu, sog die kühle Kellerluft ein, atmete wieder aus und ganz vorsichtig erneut ein. Sein Herzschlag beruhigte sich. Er trat hinter dem Weinregal hervor und versuchte, sich in dem Raum zu orientieren. Es war ein recht großer Keller. Die Flaschen und Gläser in den Regalen standen peinlich genau in Reih und Glied. Der Boden war gefliest. Nachdem er einmal im Kreis herumgegangen war, wusste er, dass es keinen Ausgang außer der Treppe ins Wohnhaus gab. Sein Herz schlug wieder schneller. Sollte er das wirklich riskieren? Was, wenn man ihn für einen Einbrecher hielt? Aber hatte er überhaupt eine andere Möglichkeit?

Leise ging er die Treppe hinauf und legte ein Ohr an die hölzerne Tür. Er hörte murmelnde Stimmen, konnte aber nicht verstehen, was gesagt wurde. Ein Telefon klingelte.

Das Murmeln verstummte. Er hörte schnelle Schritte. Eine Tür schlug, dann war alles still. Jetzt könnte er die Chance nutzen, ins Haus zu gehen. Aber irgendetwas hielt ihn zurück. Er hatte die Hand schon auf der schmiedeeisernen Klinke, aber es gelang ihm einfach nicht, sie herunterzudrücken. Verdammt, gleich würde die Gelegenheit vorbei sein. Und tatsächlich: Erneut klapperte die Tür, wieder Schritte, wieder Gemurmel. Der Moment war vorüber.

Nach zehn Minuten angespannten Wartens ließ Silviu sich auf die oberste Treppenstufe sinken. Nach zwanzig Minuten begann er zu gähnen. Außerdem bekam er Hunger. Er suchte in seiner Hosentasche nach dem Handy. Mist, natürlich im Auto vergessen.

Plötzlich wurden die Stimmen hinter der Kellertür lauter. Eine Frau schrie etwas, das »dieses Schwein« heißen konnte.

»Lass uns drüben in Ruhe darüber reden.« Eine Männerstimme, vielleicht die von Herrn Sander. Schnelle Schritte, dann war es ruhig hinter der Tür.

Was war geschehen? Konnte er es jetzt wagen, herauszukommen? Ganz langsam drückte Silviu die Klinke herunter und öffnete die Kellertür ein winziges Stück weit. Licht fiel durch den entstehenden Spalt. Keine Reaktion. Er machte die Tür weiter auf und gelangte in einen großen Flur mit Eichenparkettboden.

Plötzlich waren wieder Stimmen zu hören. Hastig versteckte er sich hinter der Kellertür, durch die er gerade gekommen war.

»Ich sage diesmal kein Wort zur Polizei. Ich mache das allein. Sonst wird das wieder nichts. Ich habe die Schnauze voll.« Wieder die Männerstimme. Der Tonfall klang angespannt.

»Dieter, das ist doch Irrsinn.« Eine Frauenstimme, höchstwahrscheinlich die Mutter des entführten Jungen. »Sie haben uns doch gesagt, wir sollen ihnen vertrauen.«

»Und was hat das gebracht? Absolut nichts. Ich war gleich dagegen, die Polizei einzuschalten. Und jetzt ist Schluss. Ich will, dass der unseren Jungen jetzt freilässt.«

»Das will ich doch auch.« Die Stimme der Mutter klang verzweifelt. »Aber trotzdem ...«

»Was ist denn hier los?« Eine andere Männerstimme schaltete sich ein.

»Vater, du bist schon zurück?«

»Was gibt es denn zum Abendessen?« Offenbar war es der ältere Herr, der mit dem Fahrrad gekommen war.

»Wir sind noch nicht so weit, Vater. Willst du nicht ein bisschen fernsehen?«

»Und wer ist der Mann dort?«

»Das ist Dieter, Vater, mein Mann. Das weißt du doch.«
Stille.

»Dieter. Und Daniel – kommt der nicht mehr?«

»Vater, Dieter und ich sind seit zehn Jahren verheiratet.«

»Weinst du, weil Daniel dich verlassen hat?«

Jetzt wurde die Stimme der Frau kurz ärgerlich: »Vater, ich bin mit Dieter verheiratet. Das habe ich doch gerade gesagt. Siehst du? Hier. Dieter.«

Dieter Sander schwieg die ganze Zeit. Silviu musste an seine eigenen Eltern denken. Was würde er tun, wenn sie von einem Tag auf den anderen fast alles vergaßen?

»Vater, wir haben etwas Wichtiges zu besprechen, mein Mann und ich. Geschäftlich, ja? Kannst du ein bisschen in dein Zimmer gehen?«

Silviu hörte schlurfende Schritte. Offenbar verließ der ältere Herr das Zimmer. Dieter Sander stöhnte.

»Für deinen Vater müssen wir irgendwann eine Lösung finden.«

»Fang jetzt nicht damit an. Das ist doch jetzt wirklich nicht das Thema.«

»Ja, natürlich.« Silviu hörte Dieter Sander schwer atmen. Dann sprach Sander weiter:

»Ich schlage vor, ich fahre zur Bank. Ich weiß zwar nicht, ob sie mir ohne Weiteres so viel Geld in bar geben – aber ich muss es versuchen. Ich werde mit Kraushaar sprechen. Der versteht mich bestimmt. Und du sagst bitte nichts zur Polizei. Hörst du: diesmal einfach nichts. Das klappt sonst wieder nicht.«

»Und wenn die Polizei das rauskriegt?«

»Das sind doch sowieso alles Nieten. Die haben überhaupt noch keine Spur. Wir nehmen das jetzt selbst in die Hand. Ich will meinen Jungen wiederhaben.«

»*Unseren* Jungen, Dieter.« Sie begann zu schluchzen. »Es ist *unser* Junge. Und du hast keine Ahnung, wie sehr ich ihn wiederhaben ...« Der Rest des Satzes ging in Weinen unter.

Was für eine schreckliche Situation. Die Eltern hatten kein Vertrauen mehr in die Polizei. Offenbar gab es eine weitere Nachricht des Entführers, und Dieter Sander wollte auf seine Forderungen eingehen.

»Was schreibt er, wo du hinkommen sollst?«, hörte Silviu die Frau schließlich fragen.

Ein leises Piepen verriet, dass Dieter Sander die Tasten seines Handys bediente. »Wirklich nicht zu fassen, dass der eine SMS

ohne Absender schicken kann. Keine Ahnung, wie man so etwas macht. – Was hast du gerade gefragt?«
»Wo der Treffpunkt ist.«
»Morgen um elf. Im Eiscafé gegenüber vom Kaufhof.«
Es klingelte an der Haustür.
»Kein Wort von der neuen Nachricht«, zischte Sander. Die Tür klapperte. Der große Flur mit dem Parkettboden war vermutlich wieder leer. Silviu fasste sich ein Herz und verließ sein Versteck hinter der Kellertür.
Er hörte eine männliche Stimme: »Herr Sander, wie kommt es, dass ich den Eindruck habe, Sie verschweigen uns etwas?«
Erstaunlich, wie schnell die so etwas merken, dachte Silviu.
»Kommen Sie doch bitte kurz mit zu unserer Einsatzzentrale.«
Gute Idee. Nun geht schon nach draußen, dachte Silviu.
»Wozu denn in die Einsatzzentrale?«, fragte Sander. »Gibt es etwas Neues?«
»Wir würden Ihnen das gerne genauer –«
»Haben Sie eine neue Spur, oder haben Sie keine?«
»Also, ich will ganz offen reden. Das Wichtigste ist, dass Sie mit uns zusammenarbeiten. Sie wissen, wir tun alles –«
»Was ich weiß, ist, dass Sie noch nicht einen Millimeter weitergekommen sind. Nicht einen Millimeter.«
Frau Sander schaltete sich ein: »Haben Sie endlich ein Lebenszeichen von unserem Jungen?«
Offenbar brachte die Verzweiflung in ihrer Stimme den Beamten von seinem Konfrontationskurs ab. Sein Ton wurde wieder freundlicher. »Es tut mir leid, Frau Sander. Aber wir suchen mit allen zur Verfügung stehenden Kräften.«
»Das glauben wir ja.« Auch Sander schien einlenken zu wollen.
»Also, kommen Sie kurz mit raus?«
Bitte, bitte, bitte, ja – bitte geht mit raus, flehte Silviu unhörbar. *Das ist meine Chance, auch schnell zu verschwinden.*
»Wenn es sein muss«, sagte Dieter Sander. Die Haustür fiel ins Schloss.
Jetzt musste er nur noch aus dem Haus kommen, ohne im letzten Moment aufzufallen. Aufs Geratewohl öffnete Silviu eine der Türen und gelangte in ein altmodisch eingerichtetes Wohnzimmer. Vor

der großen Terrassentür stand ein Ohrensessel. Erst als er direkt daneben angekommen war, merkte er, dass der Sessel nicht leer war. Der alte Mann, der mit dem Fahrrad gekommen war, saß darin und schaute nach draußen in den Garten.

Als er Silviu bemerkte, schrak er auf. »Halt. Wer ...?« Silviu überlegte, einfach davonzurennen. Doch wenn er dann die Polizei rief? Die war ja nicht weit weg. Der verwirrte Blick des Mannes brachte ihn auf eine Idee.

»Aberrrr bitte ...« Er rollte das »R« so stark, wie er nur konnte. »Bin ich doch neuer Mann fürrr Garrten.«

»Ein neuer Gärtner«, murmelte Sander senior. »Aber ich ...« »Wundervollen Rhododendron haben Sie. Kümmere ich mich jetzt drum.«

»Ja, wenn das so ist.«

Silviu winkte kurz, öffnete die Terrassentür und verschwand im Garten. Er baute darauf, dass Großvater Sander entweder sofort vergessen würde, was er gerade gesehen hatte – oder dass ihm keiner glaubte, wenn er es doch erzählen sollte.

Während Silviu davonschlich, fragte er sich, was er mit seinem neu gewonnenen Wissen eigentlich anfangen wollte. Richtig wäre natürlich gewesen, sofort zur Einsatzzentrale der Polizei zu gehen und alles zu erzählen. Andererseits – wenn Moritz' Vater die Beamten nicht informieren wollte, konnte er das dann einfach tun? Und wenn die Sache schiefging? Wenn der Entführer den Jungen nicht freiließ?

Er stieg in sein Auto und fuhr zurück Richtung City. Elisa fragen, dachte er. Ich sollte Elisa fragen, was sie dazu meint. Er bog in einen Feldweg ein, stellte den Motor ab und stieg aus. Die Streuobstwiese roch nach frisch gemähtem Gras. Silviu genoss es, die würzige Luft einzuatmen. Er streckte Arme und Beine durch, dann begann er, Elisas Nummer einzutippen. Sie würde bestimmt überrascht sein von dem, was er herausgefunden hatte.

Erst als es zu spät war, hörte Silviu das Dröhnen eines Dieselmotors. Ein großes Metallteil traf ihn am Kopf, und er wurde zu Boden geschleudert.

21

Kein Lüftchen wehte. Die frischen dünnen Triebe der Uferplatanen streckten sich in den Himmel, ohne das kleinste bisschen zu schwanken. Der Rhein schimmerte silbrig und floss so ruhig dahin, als hätte sein Wasser eine Ewigkeit lang Zeit auf dem Weg in die Nordsee. Nur das Qualmen eines Fabrikschlotes auf der anderen Seite erinnerte daran, dass für den Müßiggang des einen stets ein anderer arbeiten musste.

Am Biebricher Ufer aber herrschte Ferienstimmung. Spaziergänger genossen die Frühlingssonne. Großeltern saßen auf Bänken und schauten ihren Enkeln zu, die an Eiswaffeln leckten oder Fangen spielten.

Elisa hockte mit einem Becher Cappuccino auf der Mauer neben der Froschköniginnen-Skulptur und versuchte, sich von der Ruhe anstecken zu lassen.

Hier hatte sie vor Jahren einmal gesessen und Händchen gehalten mit Johannes. Hier war es auch gewesen, wo sie Milan geküsst hatte. Und dann weggelaufen war, weil sie Angst bekommen hatte vor zu viel Nähe.

Was ist eigentlich los mit mir? Warum mache ich nicht einfach meine Arbeit, suche einen netten Mann, kriege zwei, drei Kinder und lebe glücklich und zufrieden bis an das Ende meiner Tage?

Sie nahm einen Schluck Cappuccino und schloss die Augen.

Weil ich es nicht kann. Weil ich noch immer viel zu verletzt bin. Weil ich Hilfe brauche und es mir nicht eingestehe.

»Was für ein Blödsinn.« Sie sagte den Satz laut und erschrak über ihre eigene Stimme.

Zwei Spaziergänger drehten sich um, gingen aber weiter, als sie merkten, dass Elisa nicht mit ihnen sprach.

Jetzt führe ich schon Selbstgespräche. Wie damals.

Im Keller waren Selbstgespräche die einzige Chance gewesen, nicht verrückt zu werden. Vor allem, als Mara nicht mehr da gewesen war. Elisa hatte sich sogar angewöhnt, sich selbst »Guten Morgen« und »Gute Nacht« zu sagen.

Auf dem Rhein schob sich ein Frachtschiff vorbei. Ein Mann strich während der Fahrt die Kabinentür mit hellgelber Ölfarbe. Auch ein schöner Beruf, dachte Elisa. Heute in Wiesbaden, übermorgen in Rotterdam. Sie versuchte, sich auf das zu konzentrieren, was sie hier eigentlich wollte: einen Plan machen, wie sie weiter vorgehen könnte. Die Idee, noch einmal nach Kloppenheim zu fahren, hatte sie aufgegeben. Das hatte Silviu bereits probiert, und wahrscheinlich versuchte er es gerade noch einmal. Leider konnte sie ihn nicht erreichen. Er ging nicht an sein Handy, und die Mailbox war auch ausgeschaltet.

Sie trank den Rest aus ihrem Becher und schaute zu der Froschkönigin hoch, als wüsste sie eine Antwort auf ihre Frage. Doch die Skulptur von Birgid Helmy schaute einfach weiter zur Seite. Jemand hatte ein krakeliges Herz auf ihren Oberarm gemalt. Elisa befeuchtete ein Taschentuch mit etwas Spucke und wischte die Kritzelei weg. Es war ein Anfall von Ordnungsliebe, dessen Grund sie selbst nicht kannte. Manchmal rückte sie auch die Ordner in ihrem Büro gerade.

Sie nahm das Handy aus der Tasche, um es noch einmal bei Silviu zu probieren. Das Display zeigte eine neue Nachricht an, allerdings nicht von ihm. Die Absendernummer kam ihr bekannt vor, auch wenn sie sie nicht gleich einordnen konnte. Sie endete auf »6789«.

Elisa rief die Nachricht auf. Sie bestand nur aus Zahlen: »50.050403, 8.229095«.

Was sollte das denn? Schon wieder ein dummer Scherz? Erst die Rose, dann das Video, der seltsame nächtliche Anruf und jetzt Ziffern ohne Sinn. Oder hatten sie doch eine Bedeutung? Wo hatte sie solche Ziffernfolgen schon einmal gesehen? Das Muster kam ihr bekannt vor. Und dann wurde ihr auf einen Schlag klar, was die Zahlen sollten: Das mussten Geokoordinaten sein.

Elisa sprang von der Mauer und lief zu ihrem Auto. Kurz überlegte sie, ihre Kollegen zu informieren, aber sie verwarf den Gedanken. Es waren schließlich nur Ziffern. Sie mussten noch nicht einmal etwas mit der Entführung zu tun haben.

Obwohl sie sich einredete, es sei bestimmt nur ein makabres Spiel, war sie beim Eingeben der Ziffern so nervös, dass sie sich zweimal vertippte.

Als sie es endlich geschafft hatte, zeigte das Navi an, dass die Route sie in die Gibber Straße führen würde. Sie musste mitten durch Biebrich, wobei sie nur langsam vorankam. Fast hätte sie ein Taxi gerammt, das sich in Höhe des Einkaufszentrums vordrängelte. Elisa hupte wütend.

Sie zog am Stau auf der Linksabbiegerspur Richtung Gewerbegebiet vorbei und drängelte sich vorne wieder in die Schlange hinein. Jetzt waren es die anderen, die hupten. »Noch ein Kilometer bis zum Ziel«, meldete das Navi. Sie bog links ab, und plötzlich war sehr viel weniger Verkehr. »Sie haben Ihren Bestimmungsort erreicht«, erklärte die blecherne Frauenstimme. Elisa stellte den Motor ab und stieg aus. Die Gegend wirkte ungepflegt. Am Straßenrand lag Müll, ein Werbeplakat war mit etwas beschmiert, das man nur mit viel gutem Willen noch als Graffiti bezeichnen konnte.

In etwa fünfzig Metern Entfernung von ihr parkte ein schwarzer Lieferwagen vor einem schmutzig grauen Gebäude. Sie versuchte noch einmal, Silviu anzurufen. Wieder vergeblich. Warum ging er nur nicht an sein Handy oder schaltete wenigstens die Mailbox ein? Sie hätte ihn gerne bei sich gehabt. Oder ihm zumindest gesagt, wo sie war. Falls irgendetwas schiefging.

Vorsichtig näherte sie sich dem Haus und drückte sich an die linke Seite, als sie Schritte hörte. Der Motor des Lieferwagens wurde angelassen, der Wagen fuhr davon. Danach war alles wieder ruhig. Nirgends war ein Mensch zu sehen. Vielleicht war sie einfach nur hereingelegt worden? Das Gebäude hatte zwar Fenster, doch überall waren die Rollläden heruntergelassen.

Nicht weit von dem Haus verlief eine Eisenbahnstrecke. Ein Zug rauschte donnernd vorbei. Elisa ging auf die andere Seite des Gebäudes und machte sich an einem der Rollläden zu schaffen. Wenn es ihr gelänge, ihn nach oben zu drücken, konnte sie vielleicht sehen, wer sich drinnen aufhielt.

Der Rollladen bewegte sich keinen Millimeter. Sie drehte sich um und stellte fest, dass noch immer kein Mensch in der Nähe war. Da konnte sie es genauso gut an der Eingangstür versuchen. Sie ging um das Haus herum, stieg eine ausgetretene Stufe hinauf und versuchte, die Klinke herunterzudrücken. Natürlich war die Tür verschlossen. Aber daneben gab es ein weiteres Fenster. Hier wirkte der Rollladen klapperiger. Vielleicht konnte sie dort ihr Glück versuchen. Das Fenster war allerdings zu hoch, um es vom Boden aus zu erreichen. Sie sah sich nach etwas um, auf das sie steigen konnte. Im Gebüsch lag eine leere Mineralwasserkiste. Elisa holte sie, stellte sie unter das Fenster und stieg vorsichtig hinauf. Jetzt gelang es ihr, den Rollladen ein Stück hochzuschieben. Die Scheibe dahinter war schmutzig. Bewegte sich etwas in dem Raum? Sie kniff die Augen zusammen, um in dem dunklen Zimmer mehr erkennen zu können. Plötzlich hörte sie ein Geräusch. Arme umfassten sie von hinten. Ein Tuch wurde auf ihren Mund und ihre Nase gedrückt. Ein stechender Geruch. Dann Dunkelheit.

22

Das Schlimmste waren die Kopfschmerzen. Elisa hatte den Eindruck, jemand würde ihre Schädeldecke von innen mit grobem Schleifpapier bearbeiten. Beim Versuch, die Augen zu öffnen, schoss ein heißer Blitz in ihr Gehirn. Sofort kniff sie die Augen wieder fest zu.
Wo war sie? Vermutlich im Bett, dachte sie. Sie konnte sich nicht erinnern, Alkohol getrunken zu haben. Schon gar nicht in einer Menge, die einen derartigen Filmriss gerechtfertigt hätte. *Einfach noch einmal einschlafen. Es kann nur besser werden.*
Ihr Bewusstsein verdunkelte sich, und der Kopfschmerz wurde erträglicher. Im Traum lag sie wieder nackt auf dem Kellerboden, neben ihr Mara – zitternd, wimmernd. Beide sehnten sich nach Erleichterung und fürchteten gleichzeitig den Moment, in dem *Er* mit der Spritze kommen würde. Dann spürte sie den Einstich der Injektionsnadel, kurz darauf ließen Angst und Schmerz nach. Sie schwebte über der Stadt. Sie umkreiste den Neroberg, spiegelte sich in der Wasserfläche des Opelbads, bevor sie noch mehr an Höhe gewann und durch die weiße Wolkendecke ins unendliche Blau des Himmels eintauchte.
Wieder wurde es dunkel.

Beim nächsten Erwachen schmerzte Elisas Kopf nicht mehr ganz so sehr. Dafür brannte etwas an ihrem linken Arm. Ohne die Augen zu öffnen, tastete sie danach. Es schien ein Gegenstand aus Plastik zu sein, der an einem Schlauch hing. Sie schaute kurz darauf und stellte fest, dass jemand einen venösen Zugang gelegt haben musste. Oder war das ein Alptraum? Sie riss die Augen auf und blickte in das Licht einer Neonröhre.
Bin ich im Krankenhaus? Aber warum? Und weshalb ist das Bett so schrecklich hart?
Das Deckenlicht blendete. Sie schloss die Augen, und sofort fiel ihr Bewusstsein wieder in sich zusammen. Plötzlich hörte sie eine Kinderstimme:

»Wer bist du?«

Sie drehte sich zu der Seite, von der die Stimme kam. Das Kind saß auf dem Boden, den Rücken an die Wand gelehnt. Sie musste immer noch träumen, anders war die Situation nicht zu erklären.

»Und warum liegst du da? Kannst du nicht aufstehen?«

Sie versuchte, die Muskeln in ihrem Rücken anzuspannen und sich mit den Armen abzustützen. Aber ihr Körper gehorchte nicht. Die Augenlider waren zu schwer, um länger offen zu bleiben. Das Bild des Kindes blieb innen auf der Netzhaut. Das Foto, dachte sie. Das Gesicht gehörte doch zu einem Foto.

Ich muss mich jetzt zwingen, wach zu werden. Ich muss herausfinden, was geschehen ist.

Wieder schwand ihr Bewusstsein. Es war warm. Etwas rauschte in ihren Ohren. Im Traum schwebte sie über dem Meer. Plötzlich stürzte sie in die Tiefe.

»Hallo, was ist mit dir?«

Mit einem Ruck setzte sie sich auf. Durch ihren Kopf fuhr ein messerscharfer Schmerz. Der Junge sah sie mit weit aufgerissenen Augen an.

Sie blickte sich in dem Raum um. Es war eindeutig kein Krankenhaus. Unter ihr war keine Matratze, sondern grober, schmutziger Beton. Ein Schwindelanfall raubte ihr fast die Sinne.

Ein Alptraum. Ich sollte noch einmal zu der Psychologin gehen. Ich träume, wieder entführt worden zu sein. Und es fühlt sich so realistisch an, dass es mir die Luft abschnürt. Ich will jetzt endlich aufwachen.

Sie tastete mit der Hand über den Boden.

»Schläfst du?«, fragte der Junge.

»Das hier ist nicht echt. Das ist ein Traum, oder?«

»Wer bist du?«

Elisa kniff die Augen mit aller Gewalt zu und riss sie wieder auf. Wieder blendete sie die Neonröhre über ihr. Sie befühlte die Kanüle in ihrem Arm. Beim Bewegen spürte sie den Druck der Nadel. Erinnerungsfetzen tauchten auf: die SMS mit den Geokoordinaten. Das graue Haus, der stechende Geruch. Das hier war kein Traum.

»Oh nein, du bist das entführte Kind. Du bist Moritz, richtig?«

Statt einer Antwort rollte eine Träne über die Wange von Moritz.

Elisa versuchte, zu ihm hinüberzugehen, doch ihre Beine knickten zur Seite.

»Und jetzt hat er mich noch dazu ...«

»Kennst du den Mann?«

Sie schüttelte den Kopf. »Nein. Oder – es kann sein, dass ich ihn irgendwie doch kenne. Also, wenn er es ist ...«

»Wie?« Moritz sah sie mit großen Augen an.

»Das ist eine komplizierte Geschichte.«

»Und die Frau? Kennst du die auch?«

»Was für eine Frau?« Elisa sah ihn überrascht an. »Sind es zwei?«

»Einer im Rollstuhl und eine Frau«, erklärte Moritz.

Plötzlich waren vor der Tür ein Poltern und ein Quietschen zu hören.

»Das ist er«, flüsterte Moritz, und Elisa konnte die Angst in seiner Stimme hören.

Die Tür ging auf.

»Na, wen haben wir denn da?«

Elisa erkannte die Stimme sofort. Trotz der vielen Jahre. Diese Stimme war einzigartig: warm und scheinbar freundlich, doch gleichzeitig so verächtlich.

Jede Silbe traf sie wie ein Pfeil, der sich in ihr Fleisch bohrte, Wunden aufriss, von denen sie geglaubt hatte, sie wären vernarbt. Ihr wurde kalt, und ihr Herz raste.

Er war es. Sie hatte sich nicht geirrt.

»Meine Kleine. So sehen wir uns also wieder. Du sollst dich erst mal ein bisschen erholen.«

Der arrogante, überlegene Tonfall, den sie als Kind zeitweise mit Freundlichkeit und Souveränität verwechselt hatte, war unverkennbar. In diesem Tonfall hatte er das Grauen angekündigt, das sie bis heute verfolgte.

Der Rollstuhl fuhr auf sie zu. Der Mann war ausgesprochen gepflegt angezogen: graues Jackett, weißes Hemd, dunkelgraue Krawatte.

Sie schloss die Augen und hoffte mit aller Kraft, gleich aus diesem schrecklichen Traum zu erwachen. Oder hatte sie niemals fliehen können? War ihr ganzes Leben seither vielleicht nur Einbildung gewesen?

Elisa wollte schreien, doch ihre Kehle fühlte sich zugeschwollen an wie nach einem Wespenstich in den Hals. Sie war unfähig, auch nur einen Ton von sich zu geben. Sie öffnete die Augen und sah dem Mann direkt ins Gesicht.

Sie spürte, wie sie am ganzen Körper zitterte. Bis zu diesem Moment hatte sie geglaubt, in den Alpträumen, die sie nachts quälten, sei die Angst von damals zurückgekommen. Jetzt merkte sie, dass es nicht einmal zehn Prozent von dieser Angst gewesen waren. Erst jetzt war die ganze Angst wieder präsent, und sie ließ Elisa glauben, im nächsten Moment sterben zu müssen.

»Ich ...«, presste sie heraus. Sie erkannte den Klang ihrer eigenen Stimme nicht.

»Psst.«

Der Mann hatte sich zu ihr hinuntergebeugt und schraubte eine Spritze an den Schlauch, der in ihre Armbeuge führte.

»Gleich fühlst du dich besser.«

Sie wollte sich wehren, sie wollte kratzen, beißen und um sich schlagen. Doch ihr Körper gehorchte nicht. Sie war schwach und hilflos wie vor zwanzig Jahren, als sie diesem Mann schon einmal ausgeliefert gewesen war.

Auch sein Geruch war genau wie in ihrer Erinnerung: Aftershave, gemischt mit Desinfektionsmitteln. Als dieser Geruch ihre Nase erreichte, glaubte sie, im nächsten Augenblick zu ersticken. Alle Bilder von damals fluteten ihren Kopf. Sie hatte das Gefühl, ihr Schädel würde vor Schmerzen zerspringen.

Fliehen. Weglaufen. Die Gedanken tauchten auf und gingen unter. Dann spürte sie, wie das Medikament kühl in ihre Adern floss. Ihr letzter Widerstand schwand. Alles um sie herum verschwamm. Sie verlor von Neuem das Bewusstsein.

Als sie aufwachte, war es dunkel in dem Raum. Moritz schien zu schlafen, sie hörte ein gleichmäßiges Atemgeräusch. Wie lange war sie bewusstlos gewesen? Die Angst war nicht verschwunden, aber immerhin war ihre Fähigkeit, nachzudenken, zurückgekehrt. Sie merkte, dass sie Hunger hatte. Vielleicht sollte sie um Hilfe schreien? Aber wahrscheinlich war dieser Raum so abgeschieden, dass sie sowieso niemand hören würde. Und sie würde Moritz wecken. Sie erinnerte sich daran, wie sie selbst auf jede Stunde Schlaf gehofft hatte. Im Schlaf hatte sie vergessen können.

»Bist du auch wach?«, hörte sie plötzlich die Kinderstimme durch die Dunkelheit.

»Entschuldigung, habe ich dich geweckt?«

»Ich kann sowieso nicht schlafen. Da liegt noch was zu essen für dich. Das hat er vorhin gebracht.«

»Können wir Licht anmachen?«

»Ich glaube nicht.«

Elisa tastete im Dunkeln um sich herum. Ihre rechte Hand blieb an einer Papiertüte hängen. Sie zog etwas Weiches heraus. Es war offenbar eine Art Milchbrötchen. Sie hatte so großen Hunger, dass ihr das schlichte Gebäck köstlich erschien.

»Gibt es auch was zu trinken?«

»Irgendwo müsste eine Flasche stehen. Hinter dir.«

Es war so dunkel in dem Verlies, dass Elisa erst nach längerem Tasten die Wasserflasche entdeckte. Sie drehte den Verschluss ab und trank in langen, gierigen Zügen.

»Können wir etwas spielen?«, fragte Moritz. »Mir ist so schrecklich langweilig.«

»Wie hat er dich geschnappt?«, fragte Elisa.

»Weißt du, wie Wörterschlange geht? Man muss immer ein Zwei-Teile-Wort sagen. Und dann muss der andere ... Also, wenn ich zum Beispiel ...«

»Moritz, wie behandelt er dich? Gibt er dir auch Spritzen?«

»Ist er denn Arzt?«

»Nein. Ich glaube nicht. Also, hat er dir auch eine Spritze gegeben?«

»Nur am Anfang. Er will Lösegeld von meinen Eltern. Er hat gesagt, sie müssen einfach nur bezahlen, und dann ...« Seine Stimme versagte, er fing an zu schluchzen. »Mami. Mami, Mami, Mami! Wo ist meine Mami? Bitte, bitte, bitte, ich will zurück nach Hause. Nach Hause. Bitte, bitte ...«

Das verzweifelte Flehen des kleinen Jungen war kaum zu ertragen. Was tat dieses Schwein ihm an? Elisa spürte, wie siedend heiße Wut in ihr aufstieg. Immer lauter schrie Moritz. Seine Stimme überschlug sich und brach, aber er schrie weiter. Ob sie schon stark genug war, um aufzustehen und ihn in die Arme zu nehmen? Vorsichtig stützte sie sich mit einer Hand ab.

Da flammte plötzlich das Licht auf. Elisa zuckte zusammen. Die Helligkeit brannte wie Feuer in ihren Augen. Moritz kauerte sich in eine Ecke, die Knie bis zum Gesicht hochgezogen. Der Schlüssel klirrte im Schloss, die Tür wurde aufgeschoben, und der Mann im Rollstuhl fuhr einen halben Meter in den Raum hinein.

Elisa konnte erkennen, wie sich der Brustkorb des Mannes hob und senkte, sein Gesicht war gerötet. Eine Weile fixierte er Moritz, ohne ein Wort zu sprechen. Schließlich fuhr er noch einmal zehn Zentimeter in den Raum. Dann brüllte er plötzlich los: »Ruhe, verdammt noch mal! Was ist das für ein Lärm hier mitten in der Nacht?«

Moritz drückte sich fast schon in die Wand hinein, auch Elisa wich noch ein Stück zurück. Obwohl er so laut geschrien hatte, blieb der Entführer äußerlich vollkommen ruhig. Ganz leise sprach er dann weiter, aber in einem Tonfall, der so kalt war, dass Elisa und Moritz vor Angst erstarrten: »Wollt ihr, dass ich noch mal mit der Spritze komme?«

»Keine Spritze bitte«, flüsterte Elisa. Sie atmete tief durch, obwohl Furcht und Zorn sie beinahe lähmten. Und sie versuchte, so ruhig und vernünftig zu klingen wie möglich: »Wir sind leise. Ab jetzt.«

»Versprochen«, flüsterte Moritz.

»Das will ich euch auch raten.«

Er drückte einen kleinen Knopf und fuhr rückwärts aus dem Raum. Hinter ihm fiel die Stahltür mit einem dumpfen Schlag wieder ins Schloss.

»Dieser Mistkerl«, zischte Elisa, »wie kann man nur so ein widerlicher ...«

»Er ist ...«, Moritz schluchzte so sehr, dass sie ihn kaum verstand. »Er ist ... der Teufel, glaube ich.«

23

Nach einer Weile ebbte das Schluchzen ab. Moritz schien eingeschlafen zu sein. Elisa versuchte, vorsichtig aufzustehen. Immerhin waren sie nirgends angebunden. Nicht so wie damals, als sie mit Mara gefangen gewesen war. Aber auch dieser Raum hatte kein Fenster. Es war sehr warm und absolut dunkel. So musste es sich anfühlen, blind zu sein.

Es gelang Elisa, auf beiden Beinen zu stehen. Aber sie traute sich nicht zu gehen, weil sie fürchtete, dann auf Moritz zu treten, der irgendwo in ihrer Nähe liegen musste.

Als sie sich wieder hinsetzte, knackten ihre Gelenke. Moritz schnaufte, wachte aber nicht auf. Sie lehnte sich an die Wand und versuchte, ihre Gedanken zu sortieren.

Der Entführer wollte ein hohes Lösegeld. Aber er hatte es wohl noch nicht bekommen, denn er ließ Moritz nicht frei. Oder ...

Der Schreck fuhr ihr in die Glieder wie ein Stromstoß. Es gab noch ein Detail, das wichtig war. Sie hatte es gerade gesehen: Der Mann war nicht maskiert gewesen. Das hieß, sowohl Moritz als auch sie würden ihn beschreiben können. Der einfachste Weg, das zu verhindern, war, sie beide zu töten. Elisa brach kalter Schweiß aus. Sie zitterte. Ängstlich tastete sie nach der Kanüle in ihrem Arm. Einfach eine Spritze ... und aus. Er hatte es so leicht. Andererseits – warum hatte er sie dann nicht sofort umgebracht? Vielleicht war er doch kein Mörder? Vielleicht schreckte er vor diesem letzten Schritt zurück? Sie musste an Mara denken. Was hatte er damals mit ihr gemacht? Da war er doch offenbar skrupellos genug gewesen. Aber das war lange her. Vielleicht hatte er sich geändert.

Wir müssen hier raus. Aber dieses Mal alle beide. Ich werde nicht ohne Moritz fliehen. Vielleicht kann ich an ihm wiedergutmachen, was ich bei Mara nicht geschafft habe. Wenn ich nur wüsste, wie.

Sie merkte, dass sie trotz allem müde wurde. Noch immer strengte sie das Denken an. Es waren vermutlich die Nachwirkungen der Medikamente, die er ihr verabreicht hatte. Sie suchte eine einigermaßen bequeme Position auf dem harten Boden. Wenige Augenblicke später war sie eingeschlafen.

Als sie wieder wach wurde, war das Neonlicht an. Vielleicht war es Tag. Oder *Er* hatte entschieden, dass Tag sein sollte. Elisa betrachtete den kleinen Jungen. Seine hellblonden Haare hingen ihm strubbelig ins Gesicht.

»Ich muss mal«, flüsterte er, stand auf und ging zu einer zweiten Stahltür, die Elisa bis dahin gar nicht aufgefallen war.

»Da ist eine Toilette?«, fragte sie.

»Dahinter.«

»Ich will auch mal sehen ...«

»Aber erst, wenn ich fertig bin.«

»Schon gut.« Elisa lächelte. Sie hörte das Geräusch einer Wasserspülung und ging in den Toilettenraum. Ihre Hoffnung, dass man von dort aus vielleicht fliehen könnte, verging sofort. Der Raum war winzig, hatte ebenfalls kein Fenster und noch nicht einmal eine eigene Beleuchtung.

»Wie kommen wir hier bloß raus?« Sie fasste Moritz leicht an der Schulter. Er drehte sich zu ihr um.

»Meinst du, mein Papa zahlt das Lösegeld?«

Was sollte sie darauf antworten? »Wir wollten doch etwas spielen, damit es nicht so langweilig ist, oder?«

Moritz sah zu ihr auf. »Echt?«

»Ja klar. Was spielen wir?«

»Wörterschlange. Darin bin ich tierisch gut. Ich fange an. Haus-Boot.«

»Boots-Lack.«

»Lack-Affe.« Moritz kicherte.

»Affen-Theater.« Sogar Elisas Anspannung löste sich ein bisschen. Immerhin waren sie zu zweit, immerhin nicht verletzt. Und der Mann, der sie hier festhielt, war doch gehandicapt, saß im Rollstuhl. Vielleicht konnten sie ihn irgendwie überwinden ...

»Theater-Orchester.«

»Orchester-Graben.«

»Das ist gemein. Mit Graben weiß ich nichts.« Moritz sah sie vorwurfsvoll an.

Elisa nickte. »Du hast recht. Was hältst du von ›Orchester-Sessel‹?«

»Oh ja – Sessel-Pupser.«

Elisa musste lachen. Genau in diesem Moment quietschten die Räder des Rollstuhls vor der Tür. Einer Eingebung folgend ließ Elisa sich fallen und flüsterte Moritz zu: »Lass uns auf ganz schwach und hilflos machen, ja? Dann passt er vielleicht nicht so genau auf.« Der Mann fuhr mit seinem Rollstuhl in den Raum. Hinter ihm fiel die Tür ins Schloss. Sein Blick wanderte von Elisa zu Moritz und zurück. Beide brachten kein Wort heraus.

Er kniff die Augen zusammen. »Ich merke, ihr habt euch beruhigt. Das ist gut so.«

Elisa konnte sehen, dass Moritz sich noch kleiner einigelte. Er schien zu versuchen, unsichtbar zu werden.

Diesmal trug der Entführer einen dunkelblauen Anzug, darunter ein weißes Hemd und eine perfekt gebundene graue Krawatte. »Ihr werdet jetzt keine Schwierigkeiten mehr machen, ja? Ich könnte mir sonst vorstellen ...« Er ließ den Satz unvollendet.

»Lassen Sie uns frei, bitte«, flehte Elisa mit zitternder Stimme. Sie hob den Kopf ein Stück, blieb aber noch immer auf dem Betonboden liegen.

»Das hier ist weiter nichts als ein Geschäft. Aber glaubt mir, dass meine Geduld nicht unendlich ist. Wenn das Geld nicht bald kommt ...«

»Haben seine Eltern denn noch nicht bezahlt?« Elisa war so überrascht, dass sie sich aufsetzte und für einen Augenblick vergaß, hilflos und schwach zu wirken.

Der Mann registrierte die Wandlung sofort. Er blitzte sie aus kalten Augen an. »Ach, du bist ja gar nicht mehr so angeschlagen und hinfällig. Wolltest du mich reinlegen?«

Sie ärgerte sich, durchschaut worden zu sein. »Nein«, stammelte sie. »Natürlich nicht.«

»Glaub ja nicht, ich falle auf irgendwelche Tricks herein.« Wie aus dem Nichts hatte der Mann plötzlich einen Teleskopschlagstock in der Hand. Er ließ ihn auf Elisas Schulter niedersausen. Sie schrie auf und wich ein Stück zurück, Moritz begann zu weinen.

»Nun zu dir, Kleiner. Dein Vater hat schon ein bisschen Geld bezahlt. Aber nicht alles. Er hat stattdessen einen beschissenen

Zettel in die Tüte gepackt: Er könne den Rest erst in zwei bis drei Tagen beschaffen. Und er will ein Lebenszeichen von dir.« Er zog eine kleine Videokamera aus der Jackentasche. »Also soll er sein Lebenszeichen haben. Los, sprich zu deinem Papa.«
Moritz brachte kein Wort heraus. Er zitterte, Tränen liefen über seine Wangen.
»Nun mach schon.«
»Was soll ich denn sagen?«
»Was weiß ich? Erzähl, dass es dir gut geht. Dass du genug zu essen bekommst. Dass er endlich die ganze Summe ...«
»Wozu brauchen Sie eigentlich so viel Geld?« Elisa merkte, wie sie immer wütender wurde. Es musste doch eine Möglichkeit geben, gegen diesen Kerl anzukommen.
Der Rollstuhl drehte sich auf sie zu. Der Mann schaute ihr durchdringend ins Gesicht. »Was meinst du wohl, Dummerchen? Kannst ja mal ein bisschen nachdenken, wozu so ein Krüppel wie ich die Kohle brauchen könnte.« Seine Verbitterung war deutlich hörbar.
»Hatten Sie einen Unfall?«
»Halt jetzt die Klappe.« Er brüllte diesen Satz und holte urplötzlich noch einmal mit dem Schlagstock aus. Elisa wurde so heftig im Gesicht getroffen, dass sie zu Boden fiel. Moritz begann noch lauter zu weinen. Der Mann drehte sich um und sah ihn an.
»Das Weinen ist vielleicht nicht schlecht. Das kann das kalte Herz deines geldgierigen Vaters bestimmt erweichen. Los jetzt: Sag, dass er endlich bezahlen soll. Sag, dass ich dich sonst umbringen werde.«
Das rote Licht der kleinen Kamera leuchtete. Moritz' Augen irrten zwischen der Linse und Elisa hin und her. Er schniefte. Dann wischte er sich mit dem Handrücken das Gesicht ab.
»Bitte, Papa. Bitte mach, was der Mann verlangt. Er ... er ...«, seine Stimme wurde immer leiser, »... will mich sonst ...« Moritz' Stimme verebbte in einem Schluchzen.
»Na also, geht doch.«
Der Mann drückte einen Knopf auf der Armlehne, und der Rollstuhl drehte sich um. Dabei gab der Motor nur ein leises Surren von sich, aber die Räder knirschten auf dem Betonboden. Die Tür fiel ins Schloss. Sie waren allein.

24

Wieder war alles dunkel. Schon wieder eine Nacht. Elisa wusste nicht mehr, die wievielte es inzwischen war. Sie war nicht sicher, ob der Rhythmus überhaupt stimmte. Vielleicht hatte er auch Tag und Nacht vertauscht; sie würden es ja doch nicht merken. Die Armbanduhr hatte er ihr gleich zu Beginn abgenommen, genau wie das Handy. Aber was ihr am meisten Sorgen machte, war der Zustand des kleinen Jungen. Anfangs hatten sie Wortspiele gemacht, erzählt, versucht, sich die Zeit zu vertreiben. Jetzt hatte Elisa das Gefühl, sie schwiegen schon seit einer Ewigkeit. Moritz saß mit dem Rücken an die Wand gelehnt und wimmerte nur von Zeit zu Zeit leise.
»Moritz ...«
Keine Antwort.
Worüber konnte sie mit ihm noch reden? Sie wusste, dass er in die Ernst-Göbel-Schule ging, dass er mittags immer nach Hause kam, obwohl viele seiner Freunde zum Essen in der Schule blieben. Er hatte ihr von den Tennisstunden erzählt, die er nur seinem Vater zuliebe mitmachte, und dass er gerne reiten würde, seit er im vergangenen Jahr die Springreiter auf dem Pfingstturnier gesehen hatte.
»Moritz, wenn du ein Pferd hättest – wie würdest du es denn nennen?«
Immer noch keine Antwort.
»Verdammt, warum sagst du nichts?«
»Ich hab Halsweh.«
Elisa zog das Tuch aus ihrer Hose, das sie als Gürtel benutzte.
»Wickel dir das um den Hals, dann wird es vielleicht ein bisschen besser.«
»Wär ich doch bloß nicht ...«, hörte sie kurz darauf ganz leise.
»Wärst du bloß nicht – was?«
»Zu Leon.«
»Leon?«
»Dass ich da war, wo er mich geschnappt hat, das war ja nur wegen Leon.«
»Wo dich der Entführer geschnappt hat?« Jetzt redeten sie doch

über das, was Elisa eigentlich aussparen wollte. Aber immerhin sprach der Junge überhaupt wieder. »Wo warst du denn? Und wieso wegen Leon?«

»Ich war bei Leon zu Besuch. Der ist umgezogen, in die Stadt. Früher waren wir zusammen im Kindergarten. Als er noch in Kloppenheim gewohnt hat.«

»Okay. Und was ist passiert?«

»Ich hab das doch schon oft gemacht. Die Haltestelle ist ganz nah vor Leons Haus. Mama war so stolz, dass ich das alleine kann ... mit dem Bus ...«

Und das Schwein hat ihn natürlich beobachtet. Was für eine Welt ist das, in der ein kleiner Junge nicht allein mit dem Bus zu seinem Freund fahren kann?

»Ich finde das auch gut, dass du schon allein mit dem Bus fahren kannst.«

»Ja, aber hätte ich nicht ... also wenn ich nicht da gewesen wäre, hätte er mich nicht ...«

Wie lange konnte eine Kinderseele diesen Zustand aushalten? Die Schuldgefühle?

»Das liegt nicht an dir, weißt du.« Elisa lächelte ihn an.

»Aber wenn ich nicht zu Leon ...«

»Dann hätte er dir woanders aufgelauert. Solche Typen finden immer einen Weg.«

Elisa schloss die Augen. Wie oft hatte dieser Film in ihrem Kopf von vorn angefangen: sie und Mara am Eingang zum Sauerlandpark. Was wäre gewesen, wenn sie gesagt hätte: »Nein, wir dürfen da nicht durch im Dunkeln, wir sollen doch außen herum gehen.« – Was, wenn sie sich daran gehalten hätten?

Sie schob die Erinnerung beiseite und gab sich einen Ruck.

»Moritz, wir müssen einen Plan machen. Wir können nicht einfach weiter abwarten.«

Er antwortete nicht.

»Moritz ...«

Wieder keine Reaktion.

»Moritz, bitte sprich mit mir.«

»Das hat ...«

Elisa atmete erleichtert auf. Immerhin redete er überhaupt.

»... hat doch alles keinen Sinn.«
»Doch. Wir müssen etwas tun. Wir müssen uns selbst helfen.«
»Aber wenn mein Papa das Lösegeld ...«
»Ich weiß auch nicht, warum das so lange dauert. Vielleicht gibt es Probleme, so viel Geld zu beschaffen. Vielleicht will der Mann noch mehr, keine Ahnung. Aber ich habe eine Idee.«
Ein schwaches hoffnungsvolles Flackern erschien in Moritz' Augen. Er sah Elisa aufmerksam an.
»Pass auf. Wenn er das nächste Mal kommt, ja? Dann musst du so tun, als bräuchtest du dringend Hilfe. Also, ich meine, dich auf den Boden werfen, schreien, weinen.«
»Und wie soll das helfen?«
»Wenn er sich dann über dich beugt ... Warum auch immer ... Also, zum Beispiel, um dir eine Spritze zu geben, damit du ruhig bist, dann springe ich auf und werfe seinen Rollstuhl um. Und dann hauen wir ab.«
»Oh.« Moritz sah sie zweifelnd an. »Und das schaffst du?«
»Muss ich einfach schaffen. Ich muss. Wir müssen hier raus. So schnell wie möglich.«

Die Aussicht, endlich etwas für die eigene Befreiung tun zu können, verschaffte beiden Energie. Jetzt saßen sie wieder aufrecht, hatten die Schultern gestrafft, die Köpfe erhoben. Sie lauschten, sie sehnten geradezu das Quietschen des Rollstuhls herbei. Die Minuten dehnten sich aus wie Stunden. Dann, endlich, ein Geräusch vor der Tür. Der Schlüssel drehte sich klirrend im Schloss. Die Tür ging auf. Der Rollstuhl erschien in der Türöffnung.

Elisa und Moritz sahen sich kurz an. Jetzt nicht verräterisch wirken. Nur nichts tun, was ihren Plan offenbaren könnte. Einen Moment noch. Dann ...

Der Mann griff hinter seinen Rücken und holte eine Brötchentüte hervor. Er warf sie in die Mitte des Raumes. Sofort danach rollte er rückwärts.

»Wir brauchen auch ...« Elisa dachte fieberhaft darüber nach, womit sie den Entführer aufhalten könnte. Vielleicht könnte Moritz jetzt ganz schnell den Anfall simulieren.

»Wir brauchen auch Wasser«, brachte der Junge mit ängstlicher Stimme hervor.

»Kriegt ihr später.«
Schon fiel die Tür wieder zu. Chance vertan.
»Scheiße«, flüsterte Elisa. Moritz sagte gar nichts. »Dann eben beim nächsten Mal«, ergänzte sie schließlich.
»Ich hab es nicht hinbekommen.« Moritz blickte schuldbewusst zu Elisa.
»Es war nicht genug Zeit«, sagte sie. »Wirklich – das war nicht deine Schuld. Wir versuchen es beim nächsten Mal.«

Es dauerte nicht lange, bis die Tür wieder aufgemacht wurde. Diesmal war der Entführer zornig, wie sie auf den ersten Blick erkannten.
»Wenn dein Vater glaubt, er kann mich reinlegen ...«, polterte er.
Moritz sah ihn ängstlich an. Elisa betete, dass er trotzdem an ihren Plan dachte.
Komm schon, Kleiner, jetzt oder nie. Gerade wenn Menschen sauer sind, passen sie nicht so genau auf.
»Der soll jetzt endlich zahlen. Und keine Sperenzchen machen. Ich verliere sonst die Geduld.«
Dann passierte es. Moritz fiel seitlich um und begann wild mit Armen und Beinen zu rudern. Elisa kreischte und hoffte, dass sie erschrocken wirkte: »Moritz, was ist los mit dir? Was hast du denn?«
Der Entführer blieb mit seinem Rollstuhl in der Tür stehen und sah Moritz zweifelnd an.
»Ein Anfall!«, rief Elisa. »Bestimmt ein epileptischer Anfall ...«
»Also ich weiß nicht«, brummte der Mann. Aber er bewegte sich immerhin auf den Jungen zu. »Ich bin mir sicher ...« Jetzt beugte er sich über Moritz. Die Situation war genau so, wie sie es geplant hatten. Elisa stand auf, nahm Anlauf und legte ihre ganze Verzweiflung in den Sprung. Mit aller Kraft warf sie sich gegen den Rollstuhl. Er musste einfach umstürzen. Und dann könnten sie ...
Doch der elektrische Rollstuhl hatte viel mehr Gewicht, als sie gedacht hatte. Zwar wackelte er einen Augenblick lang bedenklich, doch sofort danach stand er schon wieder fest auf dem Boden. Im gleichen Moment schlug der Mann seine Faust mit voller Wucht unter Elisas Kinn. Sie schleuderte zurück und stürzte zu Boden.

»Was für ein cleverer Plan.« Er verzog das Gesicht zu einem Grinsen. »Hat nur leider nicht geklappt. Wie schade.« Er rollte auf Elisa zu. »Auch wenn ich untenrum ein Krüppel bin, obenrum reicht es allemal, um dich fertigzumachen.« Er zog den Schlagstock aus der Jackentasche, holte aus und ließ ihn auf Elisas Kopf niedersausen. Ohne einen weiteren Laut sackte sie zusammen.

Von einem Brennen im Arm wurde Elisa aus der Bewusstlosigkeit geweckt. In ihrem Kopf pochte es schmerzhaft. Dann spürte sie, dass erneut Flüssigkeit in ihre Venen lief. Sie schlug die Augen auf und wollte sich nach Moritz umdrehen, doch der Raum vor ihren Augen verschwamm. Nur schemenhaft erkannte sie in der Türöffnung den Mann im Rollstuhl. Er wandte seinen Kopf in ihre Richtung.

»Keine Dummheiten mehr«, hörte sie ihn sagen. Dann fiel die Tür hinter ihm ins Schloss.

Das nächste Mal hörte sie eine Stimme wie von weit weg, verrauscht und undeutlich. Es war nicht die Stimme des Entführers. Sie klang heller, weiblich.

Sie versuchte, sich aufzurichten und umzudrehen. Doch es gelang ihr nicht, sosehr sie sich auch anstrengte. Ihr Körper gehorchte ihr einfach nicht. Dann war alles wieder dunkel.

Traumbilder stiegen auf wie schimmernde Seifenblasen. Plötzlich sah sie sich wieder neben Mara liegen. Sie beide, nackt, ausgeliefert. Es hatte mehr als einen Moment gegeben, in dem sie sich sicher gewesen waren, dass sie sterben würden. Mara hatte sogar gesagt, das sei vielleicht besser so.

Elisa drehte sich um. Sie hatte das Gefühl, ihr Bewusstsein kehre zurück. Vielleicht schaffte sie es endlich, nach Moritz zu sehen. Doch stattdessen schien sie Mara direkt ins Gesicht zu blicken. Sie schloss die Augen – öffnete sie noch einmal: immer noch Mara, nicht Moritz.

Sie kniff die Augen fest zu. Ihr Puls raste. Was geschah da gerade mit ihr? War sie auf dem Weg, verrückt zu werden?

Elisa strich sich über den Kopf und spürte eine ausgeprägte Beule, dort, wo der Schlagstock sie getroffen hatte. Also träumte sie nicht mehr. Entschlossen machte sie die Augen auf und sah sich um. Dann stieß sie einen Schrei aus, der Entsetzen und Jubel zugleich ausdrückte:»Mara!«

Es gab keinen Zweifel. Sie träumte nicht, sie phantasierte nicht. Was sie sah, war real. Ihre Freundin Mara war da. Und sie saß nur etwas mehr als einen Meter entfernt auf dem Boden. Sie war älter geworden, erwachsen. Aber es war unverkennbar Mara.

»Mara, du lebst. Ich bin ...« Tränen liefen über Elisas Gesicht. Sie wollte aufspringen, doch ihre Beine waren noch weich wie Butter.»Mara, ich hab immer geglaubt ... Mein Gott, wo kommst du her? Hat er dich auch wieder ...?«

In die anfängliche Freude mischte sich Verzweiflung. So wie es aussah, waren sie jetzt also beide wieder gefangen. Und der Junge noch dazu. Was hatte der Mann mit ihnen vor?

Langsam kehrte die Kraft in ihre Beine zurück. Sie stand auf, wollte zu Mara gehen, um sie in die Arme zu nehmen. Aber Maras Stimme hielt sie auf.

»Bleib sitzen.« Ganz ruhig nahm Mara die Pistole in die Hand, die offenbar neben ihr gelegen hatte, und zielte damit auf Elisa.

»Mara? Was ...?«

»Sitzen bleiben, habe ich gesagt. Nicht dass du mit mir dasselbe versuchst wie vorhin mit Andreas.«

»Was? Ich verstehe nicht ...« Elisa blickte sich hilfesuchend in dem Kellerraum um. Moritz war ganz ans andere Ende gerückt.

»Kennst du ... die?«, fragte er leise.

»Ja, natürlich. Das ist meine beste Freundin. Meine Freundin Mara. Ich habe sie zwanzig Jahre nicht gesehen. Ich habe nämlich geglaubt, sie wäre ...«, Elisa drehte sich zu Mara um und blickte direkt in die Mündung der Pistole,»... tot.«

25

Elisa sah Mara ins Gesicht und begann Schritt für Schritt zu begreifen.
»Der Entführer, den die Zeugin beschrieben hat. Das warst du. Sie hat dich für einen Mann gehalten. Ich habe *dich* gezeichnet. Dass ich das nicht kapiert habe ...«
»Merkst du es auch schon, Elisa.« Mara verzog den Mund zu einer Art Lächeln. »Du bist ja richtig clever.«
»Du hast Moritz entführt? Das hast du getan, Mara? Warum?«
»Ich hab das nicht gern gemacht, wirklich. Aber es musste sein. Für Andreas.«
Elisa erinnerte sich genau an den Augenblick: sie und die Zeugin in ihrem Büro. Das Bild war entstanden und hatte sie in die Vergangenheit zurückgeworfen. Sie hatte gedacht, das wäre *sein* Gesicht – weil es so untrennbar mit der Zeit im Verlies verbunden war.

Und dann ihr Erstaunen, weil das Bild so gar nicht mit der Zeichnung im Archiv übereinstimmte. Das konnte es auch nicht. Warum hatte sie nur nicht vorher begriffen, dass es Mara war, die sie gezeichnet hatte? Sie hatte ihren Bruder Sebastian verdächtigt – weil er seiner Schwester ähnlich sah. Mara, das Opfer, hatte sich auf die Seite des Täters geschlagen. Sie war seine Komplizin geworden. Warum?

Elisa hatte davon gelesen, wusste um das Stockholm-Syndrom, und doch hätte sie es nie für möglich gehalten, dass ihr oder Mara so etwas passieren könnte.

»Wie kannst du so etwas tun? Gerade du? Hast du vergessen, wie wir ...«
»Wir brauchen das Geld.«
»Wir?«
»Andreas und ich.«
»Wieso hilfst du ihm? Er ist doch ... ist ein ...«
»Er ist ganz anders, als du denkst.« Mara ließ die Pistole ein kleines Stückchen sinken, während sie sprach. Elisa beobachtete

sie genau. Vielleicht ergab sich eine Chance zur Flucht, wenn sie Mara erzählen ließ.
»Was heißt, er ist ganz anders? Wie ist er denn? Was habt ihr überhaupt gemacht all die Jahre?«
»Jahre ... ach ja, all die Jahre.« Mara rieb sich das Kinn und legte die Stirn in Falten. Statt auf Elisas Frage zu antworten, sagte sie: »Interessant, dich wiederzusehen. Gut siehst du aus.«
»Mara, was ...?«
»Hast wohl nicht gedacht, dass ich mal ans Ruder käme, wie? Aber auf Andreas kann man sich verlassen. Ganz im Gegensatz zu dir und so einigen anderen.«
Konnte es sein, dass Mara nicht mehr wusste, wer gut und wer böse war?
»Aber er war es doch, der uns entführt hat. Ohne ihn wäre doch alles nicht passiert.«
»Hätte, wäre – was soll das? Er denkt an mich. Er braucht mich. Und ich –«
»Mara, das ist doch Unsinn.«
»Halt die Klappe.« Mara hob die Pistole ein Stück an. Elisa senkte den Blick. Wieder eine Chance vertan.
Sie betrachtete die Kanüle in ihrem Arm. »Kannst du mir das abmachen?«
»Kann ich. Aber keine Tricks.«
Mara steckte die Pistole in ihren Hosenbund und zog mit sicherem Griff die Kanüle aus Elisas Arm.
»Hast du das gelernt?«
»Ich helfe Andreas manchmal.«
»Wobei?«
»Bei seiner Arbeit.«
»Arbeit?«
In Maras Gesicht erschien ein Lächeln. »Andreas sagt, dass ich die beste Krankenschwester bin, die man finden kann.«
»Du freust dich, wenn dieser Mann dich lobt?« Elisa konnte nicht wirklich glauben, was sie da hörte. Aber es gab kaum einen Zweifel: In den vielen Jahren, die sie zusammen gewesen waren, hatte er es offenbar geschafft, Mara abhängig zu machen.
Elisa überlegte, ob sie überhaupt eine Chance hatte, mit ihr in

einen echten Kontakt zu treten. Maras blassgrüne Augen schimmerten, aber ihr Blick schien nach innen gekehrt zu sein.
»Ganz egal, was du denkst. Ich bin froh, dich wiederzusehen, Mara.«
»Soso.«
»Wo lebt ihr denn? Er und du?«
»Bis vor Kurzem noch in Amerika. Du glaubst nicht, wie gut es uns da ging.«
Elisa schaute sie zweifelnd an. Maras Gesichtsausdruck sagte ihr, dass das nicht die ganze Wahrheit war.
»Du musst doch Heimweh gehabt haben.«
»Ich bin total gut klargekommen. Und Andreas hat super verdient in der Firma. Er war richtig hoch angesehen. Wir hatten ein großes Haus. Bei uns sind Senatoren zum Barbecue gekommen. Ganz hohe Tiere.«
Elisa rieb sich den schmerzenden Kopf. »Du hast dich so verändert.«
»Ja, was dachtest du denn? Sollte ich vielleicht immer das kleine Mädchen bleiben?«
»Firma, sagst du. Was hat er denn gemacht, der …« Elisa brachte es nicht fertig, den Namen »Andreas« auszusprechen. Sie konnte einfach nicht über diesen Mann reden, als ginge es um einen ganz normalen Menschen.
»Na, was er hier auch gemacht hat, in Deutschland«, antwortete Mara, »bis sie ihn gefeuert haben: Er hat das Mittel weiterentwickelt. Wofür sie hier ja zu feige waren.«
Mara machte eine Pause.
»Das Mittel, meinst du, das er auch an uns getestet hat?«
»Ein ganz neuartiges Schmerzmittel, ja. Es stand kurz vor dem großen Durchbruch. Zehn Jahre hat Andreas daran gearbeitet. Alle vorklinischen Tests waren abgeschlossen, und auch die nächste Phase lief gut. Bloß weil es dann in Phase II zu einem Zwischenfall kam, haben sie den Schwanz eingezogen. Sie wollten keine weiteren Leben riskieren, darunter hätte der Ruf der Firma zu stark gelitten, haben sie gesagt. Die Feiglinge.«
Elisa fiel es schwer, sich zu beherrschen.
»Er hat weiter … Also, ihr habt …? Ihr habt das Mittel weiter

getestet, obwohl klar war, dass es irgendwelche schlimmen Nebenwirkungen hat? An Kindern?«

Mara ging nicht darauf ein. Sie legte die Pistole neben sich auf den Boden und schloss für einen kurzen Moment die Augen. Elisa sah hinüber zu Moritz, der die ganze Zeit lang nur stumm zugehört hatte. *Vielleicht haben wir gleich eine Chance*, versuchte sie ihm mit Blicken zu sagen. Doch Mara nahm die Waffe wieder hoch.

Elisa spürte, wie die Angst zurückkehrte, intensiver als je zuvor. Wenn Mara schon so lange mit diesem Mann zusammen war, musste sie psychisch krank sein. Ihr war alles zuzutrauen. Auch dass sie plötzlich abdrückte ...

Sie fragte sich, wie sie mit einer Zeugin sprechen würde, die am Rand einer schweren psychischen Krise stand. Sie hatte solche Menschen schon bei sich gehabt und es immer geschafft, mit ihnen ins Gespräch zu kommen. Wie konnte sie Vertrauen erzeugen? Was konnte sie tun, um eine Verbindung herzustellen, die stark genug war, Mara daran zu hindern, sie zu erschießen?

Sie anschauen. Anschauen und zuhören. Nicht drängen. Ganz offene Fragen stellen. Und vor allem: keine Vorwürfe machen. Gerade das fand sie im Moment besonders schwer. Sie musste ihren Impuls unterdrücken, Mara anzuschreien, ihr zu sagen, wie unbegreiflich sie ihr Verhalten fand.

»Wo wart ihr denn in Amerika?«, fragte sie schließlich.

»In Red Oak, Texas.« Maras Blick hellte sich auf. »Das war so ... das war alles so groß da.«

»Und warum seid ihr nicht dortgeblieben?«

Plötzlich begann Mara zu kichern. Es klang nicht wie das freie, unbeschwerte Kichern einer jungen Frau. Der Ton wirkte hysterisch, ihre Augen weiteten sich dabei. »Das ist völlig bescheuert, weißt du. Das ist so total beknackt. Wenn da nicht diese blöde Bimmelbahn gewesen wäre ...«

»Was?«

»Termine. *Sör-Mein* haben sie das ausgesprochen in dem Film. Wir haben vor dem TV gehockt. Sonntagabend. Und da bringen die in Texas was über Wiesbaden. Das war so irre. Diese kleine Bahn, mit der man durch die Stadt fahren kann, du weißt schon. Und die alten Geschichten von Dostojewski im Kurhaus-Casino,

vom Glanz der Kaiserzeit in den Hotels ... total auf Amerikanisch gemacht natürlich, aber es ging um Wiesbaden. Danach kam dann was über Rüdesheim und das Rheintal – aber uns hat das beide plötzlich gepackt.« Wieder sank die Pistole ein Stückchen.
»Was hat dich ... euch ... gepackt – Heimweh?«
»Wenn du es so nennen willst.« Maras Augen verengten sich zu Schlitzen. »Hätten wir das bloß nie getan.«
Sie schwieg. Elisa betrachtete Mara. Sie trug ihre weißblonden Haare raspelkurz, ihr hagerer Körper steckte in einem hellblauen Overall, der ihr viel zu weit war. Sie wirkte nicht wie eine erwachsene Frau. Eher wie ein Mädchen in der Pubertät, das noch nicht wusste, wohin ihr Weg sie führen würde. Nur das Gesicht passte nicht dazu. Viel zu tief waren die Furchen um den Mund, viel zu eingefallen die Wangen.

»Du bereust es, zurückgekommen zu sein?«
»Dann wäre das alles nicht passiert.«
»Was ist denn passiert?«
»Das geht dich einen Scheiß an.« Plötzlich sprang Mara auf. Sie schwenkte die Pistole von Elisa zu Moritz und zurück. »Und wenn du weiter deine nervigen Fragen stellst, puste ich euch beide weg. Kapiert?«

Elisa hob abwehrend die Arme. Moritz begann zu weinen. Keiner sprach mehr ein Wort.

Sie ist labil, dachte Elisa. So unauffällig wie möglich versuchte sie, Mara zu beobachten. Die Hände zitterten, der Blick war unruhig. Ob sie noch immer irgendwelche Medikamente bekam? Ob sie vielleicht süchtig war nach diesem Zeug, von dem sie behauptete, Andreas habe es entwickelt? Wenn das so war – was würde passieren, wenn sie es nicht rechtzeitig bekam?

Dieser Mensch ist zerstört worden. Und das wäre nicht passiert, wenn ich nicht allein geflohen wäre, wenn ich sie mitgenommen hätte.

»Mara, es tut mir so furchtbar leid, dass ich damals alleine abgehauen bin.« Elisas Stimme zitterte. »Aber ich wusste doch gar nicht, wo du warst.«

»Das muss dir nicht leidtun. Andreas hätte sich sowieso für mich entschieden.«

»Mara, das ist nicht dein Ernst! Dieser Mann hat uns gequält.

Dich und mich!« Für einen Moment hatte Elisa das Gefühl, ihre ehemalige Freundin an einem Punkt in ihrem Innern zu erreichen. »Kann nicht alles wieder sein wie früher? Können wir nicht zusammen von hier weg?«

»Du willst weg?« Mara zielte mit der Pistole auf sie. »Das wollen wir auch. Aber mit dem Geld.«

»Mara, es ist noch nicht zu spät.« Elisa richtete sich auf. Ihr ganzer Körper schmerzte. »Wenn wir jetzt zusammenhalten –«

»Schnauze.«

»Es tut mir so leid, dass du nicht mit mir fliehen konntest. Damals. Aber jetzt ...«

»Jetzt wirst du mit dafür sorgen, dass es Andreas wieder besser geht. Und der da auch.« Mara deutete mit der Pistole auf Moritz. »Wenn sein Vater endlich zahlt.«

»Wozu braucht ihr so viel Geld?«

»Andreas hatte einen Unfall. Ein Lendenwirbel ist verletzt, seitdem ist er von der Hüfte an abwärts gelähmt. Wir kennen viele Ärzte aus unserer Zeit in Amerika. Aber der einzige, der ihm wirklich helfen könnte, arbeitet in Toronto. Leider fehlt es uns am nötigen Geld für die OP und die Flugtickets ... Kapierst du's jetzt?«

»Du tust das alles wirklich für ihn?« Elisa konnte sich die Frage einfach nicht verkneifen.

Mara funkelte sie böse an. »Für uns. Ich tue es für uns. Und ich werde nicht zulassen, dass er ein Krüppel bleiben muss, verstanden?«

Elisa sah Mara ins Gesicht. Was war mit ihr geschehen in den letzten zwanzig Jahren? Sie versuchte sich zu erinnern, wie Mara als kleines Mädchen gewesen war. Sie bemühte sich, etwas wiederzufinden von der Freundin, die sie von früher kannte. Das Flackern in Maras Blick ließ sie ahnen, dass ihre Stimmung gleich wieder umschlagen würde. Ob es möglich war, an ihr Gewissen zu appellieren? Ob sie noch ein Gewissen hatte?

»Hast du schon mal darüber nachgedacht, was das, was ihr gerade macht, bei dem Kleinen anrichtet?«

Mara antwortete nicht, sondern kniff nur die Augen zusammen.

»Weißt du wirklich nicht mehr, was es mit uns angerichtet hat ... mit dir?«

Mara blieb stumm.

»Hast du eine Ahnung, wie Moritz seine Eltern vermisst? Und seine Eltern ihn?«

Ein Ruck ging durch Mara. Urplötzlich sprang sie auf und schrie: »Schluss mit dem Scheiß! Ruhe jetzt.« Dann hob sie die Pistole an. Ein ohrenbetäubender Knall, Beton splitterte. Die Kugel schlug knapp neben Elisa in die Wand ein. Moritz kauerte sich wimmernd zusammen. Elisa spürte, wie sie vor Angst kreidebleich wurde. Keiner traute sich mehr zu sprechen.

Vor der Tür war das fast schon vertraute Quietschen des Rollstuhls zu hören. Kurz danach rollte der Mann, den Mara »Andreas« nannte, in den Raum.

»Was ist hier los?« Seine Stimme klang so ruhig und unbeteiligt wie fast immer.

»Alles in Ordnung, Schatz.«

»Dann ist es ja gut.«

Elisa versuchte fieberhaft, einen Fluchtplan zu entwerfen. Sie waren zu viert in dem kleinen Raum. Andreas und Mara versperrten den Weg zur Tür. Der Mann im Rollstuhl war heute wieder schwarz gekleidet. *Der Teufel.* So hatte Moritz ihn genannt. So hatte sie selbst ihn auch genannt – vor zwanzig Jahren im Polizeiverhör. *Er ist der Teufel.*

Aber hatte nicht auch der Teufel irgendetwas, wo man ihn erreichen konnte? Eine schwache Stelle? Einen wunden Punkt?

»Vielleicht kann ich Ihnen helfen, zu dem Arzt in Toronto zu kommen. Ich bin ja beim LKA ... Ich meine, wir können das doch alles hinbekommen, ohne dass ...«

Ein Zucken seiner Mundwinkel verriet, dass Elisas Worte etwas in ihm auslösten. Würde er auf ihr Angebot eingehen? War das der Weg?

Doch er wandte sich zu Mara. Und sein harter Blick schien sie zu durchbohren. Er sprach so ruhig und unbeteiligt wie immer, aber die Kälte in seiner Stimme ließ Elisa frösteln. Auch Mara schien mit jedem Wort ein Stückchen kleiner zu werden: »Hast du ihnen erzählt, wofür wir das Geld brauchen?«

Sie wurde blass. »Ich ...«

»Also hast du?«

»Nicht so genau«, flüsterte sie.
»Du sollst mich nicht belügen.«
Er klopfte mit der Hand auf seinen Oberschenkel.
»Es tut mir leid.«
»Ja«, sagte er. »Ja, das sollte es auch. Komm mit.«
Er verließ den Raum. Mara folgte ihm. Sie hatte den Kopf zwischen die Schultern gezogen und sah sich nicht einmal um. Die Tür wurde von außen abgeschlossen. Dann erlosch das Licht.

26

Elisa stand auf und ging ganz vorsichtig, Schritt für Schritt, durch den Raum. Als sie glaubte, in Moritz' Nähe zu sein, streckte sie eine Hand nach ihm aus.
»Wenn wir unsere Hände spüren, ist die Dunkelheit vielleicht nicht ganz so schlimm«, sagte sie.
Moritz zögerte. »Ich mag eigentlich nicht ...«
»Wir brauchen einen Plan. Und den müssen wir zusammen machen.«
»Na gut.«
Elisa hörte ein Geräusch, offenbar rappelte Moritz sich hoch. Es war so dunkel, dass sie mehrere Versuche brauchten, bis ihre Hände sich trafen.
»Prima. Da bist du ja. Ich habe dir noch gar nicht gesagt, dass ich weiß, wo wir hier sind«, sagte sie.
»Was meinst du damit? Wir sind in diesem Scheiß-Raum, ist doch klar.« Der Boden zitterte, und ein Rumpeln war zu hören.
»Und es fährt wohl gerade wieder eine Bahn vorbei.«
»Genau«, sagte Elisa. »Wir sind in der Gibber Straße, kurz hinter den Bahngleisen.«
»Und?«, fragte Moritz. In diesem Moment flammte das Deckenlicht auf. Er begann zu zittern. »Was machen die jetzt?«
»Ich weiß es nicht«, flüsterte Elisa.
Das Quietschen und das Geräusch des Schlüssels im Schloss ertönten. Kurz darauf kam der Entführer im Rollstuhl alleine in den Raum. Er hatte die Kamera in der Hand.
Elisa sah ihn fragend an. Er fuhr ganz dicht zu Moritz und drückte ihm einen Zeigefinger auf die Brust. »Sprich noch mal zu deinem Vater.«
»Das haben Sie doch schon aufgenommen«, wandte Elisa ein.
»Wer hat dich gefragt?« Der Rollstuhl drehte sich auf der Stelle. Der Entführer fixierte Elisa und griff in seine Jackentasche. Sie vermutete, dass er den Schlagstock herausziehen würde, doch er überlegte es sich anders.

»Ja. Wir haben das schon gemacht. Aber ich brauche es noch einmal. Also los.«
Plötzlich hatte Elisa eine Idee. Aber dafür musste sie mit Moritz allein sein. Fieberhaft überlegte sie, wie sie den Entführer dazu bringen konnte, den Raum zu verlassen, bevor er die Aufnahme machte.
»Hat Mara nicht gerade gerufen?«, fragte sie.
»Kann schon sein. Spielt aber keine Rolle«, entgegnete er.
Verdammt, so ging es nicht. Elisa sah sich um. Es gab nichts, womit sie ihn hätte angreifen können. Lieber Gott, hilf uns, flehte sie innerlich. Bitte.
»So, also los. Du weißt, was du deinem Vater sagen musst.«
Das rote Licht an der Kamera ging an, blinkte und erlosch wieder, noch bevor Moritz ein Wort gesprochen hatte.
»Der Akku«, sagte der Entführer unwillig. »Ich komme gleich wieder.«
Elisa drehte sich zur Seite, damit er ihr nicht ansehen konnte, wie dankbar sie für diese Verzögerung war.

Als sie allein waren, musste sie sich beherrschen, ruhig zu bleiben, um Moritz ihre Idee zu erklären.
»Pass auf, wenn du gleich etwas zu deinem Vater sagen sollst, bring irgendwie darin unter, dass wir in der Gibber Straße an der Bahnlinie sind. Aber so, dass der Typ es nicht merkt.«
Moritz räusperte sich. »Wie soll ich das machen?«
»Warst du schon mal in dieser Gegend?«
»Wo sind wir – was hast du gesagt?«
»Gibber Straße.«
»Die kenne ich nicht. Aber die Gibber Kerb. Da waren wir schon mal. Beim letzten Mal haben wir da den Jason getroffen. Der ist voll doof. Weil der immer so angibt ...«
»Moment mal.« Elisa strich sich über den Kopf. Die Beule tat immer noch weh, ihr war schwindelig, aber sie zwang sich, nachzudenken. »Moment, Moritz – was hast du gerade gesagt?«
»Jason ist doof.«
»Nein, wo du ihn getroffen hast?«
»Auf der Kerb. Auf dem Jahrmarkt. Beim letzten Mal.«

»Das ist es!«
»Was?«
»Du sagst, dass du unbedingt hier rauswillst. Ganz besonders, weil du mal wieder mit Jason zur Kerb möchtest.«
»Aber ich will doch gar nicht ...«
»Eben.«
»Das verstehe ich nicht.«
»Wirklich nicht? Du kommst mir doch eigentlich ziemlich clever vor. Überleg mal.«
Einen Moment lang war es ganz still. Dann zuckte Moritz regelrecht zusammen, so sehr packte ihn die Begeisterung darüber, dass er den Trick begriffen hatte. »Du meinst: Wenn ich von Jason rede, obwohl ich den gar nicht mag, und wenn ich sage, dass ich mit ihm zur Kerb will, obwohl ich das ganz bestimmt nicht will – dann wissen meine Eltern, dass der Satz etwas anderes bedeuten soll?«
»Genau. Und wenn sie es wirklich nicht verstehen sollten, dann bestimmt die Spezialisten von der Polizei.«
Hoffentlich, dachte Elisa im Stillen. »Und dann sagst du noch, dass du dich vor allem freust, weil du mit der Bahn dahin fahren kannst. Damit deine Eltern und die Polizei auch das wissen: Kerb, Jason – und Eisenbahn.«
»Okay.«
Elisa wurde plötzlich wieder unsicherer. »Lass es uns mal üben. Ich bin Andreas. Und ich fordere dich jetzt auf zu reden: ›Also, Moritz, sag deinem Vater, dass es dir gut geht und dass er endlich den Rest des Geldes bezahlen soll.‹«
»Lieber Papa. Bitte, bitte zahl so schnell wie möglich. Weißt du – ich freue mich so darauf, wieder bei euch zu sein. Und zu Jason in der Gibber Straße will ich auch wieder ...«
»Nein, du darfst nicht Gibber Straße sagen. Dann merken die, dass es ein Trick ist. Die wissen ja auch, wo wir hier sind.«
»Ach Mist, aber ...«
»Du musst einfach von Jason reden. Und dass du mit der Eisenbahn zum Jahrmarkt fahren willst.« Elisa versuchte, zuversichtlicher zu klingen, als sie war. »Also noch einmal, okay?«
Sie übten noch zwanzigmal. Moritz begann zu weinen, weil er sich dauernd versprach. Elisa nahm ihn in die Arme.

»Du schaffst das«, flüsterte sie. Immerhin verging die Zeit in der Dunkelheit auf diese Weise viel schneller. Gerade wollten sie noch eine Probe anfangen, als das Licht aufflammte und der Schlüssel im Schloss klapperte. Diesmal war es wieder Mara, die im Raum stand. Ihre Stimme klang seltsam tonlos, wie von ganz weit weg.
Sie wirft auf jeden Fall etwas ein, dachte Elisa. Ganz sicher versorgte er sie mit einer Droge.
»Also los jetzt.« Mara ging direkt auf Moritz zu. Sie hob die Kamera an. »Du weißt, was du deinem Vater sagen sollst?«
Moritz nickte.
»Dann fang an. Aber mach es so, dass er bald zahlt. Sonst ...« Sie fuhr sich mit der Hand an der Kehle entlang.
Elisa spürte, wie ihr Herz heftig in ihrer Brust klopfte.
Mach alles richtig, Moritz. Bitte, bitte. Vielleicht ist das hier unsere letzte Chance.
»Lieber Papa, liebe Mama ...« Moritz' Stimme klang aufgeregt und weinerlich. Gut so, dachte Elisa.
»Bitte, Papa, mach, was die Entführer von dir verlangen. Ich will so gerne nach Hause.« Er machte eine Pause. Seine Unterlippe zitterte.
Sag es, flehte Elisa innerlich.
»Und ... Papa ... weißt du, die bringen mich um, wenn du nicht ... und ich ... ich will doch so gerne noch mal mit der Eisenbahn ...«, er schluckte, »... zum Jahrmarkt fahren. Vielleicht treffen wir dann auch wieder Jason. Das wäre toll.«
Elisa kam nicht dagegen an, zu Mara hinüberzublicken. Hatte sie den Trick womöglich durchschaut?
Aber Mara wirkte abwesend, die Augen waren glasig. »Gut, das reicht«, sagte sie emotionslos und schaltete die Kamera aus, dann verließ sie den Raum und schloss sorgfältig hinter sich ab.
»Meinst du, das hat etwas genützt?« Moritz sah Elisa unsicher an.
»Bestimmt.« Sie versuchte, so optimistisch wie möglich zu klingen. »Das hast du toll gemacht.«
Was würden die beiden mit ihnen machen, wenn sie das ganze Lösegeld erst einmal hatten? Was, wenn sie einfach abhauten und

sie in diesem Verlies verhungern ließen? Wenn keiner die im Video versteckte Botschaft verstand?

Elisa merkte, wie die Panik sie erfasste. Nur der ängstliche Blick von Moritz brachte sie dazu, sich zusammenzureißen und ihre schlimmsten Befürchtungen nicht auszusprechen.

27

Mit jeder Stunde, die verging, ließ Moritz' Widerstandskraft nach. Elisa spürte, wie er begann, sich aufzugeben. Wer könnte das besser begreifen als sie? Sie selbst war kurz davor, sich einfach gehen zu lassen.

Blicklos starrte sie an die nackte Wand. Vor ihrem inneren Auge erschien das Bild von Mara: Mara damals – und Mara heute. Wie konnte ihre Freundin ihr das antun? Wie konnte sie dem Jungen das antun? Die Entführung war routiniert und blitzschnell abgelaufen. Wie viele Verbrechen nach diesem Muster hatten die beiden inzwischen schon begangen? Vielleicht hatten sie es immer abwechselnd gemacht: ein Kind für die widerlichen Versuche – ein Kind für das nötige Geld.

Aber wie brachte Mara es nur fertig, bei so etwas mitzumachen? Sie, die doch selbst so gelitten hatte im Keller? Elisa überlegte, ob ihr Ähnliches hätte passieren können. Sie konnte es sich nicht vorstellen.

Als Moritz wieder zu zittern und zu weinen begann, versuchte sie ihn zu einem weiteren Wortspiel zu überreden.

»Ich will ... nur nach ... Hause. Nach Hause, nach Hause.« Er schluchzte die Wörter. Er schrie sie. Schließlich warf er sich auf den Boden und schlug mit den Fäusten auf den Beton. So sehr, dass Elisa Angst bekam, er könne sich verletzen. Sie stand auf, ging zu der silbergrauen Metalltür und begann, wie wild dagegenzutrommeln.

Schneller, als sie gedacht hatte, quietschte der Rollstuhl auf dem Flur.

»Was soll der Lärm?« Andreas hob drohend die Hand, und augenblicklich erstarrten Elisa und Moritz. »Was ist los?« Seine Stimme klang immer noch nicht freundlich, aber wenigstens etwas ruhiger. Vielleicht hatte ihn der ängstliche Blick des Jungen ein bisschen milder gestimmt.

Elisa hob den Kopf. »Wir brauchen etwas zu tun. Irgendeine Beschäftigung. Sonst drehen wir durch. Können wir vielleicht ... können wir Stifte und Papier bekommen?«

»Wozu das denn? Zum Malen?«
Wozu denn sonst?, dachte sie. Beherrschte sich aber, das auch zu sagen. »Genau, zum Malen. Das wäre wirklich ...«
»Das ist hier doch kein Kindergarten. Langsam habe ich von euch ...«
»Bitte.« Moritz sagte das eine Wort ganz leise und schaute dabei auf den Boden.
»Na gut, mal sehen.«
Der Rollstuhl drehte sich um. Sie waren wieder allein. Immerhin blieb das Licht an.
»Noch mal Wörterschlange, Moritz?« Elisa bemühte sich, so positiv zu klingen, wie sie nur konnte.
Er schüttelte stumm den Kopf. Es dauerte kaum zehn Minuten, bis die Tür wieder aufging. Mara kam herein und brachte tatsächlich einen Zeichenblock sowie ein Päckchen mit Buntstiften. »Bedankt euch bei Andreas«, sagte sie. Mit Blick zu Elisa setzte sie hinzu: »Und betet, dass das restliche Geld bald da ist.«

Elisa hätte sie jetzt gern noch einmal gefragt, warum sie das eigentlich alles tat. Warum sie einem Menschen half, der andere entführte, für Versuche missbrauchte, erpresste und quälte. Sie hätte gerne in Erfahrung gebracht, ob Mara gar kein Gewissen hatte. Ob es irgendwann gestorben war und es ihr womöglich sogar guttat, andere leiden zu lassen. Sie das erleben zu lassen, was sie als Kind hatte aushalten müssen.

Doch ein Blick in das leere Gesicht ihrer ehemaligen besten Freundin sagte ihr, dass im Moment jede Frage zwecklos war. Wenn es hinter dieser Fassade überhaupt noch die Mara gab, die sie einmal gekannt hatte, würde es übermenschliche Kräfte brauchen, sie wieder hervorzuholen.

»Danke für die Malsachen«, war schließlich alles, was Elisa sagte. Und als Mara den Raum verließ, fühlte sie sich sogar erleichtert.

»Komm, fangen wir an. Was wollen wir zeichnen?«, fragte Elisa.
»Keine Ahnung.« Moritz zuckte mit den Schultern.
»Was hältst du davon: Ich zeichne dich und du mich.«
»Na gut.«
Die Auswahl der Stifte war karg, das Papier dünn und labberig.

Elisa beschloss, Moritz so zu skizzieren, wie ein Karikaturist es machen würde: mit einem großen Kopf auf einem ganz kleinen Körper. Als er das Bild sah, hörte sie ihn zum ersten Mal befreit lachen.
»Das ist ja krass.« Er sah sie bewundernd an. »Damit könntest du richtig Geld verdienen, so wie du zeichnen kannst.«
Elisa lächelte. »Meinst du?«
Moritz hielt seine Zeichnung hoch. Er hatte ein Strichmännchen gemalt mit einem großen lächelnden Mund und grünen Haaren. »Ich hatte kein Braun«, entschuldigte er sich, als er das Bild zeigte.
»Das Braun hast du die ganze Zeit gehabt.«
»Ich find es toll«, sagte Elisa. »Ich nenne es ›Elisa vom Mars‹, okay?«
»Und was machen wir jetzt?«
»Wir könnten jeder noch das Haus malen, in dem wir wohnen. Oder Tiere. Oder du malst ein Bild von deiner letzten Urlaubsreise.«
Sie zeichneten, bis fast alle Blätter voll waren. Elisa merkte, dass Moritz müde wurde. Als er im Sitzen einschlief, freute sie sich für ihn. Vielleicht ist es vorbei, wenn er aufwacht, hoffte sie. Vielleicht kommen sie dann endlich, um uns zu befreien.

Sie selbst musste auch eingeschlafen sein. Als sie sich im Traum auf die rechte Seite warf, stieß sie mit dem Ellbogen schmerzhaft gegen den Beton. Sie stöhnte und weckte damit Moritz. Das Licht im Raum war ausgeschaltet.
»Was ist?«, fragte er ängstlich. »Ich hab gerade noch ...«
»Entschuldigung, Moritz. Schlaf weiter. Alles in Ordnung.« Sie sagte es, obwohl sie sich überhaupt nicht so fühlte. Nichts war in Ordnung.
Wie lange hatte sie geschlafen? Wie lange war es jetzt her, dass sie die geheime Botschaft in dem Video versteckt hatten? Müsste nicht längst jemand hier sein? Sie lauschte angestrengt. Wieder einmal rumpelte eine Eisenbahn vorbei. Aber sonst kein Geräusch. Waren Andreas und Mara überhaupt noch da?
»Ich habe Durst.« Moritz stand auf und versuchte offenbar, sich in der Dunkelheit zu orientieren. Er tastete nach der Wasserflasche,

die der Mann im Rollstuhl bei seinem letzten Besuch dagelassen hatte. Ein dumpfes Geräusch war zu hören. »Mist.« Moritz schluchzte. »Alles ausgelaufen.«

»Ist doch nicht schlimm«, versuchte Elisa ihn zu trösten, dabei hatte sie selbst eine vollkommen ausgetrocknete Kehle. »Bestimmt bringen sie eine neue.«

»Kannst du noch mal an die Tür schlagen?«

»Na klar.«

Elisa stand mühsam auf. Von der langen Zeit in dem kleinen Raum und dem unbequemen Liegen war ihr Körper steif und unbeweglich geworden. Sie brauchte eine ganze Weile, bis sie im Stockdunkeln die Metalltür gefunden hatte. Mit den Fäusten schlug sie dagegen. Doch es gab keine Reaktion.

»Sind sie etwa weg?« Moritz klang erleichtert, aber es schwang auch Furcht in seiner Stimme mit.

Elisa trommelte noch lauter gegen die Tür. Nichts geschah.

»Scheint ganz so.«

»Und jetzt?« Moritz hatte es geschafft, sich ebenfalls an die Tür heranzutasten, und griff nach Elisas Hand.

»Wir können nur hoffen, dass uns jemand befreit.« Sie versuchte, aufmunternd zu klingen. »Aber da kommt bestimmt bald jemand.«

»Und wenn nicht?« Moritz klammerte sich fester an sie.

»Quatsch«, sagte sie fest.

Doch wie lange würden ihre Kräfte reichen? Wie konnten sie sich bemerkbar machen? Hatte es Sinn, um Hilfe zu schreien? Aber wer sollte sie hören, wenn noch nicht einmal jemand das Schlagen gegen die Tür gehört hatte?

»Ich hab solchen Durst«, jammerte Moritz von Neuem.

»Wir sind so blöd.« Elisa tippte sich mit der Hand vor die Stirn. »In dem Raum mit der Toilette gibt es doch Wasser.«

»Natürlich.« Moritz klang erleichtert.

Gemeinsam tasteten sie sich an der Wand entlang, bis sie den Durchgang zum Nebenraum gefunden hatten. Elisa streckte die Arme aus und stieß fast sofort an das kleine Waschbecken. Sie erinnerte sich, dass an der linken Seite der Wasserhahn angebracht war. Als sie ihn aufdrehte, quietschte es. Ein paar Tropfen fielen in das Becken. Dann war alles ruhig.

Sie drehte den Hahn noch einmal nach rechts und dann wieder nach links.

»Was ist?«, fragte Moritz. »Kriegst du ihn nicht auf?«

»Abgestellt«, sagte Elisa tonlos. »Das Wasser ist abgestellt.«

»Wieso das denn?«

»Keine Ahnung«, log Elisa, »vielleicht kaputt.« Aber in Wahrheit wusste sie sofort, was das abgestellte Wasser zu bedeuten hatte. Die Entführer waren weg. Und sie schienen nicht zu wollen, dass sie und Moritz etwas trinken konnten.

Sie schienen nicht zu wollen, dass sie ihr Gefängnis lebend verließen.

28

Als Silviu zu sich kam, war es um ihn herum dunkel. Er tastete nach einem Lichtschalter. Seine rechte Hand fand eine Armlehne mit schwach leuchtenden Symbolen. In seinem Kopf brummte es. Konnte es sein, dass er sich in einem Flugzeug befand und eingeschlafen war? Die beleuchtete Armlehne erinnerte daran, aber sonst passte nichts. Er lag auf dem Rücken, flach, mit ausgestreckten Beinen.

Seine Augen schafften es nicht, die Symbole auf der Armlehne scharf zu stellen. Direkt über ihm schien etwas zu hängen, das metallisch glänzte. Er griff danach und spürte eine Stange, an der er sich hochziehen konnte. Krankenhaus. Natürlich. Er lag in einem Krankenhaus. Ganz hinten in seinem Kopf tauchte die Erinnerung an den Unfall auf. Das Geräusch des Dieselmotors, der Schlag.

Elisa. Er hatte sie anrufen wollen. Er musste sie jetzt sofort anrufen.

Er versuchte, aus dem Bett aufzustehen, und merkte, dass sein Kopf von irgendetwas festgehalten wurde. Es fühlte sich an wie eine straff sitzende Mütze, die an einem festen Strick hing.

»Hilfe!«, brüllte er. »Hallo, Hilfe, ich muss raus hier.«

Die Tür ging auf, das Licht wurde eingeschaltet, und eine Krankenschwester hastete zu ihm.

»Schön, dass Sie zu sich gekommen sind, Herr Thoma.«

»Wo bin ich?«

»Horst-Schmidt-Klinik, Neurologie. Sie haben ein schweres Schädel-Hirn-Trauma erlitten, und wir sind noch immer nicht ganz sicher, ob vielleicht auch eine Blutung ...«

»Ich muss dringend telefonieren.«

»Sie müssen ganz dringend ruhig liegen bleiben und sonst gar nichts«, sagte die Schwester und drückte ihn sanft in die Kissen zurück.

»Wo ist mein Handy?«

»Sie brauchen kein Handy, Sie brauchen Ruhe.«

»Sie verstehen das nicht. Es geht um Leben und Tod.«

»Davon verstehe ich eine Menge.« Die Schwester lächelte Silviu an. »Und in der Tat – Sie hätten auch tot sein können. So wie der Trecker Sie erwischt hat. Sie haben einen Menge Glück gehabt. Wahrscheinlich jedenfalls. Wenn sich nicht doch noch eine Blutung findet.«

»Wie lange war ich bewusstlos?« Silviu versuchte es mit einem freundlicheren Ton.

»Etwa vierzehn Stunden.«

»Um Gottes willen. Bitte geben Sie mir sofort mein Handy.« Er versuchte erneut, aus dem Bett zu klettern, und fasste sich an den Kopf. »Was ist das da?«

»Wir überwachen Ihre Hirnströme.«

»Mit einer Badekappe?«

»Mit Kappe hält es besser, als wenn wir die Elektroden einzeln befestigen.«

»Bitte, ich muss wissen, was Elisa macht. Ich habe ...«

»Ist Elisa Ihre Frau? Wir haben in Ihren Papieren keinen Hinweis gefunden, an wen man sich im Notfall wenden soll.«

»Sie ist nicht meine Frau. Aber ich muss trotzdem dringend mit ihr sprechen. Bitte.« Er gab seinem Blick einen Ausdruck, von dem er hoffte, er würde flehend wirken. Offenbar mit Erfolg. Die Krankenschwester griff in die Nachttischschublade und gab ihm sein Telefon.

»Aber sagen Sie das nicht dem Doktor, okay? Ich gehe solange raus.«

Silviu ließ sich zurücksinken. Ihm war schwindelig, und er hatte Kopfschmerzen. Elisas Nummer war die erste in der Wiederwahlliste. Er drückte die grüne Taste, doch es antwortete nur die Mailbox. Gleich danach probierte er es ein weiteres Mal – wieder ohne Erfolg. Er versuchte sich einzureden, dass schon alles in Ordnung wäre. Aber zu dem Schwindel und den Kopfschmerzen gesellte sich jetzt noch ein weiteres unangenehmes Gefühl: Angst.

Trotzdem schlief er noch einmal ein und wachte erst auf, als drei Männer in weißen Kitteln um ihn herumstanden.

»Er hat wirklich großes Glück gehabt«, sagte einer von ihnen.

»Herr Thoma, wir nehmen Sie jetzt von der Überwachung«, erklärte ein dunkelhaariger Arzt mit asiatischem Aussehen.

»Kann ich gehen?«, fragte Silviu.
»Auf keinen Fall, Sie ...«
Silviu ließ ihn nicht ausreden. »Sie haben doch garantiert so einen Zettel hier: ›Entlassen auf eigenen Wunsch und Gefahr‹ oder so ähnlich.«
»Sie waren lange Zeit bewusstlos. Da ist es völlig unverantwortlich ...«
»Bitte. Ich muss weg. So schnell wie möglich.« Er hatte schon wieder das Handy am Ohr. »Elisa meldet sich nicht. Wer weiß, was da passiert ist.«
Mit einem Ruck zog er sich die Plastikhaube mit den Elektroden vom Kopf.
»Seien Sie vorsichtig, Mann. Das sind sehr teure Instrumente.« Der asiatische Arzt griff nach der Elektrodenhaube.
»Auf Wiedersehen, die Herren.«
Silviu schnappte sich die Tüte, in der seine Sachen verstaut waren, und rannte barfuß aus dem Zimmer. Er ignorierte den stechenden Schmerz in seinem Kopf ebenso wie die Rufe der Ärzte hinter ihm. Er lief durch den Flur zum Ausgang, warf sich in ein wartendes Taxi und rief: »Zum Polizeipräsidium. Schnell.«

29

Auf der Fahrt fischte Silviu Schuhe und Hose aus der Tüte und zog sie an, zwischendurch wählte er noch mindestens zehnmal Elisas Nummer. Er rief auch im Präsidium an und fing sich eine heftige Abfuhr ein: »Ihnen werden wir gar nichts erklären. Sie wissen ja wohl, warum.«

Als er an der Pforte im Polizeipräsidium eintraf, war seine üble Laune so unübersehbar, dass der Mann im Empfang sofort Verstärkung rief.

»Lassen Sie mich da rein. Ich will mit dem Präsidenten sprechen«, schnauzte Silviu den Pförtner an.

Zwei Uniformierte traten aus der Tür.

»Hallo, gibt es ein Problem?«

»Ihr werdet hier gleich ein Problem bekommen, wenn ich nicht zu Bender darf. Ich muss ihn sprechen. Sofort.«

»Der Polizeipräsident ist in einer Konferenz. Und ich wüsste nicht, welchen Grund es geben sollte ...« Der Mann kam nicht dazu, seinen Satz zu vollenden. Silviu hatte bemerkt, dass die Eingangstür hinter ihm noch nicht wieder ins Schloss gefallen war, und nutzte seine Chance.

Mit einem Satz war er an den Uniformierten vorbei und jagte die Treppe hoch. Er konnte nur hoffen, dass die Konferenz dort war, wo er vermutete.

Die Beamten waren einen Moment lang so verdattert, dass er einen beachtlichen Vorsprung gewann. Er stieß die Tür zum Konferenzraum auf. Bingo. Sie waren alle da: Bender, die Eltern Sander, Bechstein und eine Handvoll weiterer Beamter.

Der Polizeipräsident nahm zunächst keine Notiz von Silviu. Er war gerade dabei, Dieter Sander heftige Vorwürfe zu machen.

»Wie konnten Sie nur zwei Geldübergaben durchziehen, ohne uns zu informieren? Nicht nur *ein* kapitaler Fehler, gleich *zwei*.« Er stand mit dem Rücken zur Tür und hatte die Hände auf dem Konferenztisch abgestützt, auf dessen anderer Seite die Eltern Sander saßen.

Nun stürmten auch die Beamten in den Raum, die Silviu durch das Treppenhaus gefolgt waren. Der Tumult, den das verursachte, ließ alle schlagartig verstummen. Die Polizisten sahen von Bender zu Silviu und wieder zurück. Der Polizeipräsident fand als Erster seine Sprache wieder.

»Wer hat Sie hereingelassen, Herr Thoma?« Bender sah nicht nur genervt, sondern auch erschöpft aus. Seine sonst immer so akkurat gekämmten grau melierten Haare standen an den Seiten ab. Dunkelgraue Bartstoppeln ließen seine Wangen schattig wirken.

»Wo ist Elisa Lowe?«, fragte Silviu gepresst. Er war noch außer Atem vom Lauf durch das Treppenhaus. »Was ist mit ihr passiert?«

»Wie kommen Sie darauf, nach Frau Lowe zu fragen? Was soll sein mit ihr?«

»Ich glaube, Elisa macht wieder etwas auf eigene Faust. Und ich habe sie schon seit ...«, er sah auf die Uhr, »... fast zwei Tagen nicht erreicht.«

»Sollen wir den Mann abführen?« Jetzt fanden auch die beiden Verfolger ihre Worte wieder.

Bender war anzusehen, dass er Lust hatte, einfach »ja« zu brüllen. Aber dann überlegte er es sich anders. Er holte tief Luft und sah Silviu an. »Wie konkret ist denn Ihr Verdacht, Elisa Lowe könnte etwas zugestoßen sein?«

»Sehr konkret. Ich weiß, dass sie diesen Fall unglaublich wichtig nimmt, weil sie selbst ...« Er biss sich auf die Zunge. Durfte er ihr Geheimnis jetzt einfach preisgeben? Sie würde ihm das vermutlich niemals verzeihen. Andererseits – wenn Bender ihn sonst nicht anhörte?

»Sie will unbedingt, dass dieser Mann gefasst wird. Das wissen Sie doch.« Sein Tonfall klang flehend. »Und sie hat sich jetzt schon so lange nicht gemeldet.«

Dieter und Verena Sander sahen irritiert zu ihm hinüber. »Wer ist das?«, fragte Frau Sander.

»Das ist der Kameramann, der zusammen mit einer Kollegin vom LKA bei Ihnen im Garten aufgegriffen wurde«, erklärte Bender.

»Sie wollten uns in unserem Haus filmen? Wissen Sie, wie widerlich das ist?«, empörte sich Verena Sander.

»Nein.« Silviu schüttelte den Kopf. »Wir – wie soll ich Ihnen das erklären? –, Elisa und ich sind … wir waren der Meinung, die Polizei ist vielleicht nicht … nicht auf der richtigen Spur. Wenn man so will.«

»Das können Sie allerdings wirklich laut sagen.« Dieter Sander sah ihn an. »Nicht die richtige Spur … das ist noch geprahlt. Gar keine Spur, würde ich sagen.«

»Ich verstehe Sie ja.« Bender schaltete von vorwurfsvoll auf einfühlsam um. »Und Sie auch, Herr Thoma. Sie verstehe ich auch. Auch wenn ich Ihre Methoden absolut nicht akzeptieren kann. Trotzdem, wir sollten der Sache mit Frau Lowe nachgehen. Sie hat sich ja tatsächlich sehr intensiv um diesen Fall bemüht. Und wenn sie jetzt plötzlich verschwunden ist, werden wir uns darum kümmern.«

Verena Sander wischte sich mit einem Papiertaschentuch über die verweinten Augen. »Sie haben doch nur einfach keinen Plan. Und keine Ahnung. Während wir vor Angst fast umkommen.«

»Woher wollen Sie denn wissen, welchen Plan wir haben?« Zum ersten Mal, seit Silviu im Raum war, sagte Ludger Bechstein etwas.

»Wenn Sie so ein Video von Ihrem Sohn bekommen hätten –«, begann Verena Sander, wurde jedoch von Bender unterbrochen.

»Wenn Sie uns dieses Video wenigstens gleich überlassen hätten. Die Spezialisten beim LKA brauchen nämlich Zeit, um das zu analysieren. Und zwar *bevor* das Lösegeld bezahlt ist … Ach was soll's.« Er nahm die Hände aus den Sakkotaschen und stemmte sie in die Hüften. »Bechstein, wie weit sind Ihre Kollegen inzwischen mit der Auswertung des Videos?«

»Was denn für ein Video?«, fragte Silviu.

»Das geht Sie nichts an. Sie sollten jetzt sowieso –«

»Hören Sie, Herr Bender.« Silviu trat vor und stand nun ganz nah bei dem Polizeipräsidenten. »Ich kann Ihnen gerne unterschreiben, dass ich mich aus der Berichterstattung über diesen Fall komplett heraushalte. Ich werde auch keine Informationen weitergeben. Ich will nur wirklich wissen«, er machte eine Pause, um tief Luft zu holen, »ich *muss* wissen, was mit Elisa los ist.«

Ludger Bechstein hatte inzwischen zu seinem Smartphone gegriffen. »Sie haben gesagt, sie würden mich gleich … Nein, noch nichts. Es gibt wohl noch nichts Neues, was das Video angeht.«

Noch während er das sagte, vibrierte das Handy. »Na also, hier ist dann doch endlich der erste Zwischenbericht.« Er las eine Weile stumm, während die anderen ihn erwartungsvoll anschauten.

»Also«, Bechstein legte die Stirn in Falten, »Hinweise auf den Aufenthaltsort im Sinne von verräterischem Bildhintergrund, Nebengeräuschen, Lichtreflexen, Spiegelungen und so weiter gibt es leider so gut wie gar keine. Ein paar ungewöhnliche Schatten sind da. Das können aber auch Artefakte sein, die durch die starke Kompression der Aufnahme entstanden sind. Da wird noch weiter ermittelt.« Er machte eine Pause. »Aber die Kollegen sagen, semantisch sei etwas auffällig.«

»Wie bitte?« Bender sah ihn durchdringend an.

»Da ist textlich und vom Ausdruck her etwas, was die Kollegen irritiert. Die Sache mit dem Jahrmarkt. Das haben Sie ja auch bereits gesagt«, er schaute zu den Eltern hinüber, »dass es Sie wundert, weil ihr Sohn diesen Jason gar nicht mag.«

»Aber was soll das schon heißen?«, sagte Verena Sander. »Vielleicht haben die sich auch inzwischen vertragen, Jason und Moritz. Ich weiß auch nicht alles über meinen Sohn. Das ist in dem Alter doch ganz normal.«

»Schon, aber unsere Spezialisten haben analysiert, dass dieses Stück Text auch anders *klingt* als der Rest. Als wäre es auswendig gelernt. Wie in einem Theaterstück.«

»Wenn es wie auswendig gelernt klingt«, überlegte Bender, »dann ist es wahrscheinlich auch auswendig gelernt. Und dann müsste jemand Moritz den Text vorgegeben haben.«

»Der Entführer?«, fragte Verena Sander. »Aber wieso das denn?«

»Wenn es der Entführer war, ergibt es keinen Sinn. Er wird diesen Jason bestimmt nicht kennen.« Bender zog einen Stuhl an den Tisch heran und setzte sich. »Wer weiß denn außer Ihnen, dass Moritz auf dieser Kirmes war?«

»Kerb, Sie meinen die Gibber Kerb«, korrigierte Dieter Sander.

»Aber wir waren da natürlich auch nicht mit der Eisenbahn«, fiel ihm seine Frau ins Wort.

»Darf ich dieses Video auch mal sehen?«, fragte Silviu.

»Das wäre ja noch schöner.« Bechstein plusterte sich auf, sein Gesicht nahm eine ungesunde rote Farbe an. »Wenn wir hier jedem unsere Ermittlungsansätze offenlegen würden ...«

»Lassen Sie Herrn Thoma das Video ruhig anschauen«, ging Bender dazwischen. »Er ist ein Fernsehprofi. Vielleicht sieht er etwas, das wir nicht bemerken.«

»Danke.« Silviu sah Bender an. Er las in seiner Miene die Angst, dass dieser Fall nicht gut ausgehen könnte. Er sah, dass der Polizeipräsident nach jedem Strohhalm greifen würde, wenn er nur die geringste Chance böte, den Jungen noch rechtzeitig zu finden.

»Der Beamer ist kaputt«, murrte Bechstein. »Ich muss das auf meinem Laptop aufrufen.«

»Dann tun Sie es.« Bender stand auf. Silviu ging um den Tisch herum. Auch alle anderen standen auf und gruppierten sich hinter Bechstein, der den Videoplayer seines Laptops startete.

Auf dem Bildschirm erschien das Gesicht von Moritz, die Augen angstvoll aufgerissen, die Lippen zitternd. Die Aufnahme war grünstichig und etwas unscharf, die Stimme blechern.

»Papa ... weißt du, die bringen mich um, wenn du nicht ... und ich ... ich will doch so gerne noch mal mit der Eisenbahn ... zum Jahrmarkt fahren. Vielleicht treffen wir dann auch wieder Jason. Das wäre toll.«

»Das ist die Stelle, um die es geht?«, wollte Silviu wissen.

»Ja. Noch einmal?« Bender tippte auf den Laptop. Die Aufnahme startete von Neuem.

»Halt«, rief Silviu plötzlich. »Stoppen Sie das hier.« Das Bild zeigte Moritz' Gesicht in einer Nahaufnahme. »Das Halstuch.« Silviu spürte, wie ein heißes Kribbeln durch seinen Körper schoss. »Ich kenne das Tuch, das der Junge um den Hals trägt. Es gehört Elisa.«

Alle im Raum starrten ihn an. Bechstein sprach zuerst. »Wenn das Tuch von Elisa Lowe ist, dann ist sie wahrscheinlich bei ihm. Und wenn sie bei ihm ist oder war ... warum auch immer ... dann könnte natürlich sie dem Jungen diesen Satz vorgegeben haben, den wir nicht begreifen!«

»Lassen Sie es uns noch einmal hören.« Bender setzte sich direkt vor den Laptop. Er presste die Lippen zusammen.

Wieder lief das Video. Wieder sagte Moritz: »Papa ... weißt du, die bringen mich um, wenn du nicht ... und ich ... ich will doch so gerne noch mal mit der Eisenbahn ... zum Jahrmarkt fahren. Vielleicht treffen wir dann auch wieder Jason.«

»Auf welchem Jahrmarkt waren Sie noch mal mit Ihrem Sohn und Jason?«, fragte Bechstein.
»Wir waren da nicht *mit* Jason, wir haben ihn nur dort getroffen. Aber egal, das war jedenfalls die Gibber Kerb.«
»Also in Biebrich?«
»Ja klar, wo die eben immer stattfindet.«
»Das ist es.« Ludger Bechstein wirkte elektrisiert. »Das ist garantiert ein Hinweis auf das Versteck des Entführers. Der Junge und Elisa ...« Er kam nicht weiter. Bender griff nach dem Telefon, das vor ihm auf dem Tisch lag.
»Ich brauche alle verfügbaren Kräfte für eine Großfahndung in Biebrich, Bereich Festplatz Gibber Kerb. Gesucht wird nach leer stehenden Gebäuden oder ähnlichen Arealen, die von einem Entführer als Versteck genutzt werden könnten. Außerdem soll nach einem Fahrzeug gefahndet werden ...« Er drehte sich zu Silviu um.
»Kennen Sie Frau Lowes Auto?«
»Nein, wir sind immer mit meinem gefahren. Das heißt, es ist ein Golf, glaube ich. Aber die Autonummer weiß ich nicht.«
»Gut, dann eben so.« Er sprach wieder ins Telefon: »Die Kollegen vom K14 sollen bitte bei der Zulassungsstelle herausfinden, was für ein Auto Elisa Lowe, Mitarbeiterin beim LKA, fährt und wie das Kennzeichen lautet. Dieses Auto bitte auch so schnell wie möglich zur Fahndung ausschreiben. Ebenso wie Frau Lowe selbst.« Bender unterbrach die Verbindung und ergänzte an Silviu gewandt: »Nur sicherheitshalber. Falls der Entführer mit den beiden irgendwohin unterwegs ist.«

Wenige Minuten später hallten Martinshörner durch die Stadt.

30

Das Taxi brauchte knapp vier Minuten, um Silviu zu seinem Auto zu bringen. Der C4 stand unversehrt auf dem Hof eines Abschleppunternehmers in der Holzstraße. Bei dem Treckerunfall hatte er offenbar nichts abbekommen – ganz im Gegensatz zu Silviu, der telefonierend daneben gestanden hatte. Erleichtert stellte er jetzt fest, dass er den Autoschlüssel noch in der Hosentasche bei sich trug. Er sprang auf den Fahrersitz, ließ den Motor an und jagte davon. Ein Angestellter des Abschleppdienstes versuchte, ihn an der Pforte aufzuhalten, wich aber hektisch zur Seite aus, als Silviu einfach noch heftiger aufs Gas trat.

Als Silviu aus der Waldstraße in den Kreisel einbog, wäre er fast mit einem Getränketransporter zusammengestoßen. Er zwang sich, den Rest der Strecke bis nach Biebrich vorsichtiger zu fahren.

Auf dem Seitenstreifen an der Tannhäuserstraße standen schon die ersten Polizeiwagen. Aber wo um alles in der Welt sollte sich auf diesem offenen Gelände ein Versteck befinden, das für einen Entführer geeignet war?

Überall und nirgends, dachte Silviu. Jedes Wohnhaus, das einen Keller hatte, kam in Frage. Eine Gruppe Polizisten versammelte sich zu einer Besprechung. Offenbar hatten die Männer dieselbe Idee, denn kurz danach schwärmten sie in Richtung der umliegenden Häuser aus.

Was würde ich selbst tun, wenn ich jemanden verstecken wollte?, überlegte Silviu. Aber es wollte ihm einfach nicht gelingen, sich in die Lage eines Entführers hineinzuversetzen. Stattdessen fiel ihm ein Detail aus der Videobotschaft ein: Hatte der Junge nicht etwas von »mit der Eisenbahn fahren« gesagt? Warum mit der Eisenbahn? Das Festgelände der Gibber Kerb lag direkt an der A 66. Wenn Jahrmarkt war, kamen fast alle mit dem Auto – sehr zum Leidwesen der Anwohner. Warum sprach Moritz von der Eisenbahn?

Silviu lehnte sich im Fahrersitz zurück und beobachtete die Polizisten. Elisas Gesicht erschien in seinen Gedanken. »Lass sie bald gefunden werden«, flüsterte er lautlos. Er schloss die Augen und war selbst überrascht, wie intensiv er sich wünschte, sie wiederzusehen. Vor ein paar Tagen, als er sie in die Arme genommen hatte, da war so ein Gefühl dabei gewesen, das er lange schon nicht mehr gespürt hatte. Wenn die Umstände nicht so ernst gewesen wären ... Umstände, was für ein blödes Wort. Einfach mutig sein müsste er. Sich beim nächsten Mal nicht wegschieben lassen, sondern ihr sagen, was er empfand. Wenn es ein nächstes Mal gab. Er riss die Augen wieder auf. Wie konnte er hier am Rand stehen und träumen, statt etwas zu unternehmen.

»Mit der Eisenbahn« – dieses Detail ließ ihn nicht los. Wie fand man denn als Entführungsopfer überhaupt seinen Standort heraus? Hatten Elisa und Moritz den Festplatz der Gibber Kerb *gesehen*? Oder vielleicht nur ein Straßenschild, ein Plakat? Und die Eisenbahn? Waren sie selbst mit der Bahn hergebracht worden? Wohl kaum. Wenn sie die Bahn vielleicht *gehört* hätten? Wenn das Versteck in der Nähe der Gleise wäre? Aber die Gleise führten nicht am Festplatz vorbei.

Silviu hatte dennoch das Gefühl, auf der richtigen Spur zu sein. Er startete den Motor und verließ den Festplatz. Schon nach kurzer Zeit erreichte er das etwas heruntergekommene Gewerbegebiet, in dem man sich mit Bürobedarf, Billigklamotten und Sextoys versorgen konnte. Nicht die schönste Ecke der Stadt. Aber vielleicht genau richtig, wenn man ein leer stehendes Gebäude brauchte. Mit Hilfe seines Navis fand er einen Schleichweg zum Bahndamm. Ein Güterzug rauschte vorbei. Konnte es wirklich sein, dass hier das Versteck zu finden war?

Er stieg aus und sah sich um. Jede Menge Gebäude, deren Zweck er nicht erkannte, standen verstreut herum. Fanden hässliche Verbrechen wirklich in hässlicher Umgebung statt? Oder war das ein Vorurteil? Vielleicht lag er ja auch völlig falsch.

31

Elisa kroch in der Dunkelheit auf dem Betonboden entlang. Sie tastete in alle Richtungen, ob nicht noch irgendwo eine Wasserflasche lag. Doch es war nichts zu finden. Zwischendurch robbte sie in Moritz' Nähe, nur um zu hören, ob er überhaupt noch atmete. Inzwischen jammerte er nicht einmal mehr.
»Moritz, ist dir auch so heiß?« Was für eine blöde Frage. Die stickige Wärme in ihrem Gefängnis quetschte gerade das letzte bisschen Flüssigkeit in Form von Schweiß aus ihren Körpern heraus.
»Durst«, flüsterte Moritz. Immerhin sprach er überhaupt wieder.
»Ich auch.« Elisa tastete im Dunkeln nach ihm, berührte seinen Arm. »Wollen wir es noch einmal mit dem Wasserhahn probieren?« Das Sprechen begann ihr schwerzufallen. Ihre Kehle brannte, die Zunge war rau wie Sandpapier. »Vielleicht geht das blöde Ding ja wieder.«
»Ist bestimmt noch kaputt«, stöhnte Moritz.
»Lass uns trotzdem hingehen.« Sie nahm seine Hand. Gemeinsam tasteten sie sich vorwärts in den kleinen Nebenraum. Wie erwartet kam kein Wasser aus dem Hahn.
»Scheiße.« Elisa schlug wütend gegen das Waschbecken. Trotz ihrer körperlichen Schwäche tat ihr der Gewaltausbruch gut. Sie schlug ein weiteres Mal zu. Es klirrte. Irgendetwas brach ab und fiel zu Boden. Ein unbändiger Zorn machte sich in ihr breit. Wäre Moritz nicht bei ihr gewesen, hätte sie jetzt alles zertrümmert, was sich in erreichbarer Nähe befand. Aber der Junge begann zu schluchzen, und sie schämte sich dafür, dass sie sich so hatte gehen lassen.
»Schon gut«, murmelte sie und strich ihm über den Kopf.
»Was machen wir denn jetzt?«, wimmerte er.
Was soll ich ihm nur sagen? Dass wir auf ein Wunder hoffen müssen? Dass wir hier sterben werden, wenn nicht bald jemand kommt?
»Alles wird gut«, sagte sie schließlich. »Bestimmt. Lass uns wieder in den großen Raum gehen.«
»Und dann?«

32

Silviu lehnte sich im Fahrersitz zurück und schaltete gewohnheitsmäßig den Funkscanner ein. Er unterdrückte die Kanäle von Feuerwehr und Rettungsdiensten, um nur den Funkverkehr der Polizei mitzuhören. Die Beamten versuchten, ihre Fahndung zu koordinieren.

»Zentrale an alle Einsatzkräfte«, knarzte der Lautsprecher. »Es gibt eine neue Überlegung, nach der das Zielobjekt in der Nähe des Bahndamms liegen könnte.«

Ach, sind sie auch schon darauf gekommen. Er klopfte nachdenklich mit den Daumen auf das Lenkrad.

»Wir schlagen vor, die Fahndung in ostwestlicher Richtung vorzunehmen, beginnend am Herzogsplatz. Außerdem zuerst südlich vom Bahndamm, dann nördlich wieder zurück. Verstanden? Und bitte so diskret und unauffällig wie möglich.«

Dazu sollten sie vielleicht endlich auf abhörsicheren Polizeifunk umstellen, dachte Silviu. Falls der Entführer das hier auch alles mitbekam, hatten sie schon so gut wie verloren.

Wenn die Beamten im Südwesten beginnen, fange ich eben im Nordosten an, beschloss er schließlich. Wer wusste schon, wie viel Zeit ihnen überhaupt blieb.

Silviu jagte den C4 durch eine Reihe Schlaglöcher, holzte durch den Grünstreifen vor der Café-Bar und überquerte den Bahnübergang mit so hohem Tempo, dass sein Wagen vorne leicht aufsetzte und ein hässliches Kratzgeräusch hören ließ. Er bog links ab und bremste abrupt vor einem einzeln stehenden grauen Gebäude. Es wirkte perfekt für ein Versteck. Sollte sein Spürsinn ihn gleich zum richtigen Haus geführt haben? Vorsichtshalber parkte er in einer Seitenstraße und ging so unauffällig wie möglich an das Haus heran. Ein unangenehmes Ziehen kroch seine Beine hinauf. Er hatte lange keine Angst mehr gehabt. Selbst anstrengende Kameraeinsätze mit pöbelnden Demonstranten und nervösen Polizisten machten ihm normalerweise nichts aus. Er konzentrierte sich auf seine Bilder, veränderte die Schärfentiefe mit Dichtefilter und

Blende. Schon wirkte das Geschehen wie ein Film auf ihn, nicht wie die Realität.

Aber das hier war etwas ganz anderes. Er hatte keine Kamera dabei, hinter der er sich verstecken konnte, keinen Fokusring, an dem seine Hände sich festhalten konnten. Er wünschte sich nichts mehr, als Elisa zu retten. Er überlegte sogar zu beten, obwohl er das schon lange nicht mehr getan hatte. Und er fürchtete nichts heftiger, als einen Fehler zu machen, der Elisas Leben vielleicht sogar gefährden konnte. Und das des entführten Jungen dazu.

Vorsichtig schlich er über das Grundstück zur Rückseite des Hauses. Im Erdgeschoss gab es keine Fenster, nur eine schmale Holztür. Er legte ein Ohr an die Tür. Nichts. Kein Laut drang nach außen. Probehalber drückte er die Klinke herunter, und die Tür ging tatsächlich auf. Er trat in einen kleinen Flur, der nach frischer Farbe roch.

Eine Bahn rumpelte vorbei. Das würde also auch passen, dachte Silviu. Man hörte die Bahn sehr gut.

Er durchquerte den Flur und öffnete die nächste Tür. Der Raum dahinter war frisch gestrichen und absolut leer. Er kniete sich auf den Boden, der offenbar gerade mit einem neuen Teppich ausgelegt worden war. Keine Spuren. Es sah nicht so aus, als wäre hier jemand gefangen gehalten worden. Er wollte gerade wieder aufstehen und das Obergeschoss untersuchen, als hinter ihm eine Frauenstimme ertönte.

»Na also, sind Sie doch endlich fertig mit dem Teppich. Wurde aber auch Zeit.«

»Entschuldigung …«, begann Silviu.

»Ja, ist schon gut. Hauptsache, der liegt jetzt. Sieht ja nach ganz ordentlicher Arbeit aus. Wissen Sie, ob der Elektriker noch da ist?«

Silviu stand auf und sah die Frau an. Sie hatte kurze dunkle Haare und trug eine große Sonnenbrille.

»Elektriker? Keine Ahnung.« Das war nicht einmal gelogen.

»Nie weiß einer von euch, was der andere tut«, schimpfte die Frau und verschwand in Richtung Treppenhaus.

Silviu rief ihr noch »Tut mir leid« nach und verließ das Haus, so schnell er konnte. Fehlschlag. Genervt ging er zum Auto zurück, stieg ein und fuhr weiter.

Wo ist nur mein untrüglicher Instinkt geblieben? Ich war mir doch so sicher. Er versuchte sich vorzustellen, das sei ein ganz normaler Arbeitseinsatz. Welches Haus wirkte verdächtig? Vielleicht die kleine, windschiefe Kate am linken Straßenrand? Diesmal machte er sich nicht die Mühe, weiter weg zu parken. Er hielt vor der Tür. Ein Fenster stand offen. Das Gebäude war von innen verwahrlost und leer. Hundert Meter weiter stand ein anderes Haus, das kaum Fenster zu haben schien. Vielleicht war es das? Einmal mehr fiel ihm auf, dass geduldiges Immer-wieder-Probieren nicht seine größte Stärke war.

Er parkte am Straßenrand und betrachtete den hässlichen Bau mit den wenigen Fenstern. Sollte er jetzt aussteigen und versuchen, einen Blick ins Innere zu werfen?

33

Plötzlich flammte das Licht auf.
»Hey«, machte Elisa überrascht.
»Kommen sie?« Moritz hielt seine Hand schützend vor die Augen.
Elisa blinzelte, um zu erkennen, was geschah. Auch ihre Augen waren geblendet nach der langen Zeit im Dunkeln. Sie hörte, wie ein Schlüssel im Schloss umgedreht wurde. Die Tür ging auf. Im Türrahmen erschien Mara. Sie schob mit den Füßen eine Kiste Wasser vor sich her.
»Lebt ihr noch?«
»Mara ...« Elisa wollte auf sie zustürzen, doch dann sah sie, dass Mara wieder mit der Pistole auf sie zielte.
»Bleib schön, wo du bist. Keine Mätzchen.«
»Schon gut.« Elisa wich zurück.
»Ich hab euch was zu essen und zu trinken besorgt.« Mara schloss die Tür von innen ab und steckte den Schlüssel in die Tasche. Sie blickte zu Moritz hinüber. »Vor allem wegen dir. Du sollst nicht verdursten.« An Elisa gewandt fuhr sie fort: »Dich hätte ich auch sterben lassen können. So wie du mich.« Ihre blassgrünen Augen blitzten.
Elisa schluckte. Sie wollte etwas erwidern, aber es gelang ihr nicht. Die Schuldgefühle der letzten zwanzig Jahre überfluteten sie.
Mara gab der Wasserkiste einen Tritt. »Kannst du dir vorstellen, wie das für mich war? Meine beste Freundin. Haut einfach ab. Eine erbärmliche Freundin bist du. Du hast mich einfach aufgegeben. War ja egal, was mit mir passiert. War dir gleich. War dir völlig ... latte. Schnurz. Piepe.«
»Aber was hätte ich denn tun sollen, Mara?« Elisa hatte ihre Stimme wiedergefunden. »Er hatte dich Tage vorher geholt und nicht mehr wiedergebracht. Ich habe doch gedacht, du wärst ... tot.« Die Worte versandeten fast unhörbar.
»Ja. Ich tot. Und du frei. Bestens, oder? Alles bestens.«

»Mara, wenn du wüsstest, wie schrecklich das war, ohne dich zu gehen.«

Mara atmete heftig aus. Dann reichte sie Moritz eine der Flaschen. Eine zweite gab sie Elisa.

»Entschuldigung.« Elisa war erstaunt, dass sie trotz ihrer ausgedörrten Kehle noch Tränen hatte, die jetzt ihre Wangen hinunterliefen. »Entschuldigung. Es tut mir so leid, dass ich ohne dich geflohen bin.«

»Entschuldigung sagst du – wie lustig.« Mara verzog den Mund zu einem hässlichen Lächeln. »Tut mir leid, dass ich dich zurückgelassen habe. Hauptsache –«

»Hättest du es denn anders gemacht?«, fuhr Elisa auf.

»Die Frage stellt sich nicht. *Du* hast es gemacht.«

»Weißt du, wie sehr mich das gequält hat all die Jahre?«

Mara äffte sie in höhnischem Tonfall nach: »Weißt du, wie sehr mich das gequält hat …? Ach, du hast gelitten wegen deiner toten Freundin, ja? Das war sicher seeeehr hart für dich. Oh du Arme. Wie schlimm.«

»Nein, natürlich. Gelitten hast sicher … du. Ich habe … ich habe deine Schreie gehört.« Elisa schluchzte heftig. »Ich werde nie vergessen, wie du geschrien hast. Ich war ganz sicher, er hat dich umgebracht. Und dann später … Wochenlang war noch dein Bild in der Zeitung. In der Föhrer Straße, am Kiosk, wenn ich morgens daran vorbeigegangen bin, habe ich dich auf der Titelseite im Kurier gesehen. Am Ende mit der Überschrift ›Keine Hoffnung mehr‹. Das war … der schlimmste Tag.«

»Spar dir dein Gesülze.« Trotz ihres schroffen Tonfalls bemerkte Elisa die tiefe Trauer in Maras Blick.

»Er hat dich gequält, oder? Andreas ist nicht nett zu dir gewesen, wie du gesagt hast. Warum machst du das dann alles? Warum belügst du dich? Warum tust du das für ihn?«

»Schnauze.« Maras Hand mit der Pistole zuckte.

»Andreas ist ein Verbrecher«, fuhr Elisa eindringlich fort. Sie wusste, sie konnte Mara erreichen. Sie *musste* sie erreichen. »Er nutzt dich aus. Er zwingt dich zu Dingen, die du gar nicht willst. Lass uns frei, Mara. Schließ die Tür auf. Lass uns alle zusammen zur Polizei gehen. Sie werden Andreas verhaften. Dann kann er niemandem mehr etwas tun.«

»Mein Leben mit Andreas ist super.« Eine Veränderung ging mit Maras Gesicht vor. Es sah aus, als verwandele es sich in eine Gummimaske. Ihre Stimme klang gleichförmig, roboterhaft. »Andreas ist ein Genie. Er kann die Menschheit weiterbringen. Es ist phantastisch, mit ihm zusammenzuarbeiten, es ist großartig, mit ihm zu leben. Es ist das größte Glück. Ich sollte dir dankbar sein, dass du alleine geflohen bist. Die wichtigsten Momente meines Lebens wären sonst nie passiert.«

Das ist doch alles gelogen!, wollte Elisa ihr entgegenschleudern, als Maras Handy klingelte.

»Schatz?«

Die tiefe Stimme am anderen Ende war gut zu hören. Andreas trieb Mara zur Eile an.

»Ist gut, ich komme gleich.« Sie steckte das Handy ein.

Elisas Gedanken rasten. Sie hatten jetzt zwar wieder Wasser – aber wie lange würde das reichen? Und konnte sie es zulassen, dass Andreas mit Mara entkam? Aber wie sollte sie Mara überwältigen? Sie war bewaffnet, hielt immer noch die Pistole im Anschlag. Auch jetzt, während sie auf die Ausgangstür zuging.

»Mara ...«

»Was ist denn noch?«

»Glaubst du mir, dass ich oft gebetet habe, es möge andersherum sein?«

»Wie meinst du das?«

»Ich habe mir gewünscht, nicht ich wäre damals entkommen, sondern du. Weil ich dieses Gefühl nicht mehr aushalten konnte, schuld zu sein an deinem ... Schicksal. Glaubst du mir, wie gerne ich alles rückgängig machen würde? – Sieh mich an, Mara, bitte. Du warst doch mal meine beste Freundin. Und ich deine.«

Für eine Sekunde schien sich die Gummimaske aufzulösen. Die Hand mit der Pistole senkte sich. Genau diesen Augenblick nutzte Elisa aus. Mit einer Kraft, von der sie selbst nicht geglaubt hätte, dass sie in ihr steckte, sprang sie auf und trat gegen die Hand mit der Pistole. Die Waffe flog durch den Raum und landete bei Moritz, der sie erschrocken aufnahm.

»Gib sie mir!«, brüllte Elisa. Moritz gehorchte zitternd. Mit der Waffe im Anschlag ging Elisa auf Mara zu. »Und jetzt den Schlüssel.«

»Hol ihn dir doch.« Mara zog den Schlüssel aus der Tasche und hielt ihn mit ausgestrecktem Arm knapp unter die Decke.

»Mara, zwing mich nicht ...«

»Du würdest mich erschießen, richtig? Mein Leben war dir damals ja auch egal.« Maras tief in den Höhlen liegende Augen funkelten bedrohlich.

Elisa ging einen weiteren Schritt auf sie zu und streckte die Hand aus, um nach dem Schlüssel zu greifen. Da schleuderte Mara ihn mit einer kurzen Bewegung zu Boden. Elisa ging hastig in die Knie und versuchte, danach zu fassen. Doch es gelang ihr nicht. Der Schlüssel landete direkt auf dem Abflussgitter, das in der Mitte des Bodens eingelassen war. Kurz verharrte er noch auf einem der Gitterstäbe. Dann rutschte er ab und landete mit einem metallischen Geräusch in unerreichbarer Tiefe.

Elisa warf sich entsetzt auf die Knie und versuchte, obwohl das völlig hoffnungslos war, nach dem Schlüssel zu angeln. »Was hast du getan, Mara?«, schrie sie. »Jetzt kommen wir hier alle nicht mehr raus!« Sie war so verstört über die soeben zerronnene Chance zur Flucht, dass sie nicht auf Mara achtete.

Mara sprang ihr auf den Rücken und rang ihr mit einem kurzen Griff die Pistole wieder ab. Sie stand auf und zielte auf Elisa.

»So. Das war es jetzt endgültig.«

»Nein!«, schrie Moritz. »Hilfe. Mami!«

34

Silviu lehnte sich im Fahrersitz zurück, kniff die Augen zusammen und bemühte sich, tief und ruhig zu atmen. Das heftige Hämmern unter seiner Schädeldecke machte ihm klar, dass die Ärzte nicht zu Unrecht gesagt hatten, er solle lieber noch in der Klinik bleiben. Als er unter Hochspannung nach Biebrich gerast war, hatte das Adrenalin die Schmerzen offenbar nur vorübergehend verdrängt. Jetzt wünschte er sich sehnlich ein weiches Kissen für seinen Kopf und am besten ein paar starke Schmerztabletten dazu.

Noch immer starrte er aus dem Seitenfenster des C4 auf das hässliche Gebäude mit den wenigen Fenstern. In unregelmäßigen Abständen wurde ihm schwindelig. Es fiel ihm schwer, sich zu konzentrieren. Manchmal hatte er das Gefühl, alles doppelt zu sehen. Gerade als er sich überlegt hatte, auszusteigen und das Haus näher zu betrachten, war eine Frau aufgetaucht. Sie hatte eine Kiste Wasser und eine Einkaufstüte dabeigehabt und war damit ins Haus gegangen.

Also offenbar schon wieder ein Fehlgriff.

Seltsam war nur, dass ihm diese Frau so bekannt vorgekommen war. Wo konnte er sie schon einmal gesehen haben?

Er überlegte, wann er hier im Biebricher Gewerbegebiet zuletzt gearbeitet hatte. Er erinnerte sich an einen Beitrag über ein Fitnessstudio, das eine angeblich völlig neue Zumba-Variante anbot. Konnte die Frau da mitgemacht haben?

Aber wie sollte das überhaupt mit der Entführung zusammenhängen: eine Hausfrau oder eine Sekretärin, die gerade vom Einkaufen kam und eine Kiste Wasser mitbrachte?

Ihr Gesicht. Wo gehörte ihr Gesicht hin? Es wollte einfach keine Erinnerung auftauchen.

Als hätte ich nichts als Kleister im Kopf, dachte Silviu und presste beide Hände an die Stirn. Am besten sollte er wohl abfahren und woanders weitersuchen. Ein weiterer Schwindelanfall ließ die Umgebung sekundenlang unscharf wirken. Ein Güterzug ratterte vorbei. Silviu drehte den Zündschlüssel um und startete den Motor.

35

Die Kleider klebten an Elisas Haut, als wären sie aus Plastikfolie. Wieso wurde dieser Raum so schnell warm, obwohl er gar keine Fenster hatte? Ihr Kopf schmerzte zum Zerspringen. Sie konnte nicht wegschauen von dem Abflussgitter, unter dem ihre ganze Hoffnung begraben lag.

Mara lehnte mit dem Rücken an der Tür und schien sich zu bemühen, lässig zu wirken. Doch auch auf ihrer Stirn glitzerten Schweißperlen. Sie spielte mit der Pistole in ihrer rechten Hand.

»Andreas wird gleich kommen. Er hat noch einen Schlüssel.«

»Bist du dir da so sicher?« Elisa stand auf, nur um sich sofort wieder auf den Boden zu setzen. Durch die Bewegung wurde ihr schwindelig. Ihr Kreislauf war offenbar knapp vor einem Kollaps. Moritz lag zusammengekauert mit geschlossenen Augen in der Ecke.

»Natürlich kommt er«, sagte Mara.

»Du willst es nicht begreifen, oder? Dein Andreas ist ein Schwerverbrecher. Ein Krimineller. Auf den kann man sich nicht verlassen. Der sieht nur seinen eigenen Vorteil.«

»Das ist nicht wahr. Du hast doch überhaupt keine Ahnung.« Mara klang zornig. »Er entwickelt Medizin, die der ganzen Menschheit helfen kann. Er macht es allen leichter.«

Sie griff in ihre Jackentasche, nahm etwas heraus, das Elisa nicht erkennen konnte, und schluckte es herunter.

»Machst du es dir auch leichter – mit dieser *Medizin*, Mara?«

»Das geht dich nichts an.«

Und ob mich das etwas angeht. Wenn du dir hier Drogen reinziehst, müssen Moritz und ich mit dem Schlimmsten rechnen. Wer weiß, wozu du dann fähig bist.

Mara zog ihr Handy aus der Tasche. Sie hatte schon einige Male versucht, Andreas anzurufen. Aber auch jetzt meldete er sich nicht.

»Wahrscheinlich ist er längst weg. Mit dem ganzen Geld.« Elisa ging noch einmal zu dem Abflussgitter und sah hinein. Als ob der Schlüssel plötzlich nach oben geflogen sein könnte und wieder erreichbar wäre.

»Ohne mich geht Andreas bestimmt nicht weg. Das weiß ich.«
Doch Maras Gesichtsausdruck verriet, dass sie sich nicht so sicher war, wie sie tat.

»Ich verstehe ja, dass du dir in den zwanzig Jahren mit ihm irgendwann einreden musstest, es sei gut so, wie es ist.«

»Oho, die Frau Zeichnerin ist auch psychologisch versiert.« Maras Stimme hatte plötzlich einen verwaschenen Klang. »Du kannst alles, Elisa, richtig? Nur einen Mann hast du nicht abgekriegt.«

»Wie bitte?«

»Da staunst du, was? Ich weiß mehr über dich, als du denkst.«

»Du hast mich ... beobachtet, Mara?«

»Sagen wir, ich war in deiner Nähe.«

Also waren es keine Hirngespinste gewesen: das Gefühl, jemand sei direkt hinter ihr gewesen, das Klingeln an der Haustür, der Schatten auf der Straße.

»Warst du das auch mit der Rose?«

»Die schwarze? Hübsch, oder?«

»Aber ... warum?«

»Damit du dich raushältst aus der Sache. Oder auch gerade im Gegenteil.«

»Was denn nun?« Elisa sah Mara in die Augen. Sie wanderten unruhig hin und her, als suchten sie etwas im Raum.

»Verdammt, Elisa, ich wollte, dass wir uns treffen. Wer, meinst du denn, hat dir die Koordinaten geschickt? Kapierst du das nicht?« Maras Handy klingelte. »Na also. Es ist Andreas.«

Das Telefonat war auch für Elisa gut zu verstehen: Andreas fragte Mara, wo sie blieb. Als sie zugab, dass sie den Schlüssel verloren hatte, begann er sie anzuschreien.

Elisa stand auf und kam ihr vorsichtig näher. Die Beleidigungen, die sie mithören konnte, waren widerwärtig, kaum zu ertragen. Als das Gespräch beendet war, sah sie Mara eindringlich an. »Und das lässt du dir gefallen? Dass er so mit dir spricht?«

Mara schwieg.

»Mara, bitte. Wir sind doch Freundinnen. Und wir versuchen jetzt gemeinsam —«

»Damit du deine Schuldgefühle loswirst, ja? Alles auf null – alles ungeschehen? Neustart? Vergiss es.«

»Wenn nicht für mich, dann tu es für den Jungen.« Elisa sah zu Moritz hinüber, der sich wie ein krankes Tier auf dem Boden zusammengerollt hatte und in unregelmäßigen Abständen zitterte.

»Wenn Andreas gleich kommt ...«, begann Mara.

»Andreas, Andreas! Hast du schon vergessen, wie der dich gerade fertiggemacht hat am Telefon?«

Keine Antwort.

»Warum hast du eigentlich das Video zu Silviu geschickt? Und nicht zu mir, wie die Rose?«

»Das war genial, nicht wahr?«

»Du bist verrückt, Mara. Du solltest ...«

»Ich bin nicht verrückt.« Maras Stimme wurde wieder klarer. »Ich wollte, dass du in meine Nähe kommst, das habe ich doch schon gesagt. Aber alleine warst du ja zu feige. Du hast einen Buddy gebraucht, damit du dich richtig traust. Das stimmt doch. Und da musste ich den Typen eben so ein bisschen ... anspitzen. Und dich auch.«

Elisa dachte an Silviu. Wenn sie ihn nur erreicht hätte. Wenn sie ihn hätte einweihen können. Dann säße sie jetzt nicht in dieser Falle.

»Und warum wolltest du, dass ich dich finde? Damit ich sehe, was ich angerichtet habe?«

»Könnte schon sein.«

»Aber damit gibst du doch selbst zu, dass du nicht glücklich bist.«

»Was verstehst du denn schon von Glück?« Mara wirkte plötzlich nachdenklich.

»Ich glaube, ich wäre glücklich, wenn du wieder meine Freundin sein könntest.«

Auf diesen Satz gab Mara keine Antwort. Sie schaute zu Moritz, der sich aufgerichtet hatte.

Geht da eine Tür auf? Erreiche ich die Mara von früher vielleicht doch noch? Existiert ein Rest Menschlichkeit in ihr, der nicht von Andreas manipuliert worden ist?

»Danke«, flüsterte Moritz plötzlich. »Danke für das Trinken.« Er nahm einen Schluck aus der Wasserflasche, die er halb geleert hatte.

Mara ging zu ihm hinüber und legte ihm eine Hand auf die

Schulter. »Für dich tut es mir wirklich leid. Hoffentlich kommst du gut ...«
»Darüber hinweg?«, vollendete Elisa den Satz. »Glaubst du wirklich, dass man über so etwas hinwegkommt? Gerade du musst doch wissen, dass das nicht geht.« Sie sah sich in dem Gefängnis um. »Außerdem glaube ich nicht, dass Andreas uns befreit. Wir können nicht mehr tun als beten, dass man uns irgendwann findet.«
Maras Handy klingelte ein weiteres Mal. Diesmal konnte Elisa nichts verstehen, aber Maras Gesichtsausdruck sprach Bände. Sie presste die Lippen zusammen und zog die Augenbrauen hoch. Dann steckte sie das Telefon wütend in die Tasche.
»Er kommt«, erklärte sie. »Aber das, was er eben gesagt hat ...«
»Was?«
»Das will ich gar nicht wiederholen.«
»Mara, warum lässt du dich so beschimpfen? Du bist immer der wertvollste Mensch für mich gewesen.«
»Aber Andreas hat gesagt —«
»Warum hörst du noch auf ihn?«
»Manchmal frage ich mich ...«
»Ja?«
»Ach egal.«
»Mara, was fragst du dich?«
»Manchmal frage ich mich, ob ich ohne ihn besser dran wäre. Aber er sagt ... Er sagt, alleine bin ich ein Nichts. Alleine kann ich nichts. Ich bin wertlos, nutzlos. Und er hat ja auch recht. Ohne Hilfe kriege ich nichts hin.«
»Glaub doch nicht so etwas. Du bist Mara. Du lebst. Und ich will wieder deine Freundin sein. Und deine Eltern hast du auch.«
»Ich weiß nicht, was ich machen soll.« Mara strich Moritz wie abwesend über die Haare. »Vielleicht sollte ich euch wirklich helfen ...«
Elisa sprang auf. »Mara, ich ...«
»Langsam.« Mara zog sich ein Stück zurück. »Vielleicht. Ich bin noch nicht ganz sicher, ja?«
Elisa war so elektrisiert, dass sie den Kopfschmerz und die Hitze vergaß. »Wenn wir zusammenhalten, dann können wir es schaffen. Wir müssen nur einen Plan machen. Wann kommt Andreas denn?«

Mara zuckte mit den Schultern.

»Hoffentlich bald«, sagte Elisa. »Wir lauern ihm auf, überwältigen ihn und holen die Polizei. Ich kann dann bezeugen, dass du uns geholfen hast, das ist bestimmt gut für dich.«

Ob das wirklich stimmte? Mara hatte bei einer Kindesentführung mitgemacht. Und auch wenn sie jetzt wirklich die Seiten wechselte – wie würde ein Gericht das werten? Elisa blendete diesen Gedanken aus. »Lass uns überlegen, wer sich wo hinstellt.«

»Ich warte hier vorne mit der Pistole«, bestimmte Mara plötzlich. »Wenn die Tür offen ist, halte ich ihm die Waffe an den Kopf und verlange den Schlüssel. Dann kommt ihr, wir schieben ihn zusammen rein und schließen von außen ab.«

»Wirklich?« Elisa schaute Mara an. Ihr Gesichtsausdruck wirkte entschlossen. Sie sah nicht aus, als ob sie lügen würde. Auch wenn Elisa wohler gewesen wäre, wenn sie selbst die Waffe gehabt hätte, sagte sie nichts. Das dünne Band, das sie und Mara gerade erst wieder verband, sollte nicht gleich wieder zerreißen.

»Deine Eltern«, fragte sie stattdessen, »wissen sie Bescheid darüber, dass du lebst?«

»Sie müssten es ahnen.«

»Warum?«

»Wegen dem Geld.«

»Du schickst ihnen Geld?«

»Ich habe ihnen anonym Geld geschickt. Immer dann, wenn wir welches hatten.«

»Ich war bei ihnen, Mara. Es war ganz eigenartig …«

»Elisa?« Maras Blick war auf einmal sanft, ihr Gesichtsausdruck mild und verletzlich.

»Ja?«

»Kannst du dir vorstellen, wie sehr ich mich darauf freue, meine Mutter wiederzusehen?« Eine Träne lief über ihre linke Wange.

Diese Reaktion konnte nicht gespielt sein. Elisa stand auf und umarmte ihre Freundin.

Wie sehr sie auf diesen Moment gewartet hatte.

Wieder und wieder hatte sie sich vorgestellt, wie es sein würde, wenn Mara noch bei ihr wäre. Wenn alles wäre wie vor dem Morgen im Sauerlandpark. Jetzt hatte sie es geschafft. Sie waren wieder zusammen. Sie vergaß beinahe, dass sie noch gefangen waren. Was machte das schon aus? Gemeinsam würden sie auch die letzte Hürde nehmen. Endlich würde alles gut. Der schmächtige Körper ihrer Freundin zitterte in ihren Armen. Elisa strich ihr über den Rücken, drückte sie ganz fest an sich. Gerade wollte sie ihre Hände nehmen und Mara anschauen, als sie eine Veränderung spürte. Maras Muskeln schienen sich anzuspannen. Gleichzeitig lockerte sie die Umarmung. Elisa stutzte kurz, aber sie reagierte nicht darauf. Erst als Moritz einen Schrei ausstieß, wurde ihr klar, dass etwas im Gange war. Doch es war zu spät, um zu reagieren. Ein harter Gegenstand sauste auf ihren Hinterkopf hinab. Um sie herum wurde es dunkel.

36

Als sie es endlich schaffte, den Kopf ein Stück anzuheben, stieß sie gegen etwas Hartes. Es waren die Räder des Rollstuhls. Wie durch eine Watteschicht hörte sie die Stimme von Andreas.
»Ihr Mistweiber wolltet mich reinlegen.«
Mara antwortete nicht. Von Moritz drang ersticktes Weinen zu Elisa herüber.
»Was bildest du dir nur ein?«, fragte Andreas höhnisch. »Du kannst doch gar nicht ohne mich leben. Du gehörst mir. Das weißt du doch.«
Plötzlich erklang Maras Stimme. »Lass uns frei, oder ich erschieße dich, Andreas.«
Keine Antwort.
»Ich meine es ernst.«
Ein verächtliches Lachen, kalt und voll höhnischer Überheblichkeit. Elisa sah aus dem Augenwinkel, wie Mara die Waffe anhob. Ihre Hände zitterten.
»Na los doch«, sagte Andreas hart. »Als ob du in der Lage wärst, mich zu töten, du jämmerliches Stück Scheiße.«
Ein Ruck ging durch Maras Körper. Sie zog den Abzug durch. Ein metallisches Klicken war zu hören, sonst nichts.
Das Lachen von Andreas steigerte sich. »Siehst du, du schaffst es nicht. Weil du blöd bist. Weil du nichts bist ohne mich. Weil du nicht einmal gemerkt hast, dass die Pistole nicht geladen ist.« Der Rollstuhl drehte sich auf der Stelle. »Ganz im Gegensatz zu dieser hier.« Er zog einen silbernen Gegenstand aus der Jackentasche und zielte damit auf Mara. Ihr Gesicht wurde kreideweiß.
Wir müssen hier raus, dachte Elisa. Aber sie schaffte es kaum, den Kopf zu heben. Wie sollte sie aufspringen? Was sollte sie ausrichten gegen den bewaffneten Entführer? Ein scharfer Knall durchschnitt den Raum. Schon wieder traf etwas Hartes Elisa am Kopf. Wieder wurde sie ohnmächtig.

37

Sie hörte Motorengeräusche. Die Pritsche, auf der sie lag, schaukelte und vibrierte. Das Erste, was sie sah, waren Baumkronen, die an einem schmalen Fenster vorbeizogen. War sie überhaupt noch in Wiesbaden? Wohin würde er sie verschleppen? Hatte er Mara erschossen? Sie schloss die Augen wieder. Nichts wissen, nichts ahnen, einfach schlafen. Dabei war sie so sicher gewesen, dass alles gut würde.

Der Straßenbelag unter ihr klang, als würden sie über eine Brücke fahren. Ein Martinshorn ertönte. Es war enorm laut. Wurden sie von der Polizei verfolgt? Der Ton verstummte wieder. Also offenbar doch nicht.

Wahrscheinlich würde Andreas jetzt mit ihr machen, was er mit Mara jahrelang getan hatte. Würde sie sich wehren können? Hatte er ihr schon wieder Medikamente gegeben? Sie tastete nach ihrem Arm, konnte aber keine Kanüle finden.

»Bist du wach?« Eine Männerstimme von der rechten Seite.

Elisa sah in die Richtung, aus der die Stimme kam. Sie blinzelte. Das konnte nur ein Traum sein, ein Trugbild.

Sie kniff die Augen zusammen und öffnete sie noch einmal.

»Endlich kommst du zu dir.«

Der Mann, der sie ansah, war nicht der, den sie erwartet hatte. Sie hatte fest damit gerechnet, das süffisante Grinsen von Andreas zu sehen. Aber neben ihr saß, wenn es nicht doch ein Traum war, Silviu. Und jetzt nahm er ihre Hand.

»Ich habe solche Angst um dich gehabt, das glaubst du gar nicht.«

»Was ist ... mit Mara?«, fragte sie matt.

»Im zweiten Krankenwagen.«

»Krankenwagen?«

»Ja, das hier ist auch einer. Sie bringen dich in die Horst-Schmidt-Klinik, haben sie gesagt. Im dritten ist der Junge. Wie geht es deinem Kopf?«

Elisa fühlte nach der Beule knapp über ihrer Stirn. »Nichts Schlimmes, glaube ich.«

»Du hast den Rollstuhl voll abbekommen, als er umgefallen ist.«
»Umgefallen?«
»Bender hat dem Scharfschützen das Okay gegeben. Sie haben eine Mikrokamera unter der Tür durchgeschoben und alles genau verfolgt. Als der Kerl plötzlich die Pistole hatte, haben sie die Tür gesprengt und ... echt stark: Der hat genau die Hand mit der Waffe getroffen. Unglaublich, wie präzise dieser Mann schießt. Aber dann ist der Typ mit dem Rollstuhl umgestürzt und voll auf dich drauf.«
»Und ich habe gedacht, er hätte Mara ... erschossen.«
»Das war auch knapp, glaube ich.«
Sie sah Silviu in die Augen. Wie gut es tat, ihn in der Nähe zu wissen. »Wie habt ihr uns gefunden?«
Silviu lächelte. »Eure verschlüsselte Botschaft war einfach genial. Aber es kamen eine ganze Menge Häuser in Frage. In eins davon ging gerade diese Frau rein. Ich habe echt ewig gebraucht, um zu kapieren, woher ich ihr Gesicht kannte.«
»Du kennst Mara?«
»Nein, aber ihr Gesicht. Das war doch das Gesicht von deinem Phantombild. Wenn auch als Mann. Aber die Züge – unverkennbar. Da hat es bei mir klick gemacht, und ich habe Bender angerufen. Zum Glück.«
Elisa wurde wieder schwindelig. Der Wagen hielt kurz an, das Martinshorn ertönte, dann fuhren sie rasant um eine Kurve. Durch das kleine Fenster erkannte sie die Werbung der Tankstelle an der Erich-Ollenhauer-Straße. Von hier war es nicht mehr weit bis zur Klinik.
»Kommst du ...« Sie war nicht sicher, ob sie Silviu das fragen konnte, aber sie wollte auf keinen Fall allein sein. »Kommst du mit ins Krankenhaus?«
»Wenn du möchtest, na klar.«
»Danke.« Sie schloss die Augen wieder.
Bitte, bitte, das soll kein Traum sein.
Sie spürte Silvius Hand, die ihre umschloss. Es war kein Traum.

38

Auch diesmal roch es in Jürgen Benders Büro nach frischem Kaffee, aber die Sekretärin war nicht an ihrem Platz. Stattdessen kam der Polizeipräsident selbst Elisa entgegen. Er begrüßte sie mit einem strahlenden Lächeln.
»Ich bin ja so glücklich, dass alles ein gutes Ende genommen hat. Und ich muss mich bei Ihnen bedanken.«
Elisa gab ihm die Hand. Sie fühlte sich noch immer etwas schwach und angeschlagen.
»Ohne Sie«, fuhr Bender fort, »weiß ich nicht, wie das ausgegangen wäre. Wenn Ihr Einsatz auch nicht ganz den Vorschriften entsprach. Sie sollten sich aber jetzt schon noch ein bisschen erholen.«
»Und Sie?«
»Ich mache Urlaub. Gleich nächste Woche.« Benders Gesichtszüge wirkten entspannt, seine Haltung war wieder aufrecht und selbstbewusst. Aber die Schatten unter den Augen waren noch nicht verschwunden.
Elisa blickte durch die großen Fenster nach draußen. Der Himmel über Wiesbaden war wolkenlos. Kondensstreifen teilten das klare Blau in Rauten und Dreiecke.
»Was ich wirklich wissen möchte«, fragte sie, »wie geht es Mara? Wo ist sie jetzt überhaupt?«
»Wir haben sie erst einmal nach Haina geschickt.«
»In die Psychiatrie?« Elisa erschrak. Bilder schwer gestörter Straftäter tauchten vor ihr auf. Viele dieser Gesichter hatte sie gezeichnet.
»Sie wird dort gut betreut, glauben Sie mir.« Jürgen Bender legte die Stirn in Falten. »Wir wissen schon, dass Mara Schneider in erster Linie ein Opfer ist. Aber sie kann offenbar auch sehr gefährlich sein.«
»Darf man sie besuchen?«
»Wenn Sie sich stark genug dazu fühlen, natürlich. Sie müssen es beantragen. Aber das wird sicher erlaubt werden.«

Silviu betrat das Büro. Er stellte sich neben Elisa. »Warum sollten wir denn eigentlich alle herkommen?«

»Das ist, weil ... Ach, da sind sie ja schon.«

Dieter und Verena Sander erschienen im Büro, gefolgt von Moritz. Als Elisa ihn sah, lief sie zu ihm, ließ sich auf die Knie sinken und hielt ihn ganz fest.

»Stimmt es, dass die beiden im Gefängnis sind?«, fragte er.

»Andreas, ja«, antwortete Elisa. »Bei Mara, ich meine: bei der Frau ... also, die ist im Moment in einer Klinik. In einer für Menschen, denen es seelisch nicht gut geht. Verstehst du das?«

Moritz sah Elisa mit ernstem Blick an. »Ist sie ... verrückt?«

»So würde ich das nicht sagen. Sie hat nur etwas erlebt, was sie nicht ...«

Wie soll ich das jetzt erklären? Moritz ist ja auch entführt worden. Wenn er etwas nicht gebrauchen kann, dann zu glauben, dass man danach zwangsläufig psychisch krank wird.

Bender kam ihr zuvor. »Dieser jungen Frau muss geholfen werden, weißt du? Du hast ja auch gemerkt, dass sie gar nicht wusste, auf welcher Seite sie stand. Mal war sie für den Entführer, mal wollte sie euch helfen.«

»Wir sind hier, um uns persönlich bei Ihnen zu bedanken«, beendete Dieter Sander das schwierige Gespräch. Er holte einen Umschlag aus der Tasche. »Vor allem bei Ihnen, Frau Lowe. Ich weiß natürlich, dass Sie als Mitarbeiterin des LKA keine Geschenke annehmen dürfen, aber das hier ...«, er gab Elisa den Umschlag, »... das müsste dann doch in Ordnung gehen.«

Elisa öffnete das Kuvert und lächelte. Darin war ein Bild, das offensichtlich Moritz gemalt hatte. Es zeigte eine Frau und einen Jungen auf einer bunten Blumenwiese.

»Sind das wir?« Elisa stupste Moritz in die Seite.

»Wer denn sonst?«

Eine große gelbe Sonne berührte die beiden Figuren mit ihren Strahlen. *Licht ist Leben*, dachte Elisa.

Jürgen Bender ließ Kaffee und Limonade bringen. »Wir konnten übrigens fast das gesamte Lösegeld sicherstellen«, erklärte er zufrieden. »Es müsste in den nächsten Tagen auf Ihrem Konto eingehen.«

Dieter Sander nickte. »Gut. Sehr gut.«
»Und Sie, Elisa, sind natürlich ab sofort wieder im Dienst, wenn es Ihnen recht ist. Allerdings glaube ich, Sie könnten noch etwas Ruhe gebrauchen. Sind Sie noch krankgeschrieben?«
»Noch drei Wochen.« Elisa lächelte.
»Ja, und wir ...«, begann Silviu, wurde aber von Elisa unterbrochen, die ihm kräftig auf den Fuß trat. Sie wusste, was er gerade erzählen wollte. Sie wusste genau, wie sehr er sich auf die Reise ans Meer freute. Sie freute sich ja auch darauf. Und ganz besonders darüber, dass sie zusammen fahren würden. Aber das alles musste der Polizeipräsident nicht wissen.